KB179357

표적

표적

돈 펜들턴 지음
한국첩보문학협회 옮김

4

파리의 미인들

부자나라

표적

❹ 파리의 미인들

초판1쇄 인쇄 2016년 10월 20일
초판1쇄 발행 2016년 10월 21일

지은이 돈펜들턴
옮긴이 한국첩보문학협회
펴낸이 박대용
펴낸곳 도서출판 부자나라

디자인 디자인 상상(kkt9512@hanmail.net)

주소 10882 경기도 파주시 교하읍 산남리 292-8
전화 031)957-3890, 3891, **팩스** 031)957-3889
이메일주소 zinggumdari@hanmail.net

출판등록 제406-2104-000069호
등록일자 2014년 7월 23일
ISBN 979-11-87475-02-6 04840
       979-11-953288-8-8 04840 (세트)

차 례

파리의 미인들

1
둘레즈 국제 공항

주위의 사태를 잠시 관망하던 보란은 자신이 죽음에 직면해 있다는 사실을 깨달았다. 그러나 다음 순간 그는 다시 소생할 수 있다는 확신을 얻었다. 그는 적들의 눈에서 당황과 망설임, 그리고 공포까지도 읽을 수 있었다. 보란은 아직도 자유로운 상태였으며 전투원으로서의 오랜 경험으로 훈련된 그의 본능이 즉각적으로 다음의 행동을 결정 짓게 했다. 생존을 위해 그의 몸과 마음은 이미 하나로 조화를 이루고 있었다.

그가 정면에 있는 적에게로 한 걸음 나아가자 거의 동시에 적의 기관총이 불을 뿜기 시작했다. 그러나 보란이 조금 빨랐다. 보란의 일격으로 적의 총구는 심하게 흔들리며 곧 아래로 처졌고 사내의 몸도 구겨지듯 땅 위로 나동그라졌다.

보란은 고통을 이기지 못해 심한 경련을 일으키는 적의 몸에서 시선을 떼고 다시 방어 태세를 갖추었다. 그가 유연한 동작으로, 적이 떨어뜨린 45구경 기관총을 집어들고 고개를 들었을 때 또 한 명의 적이 자신을 노리고 있다는 사실을 깨달았다.

보란의 몸은 곧 다음 행동으로 이어졌다. 쓰러진 적의 몸을 뛰어넘었는가 싶더니 어느 사이에 그는 땅 위를 구르고 있었다. 쓰러진 적의 기관총이 보란의 손에서 불을 뿜었다. 그러자 적들도 격렬하게 반격을 해오기 시작했다.

정면에서 보란을 노리던 적의 모습이 없어졌다고 생각된 순간 칙칙한 목소리가 그 모습을 대신했다.

「보란! 다 소용없는 짓이야! 얌전히 기다리시지.」

보란은 기다리지 않았다. 빨리 이동해야 한다는 생각이 순간적으로 그의 머리를 스치며 지나갔다. 쓰러진 마피아 졸개의 몸을 넘은 그는 맨 끝에 위치한 건물을 향해 소리없이, 고양이처럼 재빨리 달렸다.

그러나 위험은 거기에도 도사리고 있었다. 보란을 기다리고 있는 건 무시무시한 총격이었다. 보란이 기대고 있던 벽은 퍽퍽 하는 소리를 내며 흙을 떨어뜨렸다. 그는 몸을 움츠리며 다시 제자리로 되돌아왔다. 죽음에 직면한 마피아 졸개를 음산한 눈빛으로 내려다보며 보란은 이 곤경에서 빠져 나갈 수 있는 방법을 곰곰이 생각해 보았다.

「빌어먹을…….」

보란은 자기 스스로 이런 곤경에 발을 들여놓은 것에 대해 잠시 후회를 했다. 그러나 마피아들은 그 짧은 시간마저도 허락하지 않았다. 칙칙한 목소리가 다시 어둠을 뚫고 날아왔다.

「보란! 이제 그만둘 때도 되지 않았나? 넌 우리 손아귀에서 빠져 나갈 수 없어. 얌전하게 두 손을 머리 위에 얹고 밝은 곳으로 나오는 것이 낫지 않아? 그 다음은 서로 상의하기로 하자구. 자, 얼른!」

그 다음이라는 것이 어떻게 진행되리란 것을 보란은 누구보다도 잘 알고 있었다. 생각만 해도 몸서리쳐지는 일이었다. 마피아들의 숫자만큼 총알이 자신의 몸에 박힐 것이라는 생각을 하자 그는 소름이 끼쳤다.

그렇듯 잔악한 한떼의 마피아들이 자기들에게는 전혀 이득이 없는 비행기 납치를 위해 이 둘레즈 국제 공항까지 왔으리라고는 도저히 생각할 수가 없었다.

보란은 이제 그들의 함정에서 헤어날 수 없으리라고 생각했다. 마피아의 동태에 대한 가벼운 감시로 시작되었던 것이 이토록 처참한 총격전으로 비화되고 있었다. 이제 그들이 매복하고 있다는 사실 외에는 아무 것도 파악할 수가 없었다. 보란은 마피아들에게 많은 빚을 지게 했고, 그래서 그들은 그 빚을 갚기 위해 날뛰고 있는 것이었다. 보란은 빚을 갚기 위한 그들의 계획에 때늦은 감탄을 하고 있었다.

마피아들이 얼마나 오래 전부터 보란의 항공 작전을 눈치 채고 있었으며 계속 그를 감시하고 있었는지는 알 수 없었으나 그들의 이 매복이 기막히도록 치밀한 계획에 의해서 이루어진 것이란 것만은 분명한 것 같았다. 만에 하나라도 이 매복이 다급하게 계획된 것이라면 분명 거기에는 허점이 있을 것이며, 그렇다면 탈출할 수 있는 작은 구멍이라도 있을 것이었다. 그러나 보란이 함정에 빠져들 것을 예상하고 그들이 오래 전부터 계획하고 있었던 것이라면……. 보란은 다시 한 번 소름이 끼치는 것을 느꼈다.

그는 허리를 굽히고 쓰러진 마피아 졸개의 관자놀이에 45구경의 총구를 갖다 댔다. 그 졸개가 아직 죽지 않았다는 사실을 보란은 알고 있었다. 그는 조용히, 그러나 위협적인 목소리로 물었다.

「모두 몇 명이나 되지? 10명? 20명? 도대체 모두 몇 명이야?」

마피아 졸개는 심한 고동을 참기 어려운 듯 얼굴을 씽그리고 있었다. 그런데도 보란의 위협적인 목소리에 눌려 무언가 말을 하려고 했지만 제대로 되지 않는 모양이었다. 보란은 그러한 그에게 인간적인 동정을 느끼며 눈을 가늘게 떴다. 그러한 상태로 보란은 한숨을 몰아 쉬며 눈동자에 힘을 모았다. 두 귀가 뻣뻣해짐을 느꼈다. 눈이 제 기능을 발휘할 수 없는 이 상황에서는 귀가 눈 역할을 해야만 했다.

그가 움직이지 않고 상황을 판단하는 동안 얼어붙은 듯한 시간은 지루하게 흘러갔다. 마피아들이 어둠 속에서 포위망을 조금씩 조금씩 조이고 있는 소리를 보란은 똑똑히 들을 수 있었다.

공항에서 한 대의 거대한 제트기가 이륙하고 있었다. 다른 한 대의 제트키가 착륙하며 착륙등을 밝히자 그 불빛이 여러 개의 창고를 핥으며 스쳐 지나갔다. 그러나 그러한 것들이 보란에게 도움을 줄 수는 없었다. 평범한 사람들로서는 좀처럼 들여다볼 수 없는 지역, 밤이 깊으면 아무런 활동도 없는 지역, 그곳에서 보란은 동그마니 서 있는 것이다. 밤하늘을 찢을 듯한 총소리도 비행기의 엔진 소리에 묻혀 사람들의 관심을 끌지는 못했다. 그렇다고 포기할 수는 없었다. 보란은 옆구리에 매달려 있는 가죽 주머니에서 32구경 권총을 꺼내 익숙한 동작으로 탄창을 확인했다.

권총을 손에 움켜쥔 그는 마피아 졸개로부터 빼앗은 45구경 기관총을 힘껏 집어 던졌다. 보란의 손을 떠난 기관총은 비탈진 콘크리트 바닥을 굴러가면서 요란스런 소리와 함께 불꽃을 튀었다.

그러자 누군가가 소리쳤다.

「저것 봐! 녀석이 조의 총을 빼앗았어!」

보란은 그 목소리를 향해 어림짐작으로 한 방을 쏘았다. 그러자 기다렸다는 듯이 마피아들이 격렬하게 응사해 왔다. 그러나 보란은 이미 그곳을 벗어나 창고의 그림자를 밟으며 조금씩 조금씩 움직이고 있었다. 잠시 후 보란은 조금 전까지 자신이 서 있던 곳에서 날카로운 비명이 터지는 것을 똑똑히 들었다. 마피아의 졸개, 조라고 불리던 사내의 비명 소리임에 틀림이 없었다.

곧 이어 마피아들의 환호성이 들려 왔다.

「야! 드디어 맞았다. 녀석의 비명 소리가 들렸어!」

「조심해! 속임수일지도 몰라!」

「아냐! 분명히 맞았어!」

「그렇지 않을 거야! 가만 있어 보라구. 확인할 때까지는 조금도 방심하지 마!」

계속되는 환호로 보란은 적들의 위치를 정확히 파악해 냈다. 그들은 4개 조에 각 조마다 3명씩 구성되어 있었다. 그 중 2개 조는 보란의 맞은편 건물의 그늘에 있었으며, 나머지 2개 조는 보란으로부터 양옆으로 각각 퍼져 보란을 포위하고 있었다. 명령을 내리고 있는 자는 그의 정면에 있었는데 말투로 보아 그가 지휘자임이 거의 확실했다.

보란의 두뇌가 재빨리 회전하기 시작했다. 정면에 있는 2개

조가 보란에게 접근하려면 불이 밝혀진 넓은 지역을 통과하지 않으면 안 되는 위치에 있었다. 더구나 양옆의 2개 조도 자신에 게 접근하기 위해서는 순간적이나마 불빛이 닿는 곳을 통과해야 만 했다. 직업 군인이었던 그의 전술적인 본능은 곧 바로 이런 사실을 판별해 냈다. 이제 이 지형상의 유리함을 어떻게 이용하 느냐에 따라 그의 운명은 결정지어지는 것이다.

보란이 생각에 잠겨 있는 동안 잠시 잠잠하던 그들이 다시 웅 성거리기 시작했다.

「이봐! 놈은 분명히 맞았어. 그렇지 않고서야 지금까지 잠잠 할 리가 없잖아!」

「어리석은 소리 말라구! 그게 조의 비명일지도 모르잖아?」

「아냐! 자네가 더 잘 알잖아. 보란이란 놈이 얼마나 잔인한지 를. 그 녀석이 그때까지 조를 살려 뒀을 것 같아? 밤이 새도록 여기서 기다릴 수도 없잖아. 날이 밝으면 경찰들도 몰려올 것이 고 또……」

숨을 죽인 채 잔뜩 웅크리고 있던 보란은 그들의 대화를 들으 며 속으로 쾌재를 불렀다. 그는 건물 그림자의 끝까지 조용히 나 아갔다. 창고의 벽과 왼쪽 공격조 사이의 중간 지점에 가깝도록, 가능한 한 창고의 벽으로부터 멀리 떨어지기 위해서였다. 보란 이 동작을 멈추었을 때 다시 웅성거림이 들려 왔다.

「비명 소리까지 듣고서 더 이상 기다릴 필요가 없잖아!」

「좋아! 그럼 가서 조사해 보도록 해!」

정면에서 명령이 떨어졌다. 보란이 기다리고 있던 말이었다.

「보란! 제기랄…… 듣고 있는지 어쩐지도 모르겠군. 아까처럼 총질을 다시 해봐! 그때는 완전히 널브러진 고기 조각을 만들어

줄 테니까.」

　마피아들은 자기들 멋대로 떠들면서 보란의 왼쪽을 가로지르기 위하여 희미한 달빛 속으로 모습을 나타내기 시작했다. 보란은 숨을 죽인 채 총을 잡은 손에 힘을 주었다. 왼쪽 공격조가 자신들의 뒤를 엄호할 사람 하나 남기지 않고 차츰차츰 보란이 쳐 놓은 덫으로 들어오기 시작했다. 이윽고 그들은 보란과 건물의 중간 지점에 들어섰다. 엎드린 자세에서도 보란은 그들을 충분히 내려다볼 수가 있었다. 재빨리 아래를 향해 몸을 굴리며 그는 미리 계산된 한 발의 탄환을 날렸다.

　예기치 못했던 공격에 놀란 마피아들은 잠깐 당황한 듯했으나 곧 일제히 사격을 가하기 시작했다. 그러나 그 사격은 보란의 계획이 성공했음을 알리는 일종의 신호탄인 셈이었다. 이제 탈출에 성공할 가능성이 점차 커지고 있었다. 정면과 양쪽의 공격조로부터 사격이 그치지 않았다. 보란이 고안한 덫은 이제 왼쪽의 공격조에서부터 그 효과를 나타내기 시작했다. 이성을 잃은 마피아의 무리들은 서로를 향해 무자비한 총격을 주고받으며 아우성을 쳤다.

　보란은 엎드려 있던 자리에서 벌떡 일어서며 왼쪽 통로로 재빨리 뛰어들었다. 그는 희미한 달빛이 쏟아지고 있는 좁은 통로를 재빨리 통과하며 어둠 속으로 모습을 감추었다. 보란이 가쁜 숨을 몰아 쉬고 있을 때 분노에 찬 외침이 등 뒤에서 들려 왔다.

　「그만 해! 우리는 지금 서로에게 총질을 하고 있는 거야. 보란이란 녀석은 벌써 빠져 나가고 없어! 빌어먹을. 그만두래도!」

　보란은 의미 있는 미소를 띤 채 그들의 등 뒤에 서 있었다. 그들이 아우성을 치며 돌이킬 수 없는 실수에 대해 후회하는 소리를 보란은 들었다. 자기 편의 총에 맞아 쓰러진 채 신음하고 있는 마피아 졸개의 비명도 똑똑히 들렸다. 이제는 귀에 너무나 익숙해진 소리들이었지만, 그러나 들으면 들을수록 지긋지긋하고 역겹기까지 한 소리이기도 했다. 그러나 그런 것들은 보란 스스로가 선택한 일들이었다.

보란은 별 어려움 없이 작은 트럭에 도달할 수 있었다. 얼마 전까지만 해도 약탈된 의약품의 운반과 공급에 사용됐던 트럭이었다. 트럭의 운전석 옆문은 활짝 열려 있었고, 운전사가 하품을 하며 기지개를 켜는 모습이 창 너머로 보였다. 창고 바로 안쪽에서 어정쩡한 상태로 트럭을 세운 채 서 있는 두 사내는 전투 태세를 갖추어야 할지 도망을 쳐야 할지에 대해 결정을 내리지 못하고 주위를 계속 흘끗거리고 있었다.

32구경 권총을 든 보란이 그들 앞에 나타나자 그들은 놀라서 창고 안쪽으로 도망쳐 버렸다. 보란은 겁을 먹은 채 부들부들 떨고 있는 운전사에게 다가가 조용히 말했다.

「너도 들어가, 빨리!」

보란의 명령에 대꾸 한 번 해보지 못한 운전사는 창고 안으로 들어간 다음 문을 닫았다. 보란은 곧 기어를 바꾸고 액셀러레이터를 힘껏 밟으며 앞으로 달렸다. 바로 그때 한 무리의 마피아들이 트럭의 앞과 옆으로 들어오며 총격을 가하기 시작했다.

보란은 최대한으로 몸을 웅크리고 그들의 중앙을 향해 트럭을 몰았다. 보란의 이 저돌적인 공격에 마피아들은 뿔뿔이 흩어졌고, 그에 따라 총격도 잠시 뜸해졌다.

다음 순간 보란은 기어를 바꿔 트럭을 후진시켰다가 다시 방향을 옆으로 바꿔 총구를 떠난 탄환처럼 빠른 속력으로 달려갔다. 그는 트럭이 부르르 떨리는 것을 느꼈다. 그러나 보란은 개의치 않았다. 트럭의 엔진이 곧 파열된다 해도 보란 자신의 차가 내기하고 있는 곳까지만 가면 된다는 뚜렷한 계산이 서 있었기 때문이었다. 보란의 차는 창고 뒤에 있었다. 탈출할 수 있는 적당한 위치에 있는 셈이었다. 자신의 차가 희미하게나마 시야에 들어오자 보란은 트럭의 모든 장치를 그대로 둔 채 가볍게 땅으로 뛰어내렸다.

이제 트럭은 하나의 성난 쇳덩어리에 불과했다. 트럭은 제멋대로 건물 벽을 들이받기도 하고 곡예를 하듯 껑충껑충 뛰기도 하다가 급기야는 건물의 벽에 정통으로 머리를 박곤 옆으로 나동그라졌다. 갈팡질팡하던 마피아들이 쓰러진 트럭으로 몰려 들자 보란은 기회를 놓치지 않고 자신의 차를 향해 달리기 시작했다. 그가 차에 거의 도착했을 무렵에야 속은 것을 알아차린 마피아들이 외쳐 대기 시작했다.

「없다! 그놈은 여기에 없어! 빨리 흩어져서 그놈을 찾아라! 너는 북쪽, 너는 남쪽, 그리고 베니는……」

보란이 승용차에 올라 전속력으로 달리기 시작했을 때에야 그를 발견한 마피아들은 다시금 사격을 해오기 시작했다. 그러나 보란은 전혀 피해를 입지 않았다. 화물 운송 지역으로부터 빠져나가는 Y자 형의 도로에 이르렀을 때에야 보란은 비로소 안도의 숨을 몰아쉴 수가 있었다. 그러나 그것도 한순간뿐이었다. 오른쪽에서 두 대의 차량이 토해 내는 헤드라이트 불빛이 어둠을 가르는 것을 발견했다. 잠시 숨을 몰아 쉬던 보란은 다시 액셀러레이터를 밟은 발에 힘을 주며 공항의 중앙을 향하여 달리기 시작했다.

보란이 이미 예상하고 있었던 대로 마피아들은 오래 전부터 이 작전을 계획하고 실천에 옮겼다는 것이 비로소 증명되었다. 조직적이고 두터운 인간들의 덫에 보란은 빠져든 것이었다. 그 덫이 어디까지 뻗어 있는지에 대해서 보란은 아직 알 수가 없었다. 또 다른 한쌍의 차량이 반대쪽에서 달려들고 있었다. 이제 피할 수 없는 결전이 벌어질 것은 너무도 명백한 사실이었다.

보란은 이제 싸움이라는 것에 싫증이 났다. 죽든 살든 바로 지금 모든 걸 끝내 버릴까 하는 생각이 잠깐 머리를 스치며 지나갔다. 그것은 사실 간단한 일이었고 상대적으로는 고통도 덜할 것이 분명했다. 자신을 싣고 달리고 있는 승용차를 바리케이드 앞에 세우고 최후의 총격전을 벌인 다음 영원한 망각으로 빠져든다는 것…….

그러나 보란은 이미 그 장소에 와 있었다. 마피아의 차량들은 좁은 도로를 점령하고 그를 에워싼 채 달려들고 있었다. 보란의 모든 신경 조직은 조금 전의 생각과는 달리 생존을 위한 본능으로 기민하게 작동하고 있었다. 그의 눈에는 바리케이드조차도 보이지 않았다. 바리케이드를 지키던 마피아의 졸개들이 충돌을 피하기 위하여 재빨리 비켜 섰다. 100분의 1초의 차이마저도 허락하지 않는 정확한 시간을 맞추기 위한 긴장으로 보란의 손과 발은 미세하게 떨렸다.

자신의 차가 바리케이드와 충돌한다고 느낀 순간, 보란은 브레이크를 밟으며 운전대를 한쪽으로 급하게 틀었다. 다음 순간 기어를 바꿔 넣으며 있는 힘을 다하여 액셀러레이터를 밟아 전속력으로 돌진했다. 바리케이드를 종이 한 장 정도의 간격으로 비켜 지나가며 차는 큰 원을 그리면서 방향을 바꿨다. 다음 순간 그의 차는 도로 한쪽의 얕은 도랑을 향해 미친 듯이 달려가고 있었다. 보란은 있는 힘을 다해 방향을 꺾었고, 차는 쇠사슬 담장을 스치면서 가까스로 활주로 위에 올라섰다.

결국 마피아들의 도로 차단 계획은 물거품이 되고 말았다. 그것은 보란과 같은 사람에게는 무기력하고 보잘것없는 작전이었음이 판명되었다.

공항의 활주로 위에서 경찰의 순찰 차량이 붉은 등을 번득이며 달려오는 것을 발견한 순간부터 그의 가슴은 다시 두근거리기 시작했다. 마피아의 공격이 끝나고 곧 경찰들이 달려드는 것은 하나의 공식과 같았다. 그들이 전투 병력을 몰고 모습을 나타내는 것은 충분히 예상할 수 있는 사태였다. 보란은 6대의 순찰차가 꼬리를 몰며 접근하는 것을 보고 생각에 잠겼다. 이제 둘레즈 공항에서 빠져 나갈 구멍은 없는 것이다. 적어도 오늘밤 안으로는.

결정을 내려야 할 시간이 빠르게 다가오고 있었다. 보란은 결코 경찰의 권위에 도전한 적은 없었다. 지금까지도 그는 될 수 있는 한 경찰과의 마찰만큼은 어떤 수단을 동원해서라도 피해왔었다. 그러나 지금의 이 상황에서는 도저히 불가능했다.

그들은 먼저 모든 출구를 봉쇄하고 보란에게 달려들 것이다. 경찰의 그 의례적인 방법을 보란은 잘 알고 있었다. 이제 자유로운 상태를 계속 유지하기 위해서는 경찰과의 마찰을 피할 수가 없었다. 보란에게 있어 경찰과 마피아는 똑같은 적이었지만 적어도 경찰만큼은 죽이거나 다치게 하고 싶지 않았다.

그러나 지금 마피아들은 뒤에서 그를 추격해 오고 있었으며 경찰들은 앞에서 압박해 오고 있었다. 머뭇거릴 여유가 없다고 판단한 보란은 재빨리 승객 대기실의 주차 지역으로 차를 몰았다. 그는 서류 가방을 들고 비장한 각오를 한 듯한 표정으로 차에서 내려섰다.

그가 대기실에 들어섰을 때 두 대의 순찰차가 경고등을 번득이며 달려오고 있었다. 다른 쪽에서는 여러 대의 화물차들이 보란의 위기와는 무관하게 분주히 움직이고 있었다. 보란은 진퇴양난의 상태에서 훅 하고 한숨을 쉬며 부지런히 주위를 살폈다.

순간, 보란의 눈이 날카롭게 빛났다. 바로 몇 걸음 앞에 탈출의 가능성이 활짝 열려 있었던 것이다. 어떤 수단으로든 몇 분 내에 이륙할 저 비행기에 몸을 싣는 것이었다.

전쟁에 이력이 난 맥 보란에게 결정이란 뻔한 것이었다. 어찌됐든 비행기에 오르고 죽는 일은 다음으로 미루어야 한다는 게 그의 결정이었다. 죽음이란 그의 심장이 멈추지 않는 한 언제나 그를 유혹하고 있다는 것을 보란은 잘 알고 있었다.

이제 그의 개인적인 전쟁은 국제적인 규모로 발전해 가고 있었다. 마피아라는 이름으로 알려진 범죄 집단의 해외 지부들에게는 불행한 일이지만.

보란은 입술을 깨물며 새로운 전선으로 이동할 각오를 새로이 다지고 있었다.

2
이 륙

큰 키에 후리후리한 몸매의 한 사내가 거의 텅 비다시피한 공항 대기실로 걸어 들어오고 있었다. 유난히 긴 팔과 다리를 가진 그는, 검은 양복에 잘 손질된 푸른색 와이셔츠와 넥타이를 맨 차림을 하고 있었다. 그는 들고 있던 서류 가방을 바닥에 내려놓았다. 검은 머리가 반쯤 얼굴을 가린, 활활 타오르는 듯한 눈동자와 텁수룩한 콧수염, 그리고 칙칙한 느낌을 주는 구레나룻이 특징인 사내였다.

대기실 유리를 통해 거대한 제트 여객기가 이륙 준비를 하고 있는 모습이 보였다. 기수가 조종실을 등지고 선 채 여객기를 리드하고 있었다. 엔진이 작동되는지 주위가 소란스러워졌다.

검표계 책상에 앉아 있던 제복을 입은 사내는 불쑥 100달러짜리 지폐를 내밀자 눈이 휘둥그래졌다. 큰 키의 사나이가 지그시 그 눈을 바라보며 입을 열었다.

「파리행 비행기에 내가 탑승할 수 없다는 쪽에 100달러를 걸겠소.」

검표원은 사내에게 빙그레 웃어 보이며 대꾸했다.

「그 내기를 받아들이겠습니다, 손님.」

그는 옆에 있던 사내를 툭 치며 명령했다.

「앤디한테 딜려가서 얘기해. 빨리 트랩을 준비하라고 말이야. VIP 한 분이 좀 늦으셨는데 꼭 타셔야만 한다구.」

그로부터 얼마 뒤 보란은 좌석표를 들고 비행기로 향하고 있었다. 한 승무원이 지루해 못 견디겠다는 듯한 얼굴로 여객기의 출입구 앞에 서 있었다. 이 지각한 승객은 유유히 객실로 들어갔다. 승무원이 문을 닫는 소리가 들렸다.

보란은 좌석을 찾아 앉은 후 안전 벨트를 맸다. 그때 다시 문이 열리더니 이제 막 도착한 승객 한 사람이 뛰어 들어왔다. 그는 보란이 앉은 좌석의 반대편에 자리잡고 앉았다. 그가 마지막 승객이었다. 여객기는 서서히 활주로를 향해 미끄러져 가기 시작했다.

보란은 그 마지막 승객에게 시선이 쏠리는 것을 이상하게 여기며 그를 자세히, 주의 깊게 관찰하기 시작했다.

그는 보란 나이 또래의 평범한 남자처럼 보였다. 아주 편안한 자세로 앉아 시선은 정면에만 주고 있었다. 보란과 비슷한 몸집에 유행의 첨단을 달리는 듯한 복장을 하고 있었으며, 비행기를 놓치지 않으려고 열심히 달려왔는지 아직도 숨을 헐떡이고 있었다.

승무원 대기실 문이 열리고 스튜어디스가 메모판을 들고 왔다. 늦게 도착한 두 승객의 이름을 승객 명단에 추가 기입하기 위해서였다. 보란은 여권을 펼쳐 보였다. 그 평범한 사내는 길 마틴이라고 하는 것 같았다. 스튜어디스의 표정이 갑자기 환해졌다. 사내는 당황하여 손을 내저으며 말했다.

「이봐요, 아가씨. 아무 말도 하지 말아요. 비밀을 지켜야 해. 나도 역시 그럴 테니까.」

스튜어디스는 대답 대신 조용히 고개를 끄덕였다. 그리고는 곧 조종실 쪽으로 걸음을 옮겼다. 그 사내는 창 밖으로 시선을 돌린 채 꼼짝도 하지 않았다. 도대체 저자의 정체는 무엇인가? 보란은 수상쩍은 생각이 들었다.

비행기는 느린 속도로 활주로를 향해 미끄러져 갔다. 공항 건물들이 서서히 뒤쪽으로 흘러가고 있었다.

그때 활주로의 철책 너머에서는 심상치 않은 일이 벌어지고 있는 것 같았다. 붉은 경고등을 번쩍이며 순찰차들이 여기저기 세워져 있었고, 경찰들도 이곳 저곳 홀린 듯 부산하게 뛰어다녔다. 그는 별안간 피로를 느끼며 몸을 좌석 깊숙이 묻어 버렸다. 그의 옆에 앉아 있던 창백한 표정의 젊은 여자 승객이 소리를 질렀다.

「오, 저게 무슨 일이죠?」

「왜 그러십니까?」

보란은 여자를 향해 고개를 돌리며 친절하게 물었다.

「당신은 저게 안 보여요? 무슨 큰일이 벌어졌나 봐요.」

보란은 슬며시 미소를 지었다.

「경찰 말이오? 아, 당신 죄를 지은 모양이죠?」

그녀는 놀라면서도 그 말에 흥미를 갖는 눈치였다.

「아녜요. 당신은 저 사람들의 행동에 호기심이 생기지 않으세

요? 걱정이 되지 않느냐구요? 이 비행기 안에······ 폭탄이 장치
돼 있는지도 몰라요. 아니면 공중 납치를 기도하는 괴한이 타고
있을지도 모르구요.」

보란은 여자를 똑바로 바라보며 느긋한 음성으로 말했다.

「내 생각에는 이곳을 방문하는 높은 분을 위해 경호 조치를 하
고 있는 것 같군요.」

「아하!」

그 여자가 감탄사를 뱉어 냈다. 그러나 표정으로 보아 그런 평
범한 대답으론 만족하지 못하는 것이 분명했다.

보란은 그녀를 완전히 무시했지만 긴장하지 않을 수 없었다.
그들은 아직도 부산하게 움직이고 있었다. 아직 안심하기엔 이
른 것 같았다. 비행기가 완전히 이륙하여 이곳을 벗어나기 전까
지는 호흡조차 마음대로 할 수 없는 형편이었다.

이곳 경찰이 완벽한 솜씨를 발휘한다면 보란이 파리에 도착하
는 즉시 그를 체포할 수 있을 것이다. 아니면 마피아의 환영식에
경찰이 말려들 수도 있을 것이다.

혹 국내선이 좀더 안전할지 모른다는 생각이 들었다. 그러나
현재의 상황에서는 우선 이 둘레즈 공항을 벗어나는 것만이 그
의 목표였고, 따라서 파리행 여객기를 잡아탄 것은 그에게는 최
선의 방법이었다. 그런데 점차 불안해지는 마음은 어쩔 수가 없
었다.

파리가 안전하다는 보장은 없었다. 프랑스 식의 습관을 몸에
익히려면 시간이 좀 필요할 테고, 다른 공식적인 법 절차도 그를
기다리고 있었다. 그를 사로잡고 있는 문제는 한 가지뿐이었다.
그의 여권 문제였다. 마이애미 경찰의 해럴드 브로렐라와의 계

약에 따른 선물로 이 여권이 그에게 주어졌을 때 그는 거들떠보지도 않았었다. 얼마나 훌륭한 위장 여권인가? 그는 이제까지 한 번도 조국을 떠난다는 생각 같은 건 해본 적이 없었다. 이국 땅에 발을 내딛는 순간, 이 여권은 그가 저격수라고 불리는 바로 그 자라는 것을 밝히는, 교활하기 이를 데 없는 표시로 변질되는 것은 아닐까?

아닐 것이다. 그것은 터무니없는 망상에 불과한 일일 것이다. 보란은 근거도 없는 공포감 속에 빠져들고 싶지 않았다. 그에게는 그를 기다리는 살인과 보복과 적들의 감시의 눈초리가 있을 뿐이었다.

보란은 옆자리에 앉은 창백한 여자의 표정을 슬쩍 훔쳐보면서, 그녀가 느끼는 공포와 그 자신의 공포가 똑같이 황당 무계한 것이라고 생각하려고 애를 써봤다.

그 생각이 정말 황당 무계한 것일까? 마피아와의 이 전쟁이 그의 모든 세계를 장악해 버리고 다시 그것을 찢어발기고, 형체도 알 수 없는 공포를, 육체적인 현실감이 있는 공포가 아니라 더 참혹한 정신적 공포를 영원히 그에게 짐지운 것은 아닐까? 어쩌면 그의 모든 분노에도 불구하고 끝내 그는 그 자신의 모든 용기와 정의까지도 팽개쳐 버리고 두려움에 떨면서 제 발로 경찰을 찾아가 투항하는 일이 벌어질까 봐 은근히 화가 났다.

그는 말없이 서류 가방을 끌어 내려 무릎 위에 놓고 여권을 조사하기 시작했다. 여객기는 이제 활주로 바로 바깥쪽에 서 있었다. 엔진이 빠르게 회전하고 있었다. 조종실의 문이 열리고 보란이 앉은 쪽을 담당한 스튜어디스가 다시 나타났다. 열린 문 저쪽에서 제복 차림의 남자가 나타나 길 마틴이라고 소개했던 사내

를 슬쩍 바라보며 미소를 짓더니 문은 다시 닫혔다. 스튜어디스
도 자기 좌석에 가 안전 벨트를 맸다. 그녀 역시 길 마틴을 향해
미소를 보냈다. 마틴이라는 사내는 사람들의 호기심에 찬 시선
을 받으면서도 응당 나타내야 할 표정조차도 내비치지 않고 있
었다.

보란은 다시 그 사내에 대한 의문에 휩싸였다. 여권 문제는 닥
치면 해결하기로 하고 우선은⋯⋯. 그는 코트의 윗주머니에 여
권을 쑤셔 넣었다. 그것은 아주 짧은 시간에 내려진 거의 무의식
적인 결정이었다.

잠시 후 여객기는 이륙했다. 둘레즈 공항은 점차 희미한 점으
로 변하더니 완전히 보이지 않게 되었다. 시선을 돌리며 보란은
좌석의 질 좋은 쿠션에 깊숙이 몸을 묻었다.

앞으로 몇 시간 동안은, 정말 몇 시간뿐이지만 마음 푹 놓고
휴식을 취해도 좋을 것이다. 경찰은 비행기가 이륙하는 것을 허
락했다. 유명 인사임이 틀림없는 길 마틴이 공항에 늦게 도착함
으로 인해 보란은 자신이 얼마나 많은 덕을 보았는가를 생각해
보았다. 저절로 감탄이 새어 나왔다. 게다가 기이하게도 길 마틴
과 그는 많이 닮아 있었다.

보란은 관제탑과 조종사 사이에 오고가는 교신 내용을 눈에
보듯 환히 떠올릴 수가 있었다.

──경찰이 사람을 찾고 있다. 30대의 남자, 키가 크고 검은
머리에 구레나룻을 하고 단단한 체격에 차가운 밤색 눈동자의
사내다. 그는 아마 파리행 여객기의 마지막 탑승자일 것이다.

──그렇다. 그런 자가 이 여객기를 타긴 탔다. 그런데 그는
바로 길 마틴이다. 그는 당신도 잘 아는 유명 인사다.

보란은 느긋하게 미소를 지었다. 보란은 스스로에게도 낯선 자신의 모습에 감탄했다. 그를 그처럼 달라 보이게 만든 것은 잘 못 손질된 머리와 수염 덕분이었다. 참 기이한 행운도 있구나! 길 마틴이란 자의 유행에 대한 관심이 머리 손질에까지 미친 데 대해서는 더욱 감사할 수밖에 없었다. 요즈음 남자들은 대부분 수염이나 구레나룻에 신경 쓰지 않는다. 오히려 촌스럽다고 하 는 경우가 허다하다. 어쨌든 보란으로서는 윗부분은 좁게 아랫 부분은 넓게 손질된 구레나룻과 말끔히 다듬은 콧수염 덕을 톡 톡히 본 셈이었다.

우선은 적에 대항할 힘을 비축하고 머리를 식히며 흥분했던 마음을 좀 가라앉히고 편안하게 휴식을 취하는 일이 급선무였 다. 위기에 처할수록 여유를 갖고 임해야지. 잘못 손질된 콧수염 과 구레나룻은 파리에 도착하는 즉시 다시 손보면 되는 일이 아 닌가?

긴장이 풀리자 그는 다시 옆자리의 젊은 여자에게 관심이 쏠 렸다. 그녀는 창가에 앉은 승객이 멀미를 하려는 것을 막기 위해 필사적으로 말을 붙이고 있었다.

「……라이트 뱅크는 너무나 상업적이라는 얘길 들었어요. 겉 치레뿐이지요. 그래서 난 레프트 뱅크에 있는 작은 호텔로 가서 묵을까 해요. 얼마나 좋겠어요. 아마 소르본 지역쯤일 거예요. 어떻게 생각하세요? 그럴듯한 생각이죠? 비싸지도 않을 거구요. 화려하고 또 재미있는 곳이라는 소문이 자자해요. 그 예술가들 하며 학생들 하며…… 그 사람들은 모두 거기에서 산대요. 레프 트 뱅크 말예요. 그렇지만 달리 생각해 보면 안전한 곳은 아닌 것 같기도 해요.」

보란은 소리없이 웃으며 눈을 감았다. 그들을 방해할 생각은 없었다. 눈앞에 파리가 나타나면 그때 파리에서의 문제를 걱정해도 충분하다. 멋과 낭만과 방탕의 도시, 파리에서 미국으로 돌아갈 때까지는 조용히 지낼 수 있을지도 모른다는 생각이 그에게 다소나마 위안을 주었다.

그러나 보란은 곧 전세계가 전쟁터라는 사실을 깨달아야만 했다. 조용히 숨어서 휴식을 취한다는 것은 그에게 결코 어울리는 일이 아니었다.

3
유다의 키스

쌕쌕이 토니 레버니는 워싱턴의 빈민가, 상점 뒷방의 책상 앞에 앉아 있었다. 그는 그날 벌어 들인 수익금을 계산하는 중이었다. 할렘가 남쪽 지구를 상대로 하는 사업에 대한 대가였다. 까맣다 못해 짙푸른 피부의 윌슨 브라운은 쌕쌕이 토니의 곁에 서서 냉담한 표정으로 토니의 손놀림을 지켜보고 있었다.

그는 토니의 지휘를 받는 자들 가운데 가장 핵심적인 인물이었다. 그의 눈은 정확해서 결코 사소한 것일지라도 놓치는 법이 없었다. 시거 조각을 질겅질겅 씹고 있는 이 30대 사내의 온몸 구석구석은 상처투성이였다. 그는 필요 이상으로 음산한 표정을 짓고 있었다. 단 하나, 눈만이 생기를 띠고 있었다. 흑인이라는 운명에 대해 불만을 갖고 있다는 것이 그의 몸 전체에서 풍기고 있었다.

토니는 벌써 40대를 넘었다. 그럼에도 불구하고 성격은 불과

같아 사소한 행동에도 곧잘 흥분하고 일을 저지르는 행동파였
다. 그러한 그의 성격이 그에게 〈쌕쌕이〉라는 별명을 얻게 해주
었다.

정문 앞에서는 브라운의 동반자인 두 사내가 이마를 맞댄 채
낮게 속삭이고 있었다. 가끔 어두운 시선으로 방 안을 흘끔거리
는 것으로 보아 심상치 않은 일이 있는 듯했다.

방에서는 희미한 불빛이 새어 나오고 있을 뿐 침묵만이 계속
됐다. 백인인 쌕쌕이 토니는 몸을 벽에 기댄 채 종이 조각에 기
재된 숫자의 계산에 몰두해 있었다.

토니는 계산을 다 마친 후 실눈을 뜨고 현금 총액을 곰곰이 계
산해 보았다. 얼마 후 그가 갑자기 침묵을 깨뜨렸다.

「브라운, 50이 부족한데?」

「아냐. 그건 조지타운에 있다고 했잖아.」

흑인 사내 브라운은 토니의 어깨 너머로 주머니들을 살피며
대꾸했다.

「아, 맞아. 조지타운에 남겨둔 게 있다고 했지? 그런데 그렇게
많이 남겨둔 이유는 뭔가?」

「욕심 부리지 마! 우린 잘못하면 떡이 될 판이라구. 만일…….」

그때 전화벨이 요란스럽게 울리며 브라운의 말을 중단시켰다.
그는 재빨리 수화기를 들고 몇 차례 고개를 끄덕거렸다. 그러다
가 상대방의 얘기에 화가 치밀었는지 물고 있던 시거를 씹어 바
닥에 뱉으며 입을 열었다.

「그렇다면 할 수 없지. 가장 지독한 놈들에게 50을 풀도록 해.
무슨 뜻인지 알겠지?」

「또 50을 푼다구?」

브라운의 표정을 살피고 있던 쌕쌕이 토니가 자리에서 일어서며 날카롭게 물었다. 그는 50이라는 말에 화가 난듯 얼굴이 벌개진 채 씩씩거렸다. 그런 그를 브라운이 진정시키려 했다.

「진정하라구! 내일은 기분이 좋아질 테니까. 토니, 자네도 알다시피 요즈음 경기가 그렇고 그렇잖아. 가만히 있어도 재수 없는 일만 생기잖아. 물건도 그대로 쌓여 있다구!」

그러나 이탈리아 인인 토니는 브라운 따위는 안중에도 없다는 듯이 혼잣말로 중얼거리며 종이 상자에 돈을 쓸어 넣기 시작했다. 브라운은 깜짝 놀라 눈을 휘둥그렇게 뜨며 외쳤다.

「아니, 지금 돈을 모두 가져갈 거야, 토니?」

토니가 잠시 손놀림을 멈추며 날카롭게 대꾸했다.

「그래! 이제 끝장이야. 내일 꼬마를 시켜서 나에게 영수증을 보내. 정확하게 계산을 할 테니까. 빌어먹을…….」

「끝낸다구? 날 믿을 수 없다는 건가?」

브라운이 불만스러운 표정으로 물었다.

「이봐, 쓸데없는 짓은 하지 않는 게 좋아! 자네는 날 이해해야 돼. 이건 모두 보란 그 녀석 때문이야. 분명히 그 녀석은 이 거리 어디에선가 우릴 노리고 있을 거야. 난 그 녀석에게 우리 돈을 빼앗을 기회를 주고 싶지 않을 뿐이라구. 내 말 알아듣겠나?」

브라운의 표정이 눈에 띄게 부드러워졌다.

「이런 제길……. 난 자네가 그걸 갖고 내빼는 줄 알았잖아.」

「설마 내가 그럴려구. 아니지, 그런 생각을 하는 녀석들도 있긴 있을 거야. 그렇지만 난 그렇지 않아. 날 믿게, 친구!」

토니의 말이 끝남과 동시에 다시 전화벨이 울렸다. 브라운이 수화기를 집어들자 토니는 전화의 내용이 불안스러운지 문을 향해 걷기 시작했다. 문을 밀치고 나가려는데 브라운의 목소리가 덜미를 붙잡았다.

「그래, 토니 말인가? 여기 있어. 바꿔줄 테니 잠깐 기다리게.」

토니가 궁금한 표정으로 돌아서자 브라운이 수화기를 내밀었다.

「자네 전투원이야. 몹시 급한 일이 있는 모양이야.」

수화기를 받아든 토니는 진정하려는 듯 침을 한 번 꿀꺽 삼키더니 낮은 톤으로 입을 열었다.

「아, 그래. 무슨 일이야?」

한동안 고개를 끄덕이며 듣고만 있던 토니의 안색이 하얗게 변하기 시작했다.

「안 돼! 바보 같은 녀석들. 될 수 있는 한 경찰들로부터 멀리 떨어져 있어! 그렇지만 그 녀석을 경찰에게 빼앗기면 안 돼!」

그의 고함 소리에 창문이 흔들릴 지경이었다. 손등으로 이마의 땀을 훔치며 그는 다시 소리치기 시작했다.

「비행기까지 몽땅 뒤져! 그 시간 전후에 이륙한 비행기를 모조리 뒤지란 말이야! 승객 명단을 훔쳐서라도 조사해야 돼. ……제길, 그걸 내가 어떻게 알아!」

상대방은 승객 명단을 어떻게 빼내느냐고 묻는 모양이었다.

한동안 소리를 지르던 토니는 수화기를 내던지며 누구에게랄 것도 없이 욕설을 퍼부었다.

「이 자식! 눈앞에 있다면 갈기갈기 찢어 버리겠어!」

토니가 이성을 찾기 시작했을 때쯤 브라운이 한마디 던졌다.

「보란이 또 빠져 나갔나 보군.」

「빌어먹을…….」

토니는 욕설로 대답을 대신했다.

「이봐, 내가 그놈을 잡아 줄까?」

「뭐야? 지금 날 놀리는 건가? 너처럼 느린 녀석이 보란을 잡아? 이 나라 구석구석에 전투원들을 쫙 깔았는데도 난 당하기만 했어. 그런데 감히 네가……。」

그러나 브라운은 미소까지 지으며 자신 있다는 태도로 대꾸했다.

「난 그 녀석을 키스 한 번으로 잡을 수가 있어.」

「야! 지금 나에게 부채질을 하고 있는 거야? 난 지금 농담할 기분이 아니라구!」

「이봐! 난 그 녀석하고 임무를 같이 수행한 적이 있어. 석 달 동안이나 함께 논바닥을 헤매다가 천신 만고 끝에 살아났었지.」

토니는 처음 듣는 이 말에 몹시 놀라는 표정을 지었다.

「왜 지금까지 입을 다물고 있었지? 왜 그런 얘길 하지 않았느냐구!」

「토니, 난 자네와 달라. 자네가 알다시피 난 마피아가 아니잖아? 난 그저 여기에서 일을 할 뿐이라구. 내가 보란을 안다고 해서 자네에게 도움이 될 수 있을까? 솔직히 말해서 지금까지 보란과 난 아무런 이해 관계가 없었어.」

브라운의 얄밉도록 계산적인 대답에 토니는 버럭 화를 냈다.

「정말 더러운 근성이로군! 난 지금 자네의 말을 믿을 수가 없어. 보란이란 놈하고 빵을 구워 먹었는지 개똥을 삶아 먹었는지 내가 어떻게 믿을 수가 있느냐구?」

문 앞에 서 있던 두 사내는 방 안의 분위기가 심상치 않다고 생각됐는지 팔을 건들거리며 들어섰다. 그러나 브라운은 전혀 개의치 않는다는 표정으로 입을 열었다.

「이것 봐. 난 지금 거짓말을 하고 있는 게 아니야. 신부 앞에서 고해 성사를 하고 있는 기분이라구. 내가 자네를 위해 보란을 꽁꽁 묶어다 주겠다는데도 계속 화만 낼 텐가?」

그러나 토니의 믿지 못하겠다는 듯한 표정은 여전했다.

「도대체 그 이유가 뭔가? 자네하곤 전혀 상관없는 일이라고 자네 입으로 분명히 말했잖아. 자넨 지금도 충분히 내 오른팔 역할을 하고 있어. 그러니 그 위험한 일은 자청하지 말게. 자넨 이제 돈도 많이 모았잖아? 그 이상 뭐가 더 필요하다는 거야?」

브라운은 답답하다는 듯이 손가락으로 머리카락을 쓸어 올리며 대꾸했다.

「그러니까, 얘길 하자면……. 자네가 알다시피 난 그저 나일 뿐이야. 사실 난 아무 것도 아니잖아. 그렇기 때문에 난 내가 할 수 있는 일, 하고 싶은 일이라면 무엇이든지 할 수가 있어. 그렇지 않은가? 만일 내가 맥 보란을 잡는다면 얼마 정도의 돈을 만질 수가 있겠나? 어때, 한번 해볼까?」

브라운은 어떻게든 토니를 이해시키려고 노력했다. 쌕쌕이 토니는 바로 그 점이 브라운다운 영리함이라고 생각하며 말싸움을 끝내려 했다. 그는 조용히 혹인 브라운의 계획을 숙고해 보았고, 평가해 보았다. 토니는 윌슨 브라운에 대한 이용 가치를 계산하기 시작했다.

「브라운 자네도 알고 있듯이 보란에게는 10만 달러의 살인 청부 계약이 걸려 있어. 농부 어니가 거기에다 또 10만 달러를 추가했지. 자기가 직접 그놈을 처형하도록 생포해 와야 한다는 조건으로 말일세.」

브라운은 만족한 미소를 지었다.

「그래? 결론적으로 20만 달러라는 얘기군. 그 정도의 액수라면 위험을 감수할 수도 있어. 내가 그놈을 붙잡아서 돈보따리를 삼켜야겠어!」

그러나 토니는 쉽게 허락하지 않았다.

「이봐, 브라운! 내 지역에서 일어나는 모든 일에 대해 난 이권을 가지고 있네.」

「알아. 자네에게도 두둑히 한몫을 떼어 주지. 그럼 됐나?」

브라운은 토니의 속마음을 꿰뚫고 있었기 때문에 기분좋게 승락했다.

「농부 어니도 나처럼 이권을 갖고 있는데 어떻게 할 텐가?」

「이권이 있다면 어쩔 수가 없지. 한 손으로는 주고 다른 한 손으로는 모조리 빼앗겠어.」

토니는 브라운의 영리함에 다시 한 번 감탄했다.

「역시 자네는 뛰어난 사업가야, 브라운.」

그는 시거를 입에 물고 불을 붙이더니 다시 입을 열었다.

「브라운, 내가 이권을 강조하는 건 세금 같은 것으로 생각하게. 농부 어니와 같이 만나 명백히 결정을 하는 게 좋겠어. 자, 함께 출발하지, 브라운.」

브라운은 기분이 좋은지 키들거렸다.

「나를 거물에게 데려가겠다는 건가?」

「그래. 그렇지만 명심해서 들어둬. 기분이 나쁘더라도 반드시 존경의 뜻을 표시해야 돼. 나를 대하는 식으로 그를 대했다가는 무슨 일을 당할지 몰라. 부를 때도 농부 어니라고 하지 말고 카스틸리오네님이라고 불러. 내 말 알겠나?」

「빌어먹을, 돈이 생기는 일인데 무슨 짓을 못하겠나? 하나님
이라고 불러도 좋아.」

쌕쌕이 토니는 갑자기 환하게 웃었다.

「좋았어. 자넨 성공할 수 있겠어. 틀림없이…… 자네의 성공
을 빌겠네.」

4
지옥으로 입성

　카스틸리오네는 뉴저지의 남부로부터 사반나에 이르는 동부
해안 전체의 지하 조직을 장악하고 있었다. 그의 지하 제국은 항
구와 임야, 소나 양, 말 등의 가축 방목장과 통조림 산업, 정치와
노동 운동, 도박과 매춘 등 인간의 능력이 미치는 한도내에서의
착취와 조작, 매점 매석에 이르기까지 온갖 분야를 장악하고 있
었다. 이러한 모든 것들이 귀족적인 저택, 흔히 〈농장의 성채〉라
고 알려진 곳에서 지배되고 있었으며, 그 〈농장의 성채〉는 워싱
턴에서 조금 떨어진 버지니아의 계곡에 위치하고 있었다.

　카스틸리오네는 마이애미에서 발생한 전투에서 한쪽 다리에
심한 부상을 입었는데——사실 다리라기보다는 엉덩이에 총탄
세례를 받은 것이었다——그는 그때 목숨을 부지하기 위하여
기를 쓰며 달아났다. 그런 일이 있은 후 그는 몇 주일 동안이나
침통한 나날을 보내야만 했었다. 그때의 부상은 지금도 완쾌되

지 않아 가끔 통증을 느낄 정도였다. 의사는 그에게 항상 베개 위에 앉으라고 지시했고, 그의 일상 생활이랄 수 있는 과격한 운동을 중단하라고 했다. 육체적으로 불편을 겪을 때마다 농부 어니는 화가 치밀었고 자기를 그 지경으로 만든 보란을 증오했다.

「보란! 두고 보자. 언젠가는 너에게 진 빚을 꼭 갚을 테니까!」

어니는 뉴욕의 콘크리트 빌딩 속에서 자라났다. 그런 덕에 12세가 되기 전까지는 콘크리트 빌딩 숲을 벗어나면 흙과 풀과 이끼가 있는 향기로운 땅덩이가 있다는 것을 상상해 본 적도 없었다. 그러나 지금의 그는 광대한 농장의 소유자라는 것에, 멋있고 튼튼한 말을 사육한다는 것에 대해, 시골의 의젓한 신사라는 것에 대해 대단한 긍지를 갖고 있었다.

그는 순종 말 경연 대회나 행진에서 말을 즐겨 타곤 했다. 그의 에펠루자 주식은 버지니아를 통틀어 가장 가치 있는 것으로 정평이 난 지 오래였다. 농부들이 대부분인 버지니아의 품위 있는 사회에서 그는 누구보다도 존경을 받는 위치에 군림해 있었다. 지역 사회를 위한 여러 가지 공공 사업에 그는 헌금을 아끼지 않았으며, 몇몇 기업에서는 그를 후원자로 추대할 정도였다.

이것이 바로 동부 할렘 구역에서 독학으로 자수 성가한 인물의 빛나는 오늘이었으며, 마이애미 사태 이후에 풍비 박산이 됐다가 간신히 그것을 수습해 낸 인물의 이미지이기도 했다. 보란 때문에 그가 받은 타격은 이루 말할 수 없을 만큼 컸다.

카스틸리오네는 데이드 군 사법 당국에 체포되어 손가락의 지문을 찍고 구금되었다가 보석금을 내고 가까스로 풀려나는 곤욕을 치러야 했다. 아직도 그는 여러 가지 죄명으로 법정에 출두해

야 하는 신세였다. 그 모든 것들 중에서도 그가 가장 견딜 수 없
는 일은 나라 안의 모든 신문과 잡지들이 그의 행적을 폭로하기
에 정신없다는 것이었고, 버지니아의 범죄 위원회에서도 그의
지하 세계에 대해 지대한 관심을 갖고 있다는 것을 선언했다는
사실이었다.

이처럼 농부 어니에게는 보란을 증오해야 할 필연적인 이유들
이 많이 있었다. 그의 증오의 불꽃 하나만으로도 보란의 시체는
충분히 불태워지고도 남을 지경이었다. 아니 카스틸리오네는 기
꺼이 보란의 몸뚱이, 그 신경 하나하나를 차례로 자극하여 보란
이 내지르는 고통의 비명을 즐기고도 남을 사람이었다.

왜 그가 그토록 보란에 대해 잔인한 생각을 하게 됐는가? 그
의문에 대한 해답은 간단한 것이다. 바로 보란이 그 자신과 가문
들에게 그와 똑같은 짓을 저지르지 않았던가! 이런 생각으로 어
니 카스틸리오네는 토니 레버니에게 말했던 것이다.

「토니, 난 보란이 간단히 죽는 걸 원치 않네. 타인의 손에 의
해 죽는 것도 물론 원하지 않아. 그 녀석은 조금씩 아주 조금씩
고통을 느끼게 하면서 죽어야 해. 토니, 자네는 내 심정을 이해
할 수 있겠지?」

「충분히 이애할 수가 있습니다. 그 녀석을 멀리서 한 방 쏴버
릴 수도 있지만, 고통을 주는 방법은 결코 쉬운 일이 아니죠, 카
스틸리오네 씨. 그러나 여기 있는 윌슨 브라운은 그 자에게 똑바
로 걸어갈 수가 있습니다. 아시겠어요? 자연스럽게, 그 녀석을
잡아올 수가 있다는 얘깁니다. 어떻게 생각하십니까, 카스틸리
오네 씨?」

어니는 몸을 움직여 엉덩이로부터 삐어져 나간 베개를 끌어

당겼다.

「토니, 자네는 벌써 똑같은 말을 세 번이나 했어. 난 자네의 표현이 맘에 들지 않아. 알겠나? 앞으로는 그 말을 삼가해 주기 바라네. 부탁이라도 하고 싶은 심정이라네.」

기분이 언짢아진 토니가 대답조차 하지 않자 농부 어니는 덩치가 큰 브라운에게도 시선을 옮겼다.

「알고 있을지도 모르지만 보란은 성형 수술을 했어. 그런데도 자네는 옛 전우를 자칭하며 접근할 자신이 있겠나? 보란은 그렇게 호락호락하지 않아. 성형 수술을 한 그 녀석에게로 반갑게 달려들어 봐. 어떻게 생각을 하겠나?」

브라운은 쉽게 답변할 수가 없어 잠시 생각에 잠겼다. 그는 빈 틈이라고는 전혀 찾아볼 수 없는 두목이 증오스럽기까지 했다. 이 늙은이가 흑인과 가까이 지낸 위인으로는 전혀 생각되지 않았다. 상당한 거리감이 그들 사이를 가로막고 있었다. 브라운은 긴장을 떨쳐 버리기 위해 손가락 마디를 우두둑 꺾으며 입을 열었다.

「침착하게 행동할 생각입니다. 언젠가 성형 수술을 한 그 친구의 사진을 본 적이 있어요. 변한 그의 얼굴을 알 수 있다는 얘기죠. 내가 그 친구에게 접근을 하면 그 친구가 먼저 정색을 하며 반길 것으로 생각하고 있습니다.」

잔뜩 긴장을 한 브라운의 입에서는 단어 하나하나가 툭툭 잘려져 나왔다.

「그렇게 생각하는 데에는 무슨 근거라도 있나?」

「그저 추측일 뿐입니다. 그 친구는 누구보다도 외로운 자입니다. 의지할 사람은 물론 편안히 누울 자리조차도 없는 신세죠.

그러한 그에겐 무엇보다도 믿고 의지할 수 있는 친구가 필요할 것이 분명합니다. 과거의 그와 난 제일 가까운 친구였죠. 그가 날 보기만 하면 반갑게 달려들 것은 분명한 사실입니다.」

어니 카스틸리오네는 여러 차례 고개를 끄덕이며 깊은 생각에 잠겨 있었다. 그는 브라운이 지금까지 상대했던 흑인들과 많은 차이가 있다는 것을 알 수가 있었다. 그 정도면 기대를 해도 손해를 보지 않을 것이라고 판단한 카스틸리오네는 한참 후에 침묵을 깨뜨렸다.

「좋아, 자네를 믿겠네. 일을 분명히 처리하기 위해서는 철저한 계획을 세우게. 자네가 마이애미에서의 사건을 안다면 계획이 얼마나 중요한 것인가를 잘 알 거야. 내 말뜻을 알겠나?」

「그 점은 염려하지 않아도 될 것입니다. 그보다도 난 현상금에 대해 분명히 해두고 싶은데요?」

「얼마면 되겠나?」

다른 얘기에는 신중을 기하던 카스틸리오네가 현상금이란 말이 나오자 건성으로 물었다.

「지금 흥정을 하자는 얘깁니까? 당신들은 이미 결정해 뒀잖습니까. 전세계 사람들이 알고 있듯이 보란을 잡으면 10만 달러, 그리고 당신이 내건 10만 달러를 합하면……」

브라운의 말에는 불만이 묻어 있었다.

「자네가 그걸 모조리 차지하겠다는 건가? 그건 말도 되지 않는 소리야. 계약한 사람이 모두 다 갖는다는 건 하나의 상식이야. 이것도 다른 사업이나 마찬가지라는 얘기지. 사업가는 자신의 계획에 따라 방법을 채택하고 임금을 지불하거든. 계약한 사람은 바로 나야. 자네를 고용한 사람은 나라는 얘길세. 브라운,

지금까지 내가 한 말을 이해할 수 있겠지?」

「다 집어 치웁시다. 토니! 난 돌아가겠네.」

브라운은 카스틸리오네를 무섭게 노려보며 자리에서 벌떡 일
어났다. 그런데도 토니 레버니는 무관심한 표정으로 계속 방바
닥만을 내려다보고 있었다. 카스틸리오네가 팔을 내저으며 말했
다.

「앉아! 앉아서 얘기하자구. 마음에 들지 않는 게 있으면 협상
을 하면 되잖나? 자네는 아직 애송이로군. 듣기 싫은 소리를 한
다고 해서 화부터 내는 건 잘하는 짓이 못 돼. 그 정도는 자네도
알고 있으리라고 생각했는데?」

「좋소. 협상을 합시다. 난 그 돈을 모두 갖고 싶습니다. 왜 그
돈을 나누어 가져야 하는 건지 알 수가 없다는 얘기요.」

브라운은 더 이상 생각할 필요도 없다는 듯이 잘라 말했다. 농
부 어니가 턱을 쓰다듬으며 말했다.

「흠, 모두 갖고 싶다 그거지? 그렇다면 자네가 진행비를 모두
부담하게. 전투원들에 대한 비용까지도 말일세. 우리는 다만 자
네의 움직임을 계획하고 자네를 중심으로 모든 계획을 추진하겠
네. 그게 무슨 뜻인지 알겠나? 노력과 시간, 그리고 많은 돈이
든다는 얘길세. 어떤가, 브라운. 일을 번거롭게 할 필요가 있을
까? 그러지 말고 그 돈을 공평하게 나누기로 하세.」

어니 카스틸리오네의 수완은 보통이 아니었다. 브라운은 그제
서야 웃으면서 다시 앉았다.

「공평하게 나눈다는 건 나에게 돌아오는 게 절반이라는 얘기
겠죠?」

「아니, 그렇게 해석하지 말게.」

　카스틸리오네는 부드러운 음성으로 브라운의 해석을 부정했다.

　「그것도 아니란 말입니까? 그렇다면 난 싫습니다. 더 이상은 양보하지 않겠다는 얘깁니다.」

　카스틸리오네의 부드러웠던 표정과 음성이 다시 냉혹하게 변하면서 브라운을 노려보았다.

　「닥쳐! 자네는 욕심이 너무 많아! 그 욕심 때문에 자네는 목숨을 잃고 말 거야. 내가 마음만 먹으면 그건 간단한 일이라구!」

　카스틸리오네의 호통에 놀라기라도 한 듯 흑인 브라운은 자리에서 벌떡 일어났다.

　「나도 그런 일에는 숙달된 사람이외다. 죽을 고비도 수차례 넘긴 사람이란 말입니다. 난 당신의 말을 듣고 기쁘기도 하고 화가 치밀기도 합니다. 화가 치미니까 당신을 위해 보란을 잡아 주지는 않겠다는 말이죠. 그러나 기쁜 면도 있으니까 보란의 시체를 잘 엮어서 당신에게 드리기로 하겠습니다.」

　브라운의 이상한 논리에 카스틸리오네는 투덜거렸다.

　「빌어먹을. 보란 녀석 때문에……. 좋아, 이 덩치 큰 친구야! 우리가 자네를 기쁘게 해줄 테니까 자네도 나를 기쁘게만 해주게.」

　「대신 현상금의 절반은 분명히 내 것이라는 사실을 명심하세요, 카스틸리오네님.」

　「좋아. 우린 거래가 깨끗해!」

　힘겹게 흥정이 끝나자 카스틸리오네의 시선은 토니 레버니에게로 옮겨졌다. 토니는 얘기가 진행되는 동안 잔뜩 긴장한 채 돌부처처럼 앉아 있었다.

「이봐, 자네는 그 비행기들에 대해서 정확하게 파악하고 있겠
지?」

「그럼요, 확신할 수 있습니다. 항공 편으로 빠져 나갈 수 있는
길은 셋뿐입니다. 시카고, 애틀랜타, 파리 이렇게 셋입니다.」

「그건 벌써 몇 차례나 들었어.」

「죄송합니다. 애틀랜타로 달아났을 가능성이 제일 큽니다. 그
다음은 시카고구요. 파리행 비행기는 보란이 도착했을 때 이미
출발하고 있었으니까 파리는 가능성이 희박합니다.」

「그렇지만 그 세 가지 도주 방향에 대해 똑같이 주의를 기울여
야 해. 보란이란 놈에게는 불가능한 게 가능할 수도 있는 거니
까.」

그는 시거에 불을 붙인 다음 다시 자세를 고쳐 앉았다.

「토니, 파리에 누가 있는지는 자네도 알고 있겠지? 그에게 연
락해서 처리하라고 해. 그 비행기의 이륙 시간도 정확히 알려 줘
야 해. 그렇다고 대서양을 오가는 전화에다 내 이름을 떠벌이지
는 말구.」

「알겠습니다, 카스틸리오네 씨.」

토니 레버니는 계속 고개를 주억거렸다.

「시카고나 애틀랜타 쪽은 신경 쓰지 않아도 돼. 거긴 내가 직
접 조치할 테니까. 자네는 전투원들을 여기에 모이도록 해. 각자
여권을 소지하게 하고, 그리고…….」

그는 브라운에게 걱정스러운 눈길을 보내다가 다시 입을 열었
다.

「이 친구를 재단사에게 데리고 가게. 그럴듯하게 꾸며서 여행
중인 바이어처럼 보이게 해야 하니까. 그리고 신용장도 마련해

줘. 아무튼 필요한 모든 걸 준비해 주게. 그렇지만 절대 내 이름
이 팔리게 해선 안 돼, 토니. 자네의 임무가 중요하니까 신중하
게 생각해서 처리하도록 해.」

「명심하겠습니다, 카스틸리오네 씨.」

카스틸리오네의 농장을 나선 그들은 곧장 차에 올랐다. 울퉁
불퉁한 자갈길을 달리며 브라운이 낄낄거렸다.

「자네가 그처럼 예의 바르게 구는 건 처음 보았어, 토니! 마치
고양이 앞의 쥐 같은 꼴이더군.」

쌕쌕이 토니는 자존심이 몹시 구겨지는 걸 조금이라도 만회하
려는 듯 투덜거렸다.

「그것도 하나의 처세야. 제길……. 자네도 그런 건 배워야 해.
그는 그렇게 대해 주면 좋아하는 사람이야. 그가 건강을 회복하
면 자네도 오늘의 나처럼 변하게 될걸.」

토니는 될 수 있는 한 자신의 비굴함을 합리화하려고 노력했
다.

「별로 무서워할 만한 사람 같지는 않던데 뭘 그러나? 그건 그
렇고, 내가 맥 보란이 아니라는 사실이 얼마나 다행인지 모르겠
어. 난 그처럼 맹렬한 증오는 본 적이 없어. 앞으로도 아마 볼 수
가 없을 걸세.」

「10만 달러라는 상금을 내놓은 걸 보면 알 수 있지. 근데 자넨
애틀랜타나 파리에 가본 적이 있나?」

「그걸 말이라고 해? 젠장, 난 안 가본 데가 없는 사람이야. 보
란도 마찬가지겠지만…….」

브라운은 좌석 깊숙이 몸을 묻으며 창 밖으로 시선을 던졌다.
그리고는 낮게 중얼거렸다.

「이제 바빠지게 생겼군. 이럴 땐 평범하게 살고 싶다는 생각이
들기도 해.」

쌕쌕이 토니가 냉정한 목소리로 공박했다.

「무슨 소리를 하는 거야. 자넨 보란을 엮기만 하면 돼. 그 나
머지는 모두 내가 처리할 테니까.」

「알았어, 알았어.」

브라운은 아무 것도 생각하기 싫다는 듯 두 눈을 꼭 감아 버렸
다.

이른 아침, 보란이 셀프서비스 식당에서 커피를 마시고 있을
때 스튜어디스가 들어왔다.

「루기 씨, 30분 후면 오를리 공항에 도착하게 돼요.」

「고맙소.」

보란은 짧게 대답했지만 여자의 입에서 나올 다음의 말이 몹
시 궁금했다. 그 얘기만을 하기 위해 그녀가 여기까지 찾아왔을
리는 없었다.

「당신은 마틴 씨와 동행이신가요?」

보란의 생각대로였다.

「마틴? 난 그 사람에 대해 들어본 적조차 없소. 그 사람은 대
체 뭘하는 사람이죠?」

「당신은 날 놀리시는군요. 당신은 그 사람의 대역임에 틀림이
없을 텐데…….」

「대역이라뇨?」

보란은 그녀가 무슨 말을 하고 있는 건지 이해할 수 없다는 표
정을 지었다. 그러나 왠지 모르게 마음이 훈훈해지는 걸 느낄 수

있었다. 앞에 있는 여자는 전형적인 국제선 여객기의 스튜어디스 타입이었다. 날씬한 몸매에 머리칼은 윤기가 흘렀으며 발랄한 귀여움과 애교가 있었다. 보란은 놀리는 듯한 말투로 말했다.

「그 사람, 마틴 씨가 나의 대역일 수도 있겠죠?」

그러나 그녀의 진지함은 보란의 농담을 받아들이지 않았다. 그녀는 한동안 보란을 뚫어질 듯이 바라보고 있다가 손을 뻗어 구레나룻을 쓰다듬었다. 보란은 마술에 걸린 것처럼 자신도 모르게 그녀의 손을 감싸 쥐었다.

「마틴과 나는 전혀 닮지 않았는데…….」

긴장된 순간을 모면하기 위해 그녀는 부드럽게 웃으며 대꾸했다.

「부분 부분을 비교하면 당신의 말이 맞아요. 그러나 전체적으로는…….」

「그만둬요. 당신은 그런 걸 생각하는 게 아니잖아?」

「맞아요. 내가 뭔가 잘못 생각하고 있었나 보군요. 그 사람이 가짜였어요. 내가 첫눈에 알아봤어야 했는데……. 당신이 남의 눈에 띄는 것을 막기 위해 그 사람을 데려온 거예요.」

피츠필드 출신의 예비역 육군 중사인 보란은 항공 전술에는 전혀 상식이 없었다. 그러나 어쨌든 자신이 오인되고 있다는 사실은 알 수 있었다. 보란의 견해로는 그녀가 스튜어디스의 특성을 완전히 뒤엎는 것처럼 여겨졌다. 그는 그녀가 보내고 있는 어떤 신호들을 이해하지 못하고 있는 것이 아닌가 하는 생각이 들었다. 그녀의 가냘프고 예쁜 손을 살며시 놓으며 보란은 미소 지으려고 노력했다.

보란을 올려다보던 여자가 입을 열었다.

「파리에서 오래 계실 건가요?」

「며칠 동안.」

「당신의 대역은 로마가 행선지예요. 비행기표를 보면 그렇게 돼 있어요.」

보란이 퉁명스럽게 내뱉었다.

「그 사람이 어디로 가든 나와는 상관없는 일이오. 내 말이 사실이란 걸 당신에게 어떻게 설명하면 되겠소?」

그러나 스튜어디스는 자기의 할 말만 할 뿐이었다.

「오를리는 내가 되돌아가게 되는 기착지예요. 저는 금요일까지 거기에 머무를 예정이구요.」

보란의 머리는 빠르게 회전하기 시작했다. 이제 그녀가 보내는 신호를 판독하기가 훨씬 쉬워지고 있었다.

「아, 그래요?」

「난 이곳에 올 때마다 팡송 드 생 제르맹에 묵어요.」

「이유는?」

보란의 직접적인 질문에 그녀는 약간 당황한 빛을 보였다.

「별다른 이유가 있는 건 아니에요. 값도 싸고 깨끗하기 때문이죠. 당신은 나와 반대로 라이트 뱅크를 좋아하시겠죠? 맞죠? 떠들썩한 술잔치 같은…… 월급쟁이인 우리로서는 생각할 수도 없는 곳이죠.」

「당신이 묵는다는 팡송은 어떤 곳이죠?」

이미 알고 있었지만 보란은 질문을 던졌다.

「하숙집 같은 곳이죠. 가정집 같은 형식의 호텔이라고 하는 게 어울리겠군요. 방을 하나 얻고 하루에 네 번 식사를 하는데 비용은 30프랑밖에 하지 않아요. 정말 좋은 곳이죠. 레프트 뱅크 말이에요.」

보란이 잘 알고 있는 사실이었다. 그러나 그는 계속 부정적인 반응을 보였다.

「30프랑? 그게 싼 겁니까?」

그녀는 어깨를 움찔거렸다.

「겨우 5달러밖에 되지 않잖아요?」

보란은 언제까지 계속될지 모를 말장난을 이제 그만 끝내고 싶었다.

「정말 싸군요. 나도 기회가 있으면 레프트 뱅크를 찾아가 보죠.」

「팡송 드 생 제르맹이에요.」

「알았습니다. 팡송 드 생 제르맹.」

「고마워요. 저는 낸시 워커예요.」

보란은 미소를 지으며 말했다.

「위스키 상표와 비슷한 이름이군요.」

그녀는 웃음을 머금은 채 돌아서며 말했다.

「위스키보다 전 와인이 좋아요. 낭만적이구, 부드럽구, 맛도 더 달콤하구요. 게다가 마시고 난 후엔 부작용도 없잖아요?」

그녀는 이 말을 끝으로 보란에게서 멀어져 갔다. 다시 혼자가 된 보란은 커피를 다 마시자 좌석으로 되돌아왔다. 편안한 쿠션에 몸을 묻었을 때 안전 벨트를 매라는 안내 방송이 흘러나왔다.

보란은 안전 벨트를 채우며 통로 건너편 좌석의 사내를 바라보았다. 분명히 자신과 많이 닮은 얼굴이었다. 그 스튜어디스가 어떻게 하여 그런 잘못된 결론을 내리게 됐는지 보란은 알 수 있을 것 같았다.

마틴은 무뚝뚝한 성격의 사내 같았다. 그는 여행이 계속되는 동안 줄곧 책에서 눈을 떼지 않았다. 가끔 꾸벅꾸벅 졸다가 정신을 차렸을 때 제일 먼저 찾는 건 바로 그 책이었다. 계속해서 접근하는 스튜어디스들에게도 그는 무관심했다.

갑자기 보란은 웃음이 나오는 것을 참을 수가 없었다. 어떤 광경이 눈앞에 그린 듯이 상상되었기 때문이었다. 만일 보란이 마틴으로 오인될 수 있다면 마틴이 보란으로 오인되지 않을 이유가 무엇이란 말이냐? 오를리 공항에서 보란의 얼굴이 그려진 몽타주를 소지한 마피아들이 그를 기다리고 있다면, 승객 출구에서는 웃지 못할 난센스가 벌어질 것은 뻔한 일이었다. 사태는 순식간에 뒤바뀔 수도 있었다. 마틴을 대신해서 보란이 몰려오는 환영객들의 환호와 깃털 세례를 받을 수도 있는 것이었다. 그 정도의 대접이라면 보란의 입성은 그야말로 성공적이라고 할 수 있었다.

보란의 손은 안전 벨트의 버클 위에서 서성거렸고, 그의 마음은 이 새로운 희망 속에서 여유를 되찾고 있었다.

그는 전개될 상황을 다시 한 번 상상해 보았다. 몇 사람이 어울려서 벌여 놓은 흥미 있고 우스꽝스럽고 유쾌한 장난을 잠시 즐겨 보는 것도 그리 나쁘지 않을 것 같았다. 그러나 다음 순간 보란은 자신을 나무랐다. 그가 접근하는 곳은 갖가지 위험이 도사리고 있을 파리라는 대도시인 것이다. 오즈나 공상 속에 존재하는 세계가 아니었다. 그의 두 손은 살인을 하기 위하여 싱싱하게 살아 있는 것이지, 환영객들에게나 흔들어 대기 위한 손이 아니었다. 그는 지금 풍만한 여성의 육체를 어루만지기 위해 살아 있는 것이 결코 아니었다.

보란은 자기 자신의 위치를 다시 한 번 생각했다. 그렇다. 나는 서구 세계에 흔해 빠진 바람둥이가 아니다. 빌어먹을, 난 저격수란 말이다.

보란은 즉시 마음속에 도사리고 있는 잡념과 공상을 몰아내버렸다. 이제 그에게 있어 그를 기다리는 것은 환상의 도시 파리가 아니라 오히려 지옥이었다. 굳건하고 냉혹한 발걸음만이 지옥을 통과하는 것을 허용할 것이다. 그는 그런 발걸음으로 살아야 했다. 그를 기다리는 또 하나의 전쟁의 입구가 보였다. 그는 스스로에게 외쳤다.

다시 만났구나, 파리여!

그는 다시 만난 이 지옥에 입성할 계획을 세우고 있었다.

5
즐거움의 집

공항에는 안개가 잔뜩 끼여 있었다. 그 짙은 안개 때문에 시간이 잠시 지연되긴 했으나 그들이 탄 항공기는 무사히 착륙할 수 있었다. 승객들이 트랩을 내려 공항 건물로 꾸역꾸역 몰려가자 보란은 그의 시야에서 길 마틴을 놓치지 않으려고 노력했다. 말끔한 제복 차림의 검사원들이 상냥한 태도로 그 소중한 증명서를 자세히 들여다보지도 않고 여객들을 통과시키고 있었다. 날마다 하는 일과이기 때문에 권태롭기는 하겠지만 너무 소홀히 처리한다는 생각이 들었다. 보란이 그런 생각을 하며 다른 사람들과 나란히 걸어 들어가자 한 검사원이 손을 내밀며 상냥한 목소리로 말했다.

「보트르 파세포르 실 부 플래.」

「오케이!」

보란은 점잔을 빼며 작은 안경을 꺼냈다. 그리고는 권태롭다는 표정으로 말했다.

「르 부아시.」

그는 실로 오랜만에 프랑스 어를 사용했다. 그에게는 몇 년 동안 프랑스 어를 사용할 기회가 없었다. 간혹 프랑스 어로 말하는 인도계 중국인을 만났을 때와 같은 특별한 경우를 제외하고는 사용할 일이 없었기 때문이었다. 그러나 그는 익숙지 못한 프랑스 어로나마 일상적인 대화를 나눌 수 있다는 것이 몹시 즐거웠다.

길 마틴 역시 그의 몇 걸음 앞에 멈추어 서 있었다. 보란은 흐뭇함을 느끼며 그에게서 시선을 떼지 않았다. 그는 프랑스 어로 지껄이는 검사원의 말을 전혀 이해하지 못하고 있는 것 같았다. 영어를 할 줄 아는 듯한 검사원이 그를 위해 다가가고 있었다.

보란의 여권을 검사하고 있던 직원은 그에게 미소를 지으며 그의 얼굴을 여권에 있는 사진과 비교했다. 그러자 보란은 싱긋 웃으며 자신의 얼굴에 붙어 있는 콧수염과 구레나룻을 가리켰다.

「콧수염과 구레나룻 때문에 많이 달라 보이죠?」

검사원은 웃으며 대꾸했다.

「별로 달라 보이지 않습니다, 루기 씨.」

그는 보란이 얼마나 오랫동안 프랑스에 머물 것인가 물어 왔다.

「며칠 동안입니다.」

「아, 그렇습니까? 즐거운 여행이 되길 빌겠습니다, 루기 씨.」

검사원은 다시 미소 지으며 여권을 돌려 주었다. 보란이 아무런 장애도 받지 않고 출구를 빠져 나오자 포터가 막아서며 그의 가방에 손을 댔다.

「적은 비용으로 빠른 시간에 목적지까지 모시겠습니다.」

그러나 보란은 한마디로 거절하고 에스컬레이터에 올랐다. 그때까지도 길 마틴은 조사를 받고 있는 중이었다. 보란은 느긋한 마음으로 담배를 뽑아 물었다. 그가 담배 한 대를 다 피웠을 때쯤 조사를 마친 길 마틴은 바쁘게 출구를 빠져 나오고 있는 중이었다. 그에게 접근한 포터가 그의 작은 여행용 가방과 커다란 슈트 케이스를 들고 걸어가자 마틴은 그 뒤를 바짝 따르고 있었다. 그것을 바라보던 보란의 눈이 반짝 빛났다. 보통 사람들의 눈에는 평범한 여행자의 행차인 것처럼 보이겠지만 보란은 더 많은 것을 알아차릴 수가 있었다.

마틴은 한 무리의 사복 경찰들에 의해 둘러싸여 있었고, 그 자신은 전혀 알지 못하는 사이에 특별 조사실로 유도되어 걷고 있었다. 포터의 뒤를 바짝 따르던 길 마틴은 거의 마지막 순간이 되어서야 그것을 깨닫고 고함을 질렀다. 그러나 다음 말을 이을 사이도 없이 사복 경찰관들에 의해 떠밀려서 문 안으로 들어갔고, 그와 동시에 문은 닫히고 말았다.

그것은 눈 깜짝할 사이에 일어난 일이었다. 보란 외의 그 누구도 그 사실을 눈치 채는 사람은 없었다. 보란은 통쾌한 웃음을 날리며 통관대로 향했다. 그곳 역시 검사는 형식에 지나지 않았다. 보란은 이제 더 이상 조사를 받을 필요가 없었다. 그러나 그는 그 몇 분 동안에 길 마틴의 생각을 하느라고 너무 성급하게 행동했음을 깨달았다. 그것은 보란 자신이 마틴처럼 특별 조사실로 이끌려 들어가게 될 행동이었다. 그는 한시 바삐 위험 지역에서 벗어나야 한다고 생각했다.

발걸음이 빨라진 그는 첫 단계로 화폐 교환소에 들러 달러를 프랑으로 교환한 다음 곧장 매표소로 향했다. 그날 오후 늦은 시각에 출발하는 뉴욕행 비행기의 표를 사기 위해서였다. 표를 구입한 그가 돌아서자 〈보관소〉라는 간판이 그의 눈에 들어왔다. 그는 아무 망설임 없이 그곳에 들어가서 개인 금고를 찾아냈다. 코트를 벗고 슈트 케이스에서 권총과 가죽 벨트를 꺼내 몸에 착용했다. 홀가분한 몸이 된 그는 도시로 들어가기 위하여 공항을 빠져 나왔다.

안개는 여전히 걷히지 않은 상태였다. 걷히기는커녕 시간이 지날수록 더욱 짙어지기만 했다. 몇 걸음 앞도 보이지 않을만큼 음산하고 기이한 분위기였다. 사람들이 조심스럽게 몰려 다니며 택시를 잡는 광경이 희미하게 보였지만 보란은 황폐한 곳에 혼자 버려진 듯한 소외감을 느꼈다. 그곳의 그러한 분위기가 저격수인 보란에게 경보를 발했다.

그는 가능한 한 공항 입구로부터 멀리 떨어진 위치에서 모든 상황을 감시하는 데 게을리하지 않았다. 입구의 주위는 불이 환히 밝혀져 있었으나 건물 뒤는 그림자와 안개에 싸여 음산했다. 사람을 가득 태운 공항 버스가 클랙슨을 요란스럽게 울리며 그를 스쳐 지나가고 있었다. 택시 정류장의 불빛이 안개 속에서 흐느적거렸다. 불과 몇 야드밖에 되지 않는 가까운 거리였다. 두 대의 개인 차량이 안개 속에서 희미하게 퇴색한 헤드라이트 불빛을 발하며 느리게 굴러가고 있었다.

그 개인 차량이 보란의 앞을 막 통과하자, 불이 환하게 밝혀진 출입구로 걸어 나오는 길 마틴의 모습이 보였다. 그의 얼굴은 분노로 일그러져 있었으며 아까의 그 포터가 길을 안내하고 있었

다. 보란이 손을 뻗으면 닿을 정도의 거리에서 발을 멈춘 마틴은
뒤를 돌아보며 울상이 되어 있는 포터에게 소리를 지르기 시작
했다.

「이봐! 난 더 이상 가지 않겠어. 곧장 로마로 갈 테니까 택시
를 잡아줘! 이 너저분한 도시로 내가 들어갈 것 같아? 내가 왜
그 따위 미친 녀석들에게……」

입장이 난처해진 포터는 할 수 없다는 듯이 짐을 땅에 내려놓
고 출입구 쪽을 향해 무슨 신호를 보냈다. 그러자 또 다른 사내
한 명이 재빨리 출입구에서 나와 마틴의 앞에 멈추었다. 마틴은
그 사내를 보자 얼굴이 창백해지며 그 자리에 얼어붙은 듯 서버
렸다. 작은 가죽 가방이 그의 손에서 힘없이 떨어졌다. 바로 그
때 보란이 조금 전에 보았던 차 한 대가 미끄러져 오더니 그들의
앞에서 멈추었다. 차 문이 열리고 한 사내가 내리더니 마틴을 차
안으로 구겨 넣듯 밀어붙였다. 그것은 그야말로 순식간에 일어
난 일이었다.

보란은 마틴을 납치하는 그들의 재빠른 행동에 감탄을 금할
수가 없었다. 그들이 무슨 행동을 하는지 파악하고 그 일에 끼여
들기에는 너무 늦은 시각이었다. 마틴을 태운 차가 안개 속으로
사라지자 두 번째의 차가 소리 없이 그 뒤를 따랐다.

마틴을 안내하던 포터는 납치당한 사내가 떨어뜨린 지갑을 줍
기 위해 허리를 굽혔다. 자신들의 행동을 보고 있는 자가 없으리
라고 생각했던 포터는 떨어진 손가방의 바로 옆에 못박힌 듯이
서 있는 하나의 발을 발견했다. 깜짝 놀란 그가 허리를 숙인 상
태로 위를 올려다보았을 때, 거기에는 보란의 32구경 권총의 총
구가 그를 냉혹하게 내려다보고 있었다. 포터는 예기치 못했던

상황에 놀라 손을 부르르 떨었다.

그러면서 그는 떨리는 목소리로 떠듬떠듬 말했다.

「케스크세 무슈, 케스크세?」

그러나 보란은 한마디도 알아들을 수가 없었다.

「이 녀석아! 난 무슨 뜻인지 모르겠어. 똑바로 얘기해 봐!」

보란은 무서운 얼굴로 윽박질렀다.

「즈 느 페 파 파를레 앙글레(무슨 말씀을 하고 계시는 건지 도
저히 알아들을 수가 없습니다요).」

보란은 그 사내를 뒤로 밀어붙이며 이마에 32구경 권총을 디
밀었다.

「좋다. 그렇다면 너에게 총알을 한 방 먹이고 다른 곳에 가서
알아봐야겠구나.」

그제서야 사내는 영어로 답변했다.

「잠깐! 잠깐만요. 말씀 드리겠습니다. 무엇을 원하고 계십니
까, 선생님?」

보란은 땅에 떨어진 길 마틴의 검은 손가방을 집어들고 어두
운 건물 뒤쪽으로 사내를 끌고 들어갔다.

「그 남자를 납치한 놈들이 누구지?」

보란은 총부리로 사내의 배를 꾹 찌르며 말했다. 금방이라도
무슨 일을 저지를 것만 같은 보란의 눈빛에 사내는 한숨을 내쉬
며 어깨를 늘어뜨렸다.

「제발, 제발! 이 총을 치워 주세요. 무서워서 입이 제대로 열
리지 않습니다.」

그러나 보란은 더욱더 총을 잡은 손에 힘을 주며 사내를 위협
했다.

「방아쇠를 당김과 동시에 넌 이 세상을 하직하는 거야. 어때, 그렇게 할까?」

포터는 숨을 몰아 쉬며 그 와중에도 질문을 던졌다.

「그럼, 그 사람들이 사람을 잘못 알았던 겁니까? 그건 아닐 테죠?」

「바로 그거야. 바로 네 앞에 서 있는 사람이 그들이 찾고 있는 사람이야. 자, 지금부터 10초의 여유를 주겠다. 그때까지도 말을 하지 않으면 이 총이 용서하지 않을 거야.」

포터는 한동안 보란을 바라보다가 체념한 듯한 얼굴로 입을 열었다.

「난 그 사람들과 같은 패거리가 아닙니다. 200프랑을 주겠다는 말에 그만……. 정말입니다. 믿어 주세요.」

「그걸 묻는 게 아냐! 납치범들이 누구냐고 물었잖아!」

보란은 한 걸음 뒤로 물러서며 권총을 잡은 손에 다시 힘을 주었다.

「아, 말하겠어요. 제발……. 마르셀이라는 사람입니다. 레메종 드 주아에서는 그 사람을 모르는 이가 없죠. 그를 아십니까?」

「묻는 말에 대답이나 해! 어디를 가면 그를 만날 수가 있나?」

이 질문에 포터는 잠시 망설였으나 이내 입을 열었다.

「레 카페, 무슈.」

「지하실에 있는 술집? 좋아, 100개 정도밖에 없으니까 쉽게 찾을 수 있겠지. 그렇지만 더 구체적으로 말해 줘야겠어.」

보란은 포터의 주머니를 뒤져 신분증을 빼냈다. 한참 동안 신분증을 조사하던 그는 그것을 자신의 주머니에 밀어 넣었다.

「장? 이름이 장인가? 이제 됐어. 지금까지 네가 한 말이 거짓

이라면 다시 한 번 만나게 될 거야. 그러면 그때는 어떻게 되는
지 알지? 아직도 기회는 있으니 덧붙이고 싶은 말이 있으면 해.
앞으로 이런 기회가 계속 있는 건 아냐!」

「레메종 드 주아에라는 곳이 있습니다. 생 미셸 거리가 센 강
과 교차되는 곳에 있는 갈랑드 거리에 있는 것입니다. 거기가 바
로 마르셀의 본거지인 셈이죠. 그의 성과 이름을 정확히 알 수는
없지만 마르셀이라고만 하면 어린애들도 알아요.」

보란은 포터에게 비밀을 지킬 것을 다짐받은 후 곧 놓아 주었
다. 포터는 순식간에 공항 건물 속으로 사라져 버렸다. 보란은
사라지는 그의 뒷모습을 바라보며 씁쓸한 미소를 짓다가 지나가
는 택시를 잡았다.

「제일 가까운 지하철 역으로!」

그러나 택시 운전사는 무슨 말인가 싶어 눈을 멀뚱거리며 보
란을 바라보기만 했다. 보란은 그때서야 아차, 하며 짧은 프랑스
어 실력으로 간신히 말했다.

「메트로, 메트로.」

그때서야 택시는 움직이기 시작했다. 안개로 뒤덮인 거리를
자동차의 헤드라이트는 곤충의 지느러미처럼 더듬으며 전진했
다. 자칫하면 사고가 날 그런 날씨였다. 보란은 좌석 깊숙이 몸
을 묻고 자신의 운명을 택시 운전사에게 맡기는 수밖에 없었다.

몇 해 전 보란은, 파리 출신의 택시 운전사들은 수호 천사를
하나씩 갖고 있다는 얘기를 들었던 것을 떠올렸다. 그러나 지금
의 보란은 한가한 생각을 하고 있을 틈이 없었다. 그런 공상보다
도 더 긴급히 생각해야 할 일이 있었다.

보란 개인에게 길 마틴은 그다지 큰 인상을 남긴 사람이 아니

었다. 그러나 그 짧은 비행 시간 동안 길 마틴이라는 남자를 미워하게 됐다는 점만은 분명했다. 그럼에도 불구하고 마틴은 자신을 잡기 위해 쳐놓은 마피아의 그물에 대신 걸려 주었다. 얄미운 사내이긴 했지만 보란은 그러한 사실을 보고만 있을 수는 없었다. 자신 때문에 다른 사람이 피해를 입는다는 건 용납할 수가 없는 노릇이었다.

마틴이 떨어뜨린 손가방 속에서 그는 지갑을 꺼냈다. 지갑 안에는 마틴의 여권과 프랑스 지폐 한 뭉치, 아메리칸 익스프레스의 크레디트 카드, 그리고 할리우드에 위치하고 있는 미국 인디펜던트 스튜디오에서 발행한 신분증 등 중요한 것이 모두 들어 있었다. 지갑의 작은 주머니 속에는 접혀진 신문지 조각이 들어 있었는데, 거기에는 최근의 영화에서 마틴이 맡은 역할에 대한 평이 실려 있었다. 그렇다면 길 마틴은 영화 배우였단 말인가?

보란은 영화를 거의 보지 않는 편이었다. 그럴 만한 시간적 여유도 없었지만 배우들에 관해 알고 있는 상식도 전혀 없었다. 그렇기 때문에 길 마틴이 영화 산업에서 어느 정도의 비중을 차지하고 있는지도 전혀 짐작할 수가 없었다. 보란은 이 새로운 사실에서 앞으로의 일이 흥미롭게 전개될 것이란 걸 감지할 수가 있었다.

마틴은 이번의 곤경에서 빠져 나오기 위해 실감나는 열연을 할 것이다. 황당 무계한 생각에 잠겨 있던 보란은 그의 지갑을 다시 한 번 뒤져 보았다. 중요한 증명 서류를 한 장씩 넘기면서 보란은 새삼스레 마틴이 불쌍하다는 생각이 들었다. 길 마틴의 처지가 거리의 차가운 안개처럼 심각하게 느껴졌다.

영화 배우 길 마틴이 마피아들에게 큰 의미를 갖는 것이 아님은 분명했다. 그것은 보란에게도 마찬가지였다. 그가 마피아들에게 자신의 정체를 알리기 위해 어떤 설명을 해야 한단 말인가? 잔악한 마피아들은 마틴의 말을 믿지 않을 것이며, 그렇다면 맥 보란은 그들의 손에 잡힌 꼴이 되고 말겠지? 보란에게 위협을 받았던 포터가 보란과의 약속을 지킨다면 그것은 얼마든지 가능한 일이었다.

보란은 포터가 자신과의 약속을 어기고 마피아들에게 모든 사실을 알렸으면 하고 은근히 바랐다. 그것은 자신에게는 큰 위험 부담을 안겨 주는 일이겠지만 불쌍한 마틴은 풀려날 계기가 될 것이다.

만일 이곳이 뉴욕이거나 미국의 다른 도시였다면 마피아들은 납치 계획을 세우지도 않았을 것이다. 그렇다면 마틴은 공항 출입구를 나서자마자 붉은 피를 도로 위에 쏟았을 것임에 틀림없었다. 프랑스 마피아들은 더 조심스러운 것일까? 대로상에서 총격을 벌일 만큼 그들은 대담하지 못하다는 말인가? 그렇지 않다면 다른 이유가 있어 납치를 한 걸까? 보란은 갑자기 머리가 복잡해지는 것을 느꼈다. 자세를 고친 그는 조심스럽게 차를 몰고 있는 운전사에게 소리를 질렀다.

「이봐요! 속력을 더 낼 수 없소? 좀 달려요, 달려!」

이런 안개 속에서는 택시를 타느니 차라리 지하철을 타는 것이 불편하긴 해도 몇 배나 빠를 것이다. 그래서 지하철을 타기 위해 이렇듯 서두르고 있는 것이었다. 보란이 빠른 시간 안에 지하철을 탈 수 있다면, 그리로 포터 장이 보란에게 알려준 정보가 사실이라면, 또 납치자들이 안개 때문에 차를 천천히 몰고 있다면 보란은 제 시간에 정확한 장소에 나타나서 그 불쌍한 마틴을 죽음으로부터 구해낼 수 있을 것이었다.

그러나 그것은 위험한 도박이었다. 하지만 보란의 인생은 애초부터 도박으로 시작되지 않았던가? 적어도 그는 할 수 있는 한 최선을 다해야 했다.

이런 생각을 하다가 보란은 중요한 사실 하나를 깨달았다. 이득이 없는 일에 최선을 다하는 바로 그 점이 자신과 적들 사이의 가장 중요한 차이점이었다. 그는 아직도 깨끗하고 정직한 인생에 대한 존경심을 잃고 있지 않았다. 만일 그가 그 존경심을 포기한다면 그것은 보란이 지금 쳐부수려고 하는 마피아들과 똑같은 사람으로 자신을 변질시키는 것과 같았다. 그것은 결국 보란의 전쟁이 무의미하다는 것을 뜻하는 것이었다.

그는 가방을 뒤져 총의 소음기를 꺼내 자동 권총에 부착시켰다. 운전사의 표정을 한 번 살핀 보란은 권총 벨트로부터 소음기를 부착한 자동 권총을 뽑는 동작을 반복해 보았다. 부자연스러움은 전혀 느낄 수가 없었다. 마음의 준비, 살인 도구의 준비까지 끝낸 그는 다시 쿠션에 몸을 묻으며 파리에 대한 기억을 찾아내려고 노력했다. 그가 제일 최근에 파리를 방문했던 것은 독일에서 근무를 했을 당시 휴가를 보내기 위해서였다. 그것은 지금도 눈에 선한 파리에서의 두 주일이었다.

그러나 지금 파리는 그에게 있어서 즐거운 휴가지가 아니라 오히려 지옥이었다. 악마가 득시글거리는 지옥의 영토인 것이다. 하지만 보란은 지옥에 발을 들여 놓았다는 그 사실에 대해 어떤 감정도 느끼지 않았다. 오직, 자신이 당연히 해야 할 일이 기다리고 있는 것으로 받아들이고 있을 뿐이었다.

이곳이 지옥이라면 그 역시 지옥에 어울리는 행동을 취하면 되는 것뿐이었다. 가짜 맥 보란이라 할지라도 마피아들에게 자신의 허수아비를 넘겨줄 수는 없었다.

보란이 찾아가고 있는 목적지는 〈즐거움의 집〉이라고 불리는 곳이었다. 그러나 그 즐거움의 집도 보란이 도착하는 순간에 비탄과 죽음의 집으로 변할 것이었다.

6
파리의 마피아

보란은 지하철에서 내리기 전에 가짜 콧수염과 구레나룻을 떼어버렸다. 마침내 지하철이 생 미셸 역에 도착하자 출구를 빠져나온 그는 짙은 안개 속으로 스며들었다. 거리의 한복판에 멈춰선 그는 방향 감각을 되찾기 위해 휴가 시절의 기억을 더듬었다. 소르본과 에 콜드 뷰 아르트로부터 그리 멀지 않은 대학구에 그는 서 있었다.

생 미셸은 호화로운 카페와 서점들이 줄줄이 늘어서 있는 넓은 거리였다. 그러나 이 아침 시간에는 사람들의 발걸음 대신 짙은 안개만이 있을 뿐이었다. 그는 망설이던 끝에 서쪽으로 방향을 바꿔서 완만한 경사를 이룬 거리로 접어 들었다.

그는 그 거리를 거쳐 곧 생 자크 거리로 내려섰으나 갈랑드 거리를 찾을 수가 없었다. 그 거리는 다른 곳보다도 더욱 생기가 없어 보였다. 고요한 정적과 안개의 물방울만이 거리를 지배하고 있었다.

상점과 낡은 호텔, 목로 주점 그리고 레 카페라고 알려진 무허가 지하 술집들이 즐비한 좁은 거리를 안개가 핥으며 지나다니고 있었다. 미군 병사이던 시절 그가 이곳을 찾았을 때는 따뜻하고 화창한 봄날 저녁이었다.

엄한 규율과 제한된 시간의 지배를 받던 그때에는 뉴욕의 떠들썩하고 열기로 가득찬 재즈 바를 얼마나 그리워했는지 모른다. 그러나 지금은, 음산한 정경으로밖에는 보이지 않는 거리를 배회해야만 했다.

소음기 때문에 조금 길어진 그의 32구경 자동 권총은 그의 손에 들려 있었다. 그는 안개 속을 조용히 걸어갔다. 그 짙은 안개는 보란을 돕는 그의 유일한 동반자였다.

앞쪽의 어딘가에서 문 열리는 소리가 나며 곧 이어 여자의 즐거운 듯한 키들거림이 안개 속으로 퍼져 나왔다. 보란은 보이지 않는 그 여자의 발소리를 따라 조용히 걸어갔다. 갑자기 발소리가 그치자 보란도 멈춰 섰다. 다시 여자의 목소리가 들렸다. 호들갑스러운 말투로 헤어지는 인사말을 늘어 놓고 있었다.

담배를 문 보란이 잠시 기다리고 있자 똑같은 소리가 다시 반복되었다. 여자의 교태 어린 웃음소리, 조용한 남자의 목소리, 어지러운 발자국 소리들이 계속해 들려 왔다. 보란은 미세한 소리 하나조차도 놓치지 않았다. 그가 듣고 있는 그 소리들이 바로 그가 찾고 있는 그 〈즐거움의 집〉의 표시인지도 몰랐다. 〈즐거움의 집〉에서 밤을 새운 사내들이 피곤한 몸을 가누며 떠나는 것이리라. 갑자기 발자국 소리가 보란을 향해 다가오고 있었다. 그는 담뱃불을 가리며 가게 문 뒤로 몸을 숨겼다. 그 발자국 소리의 주인공인 한 사내가 보란을 지나쳐 도로로 내려서고 있었다. 보란은 그가 모퉁이를 지나 차츰 멀어지는 걸 발자국 소리로 알 수있었다. 이제 보란은 목적지를 찾아낸 것이다.

몇 년 전만 해도 레메종 드 주아에, 〈즐거움의 집〉은 이 매혹적인 고도에서 자연스레 받아 들여졌다. 그러나 이제 쾌락의 도시였던 파리에서 쾌락은 금지되어 있었다. 그 금지령에 의하여 조직적인 범죄 집단이 개입될 소지는 찾아볼 수가 없었다. 그런데도 불구하고 마피아들은 발을 붙이고 있는 것이다.

보란은 좀더 가까이 접근했다. 다시 문이 열렸을 때 보란은 불빛 아래 서 있는 한 쌍의 남녀를 발견할 수가 있었다. 여자는 키가 크고 늘씬했다. 짧은 머리를 한 검은 머리칼은 정결한 느낌을 풍기고 있었다. 허리를 감은 금빛 벨트가 불빛을 받아 반짝이고 곧게 뻗은 다리는 아침의 추위에 바들바들 떨고 있었다. 중년의 남자는 정장 차림이었다. 그가 중얼거렸다.

「안녕, 셀레스테!」

여자의 반응은 틀림없이 요염한 웃음소리일 거라고 보란은 추측했다. 추측하고 있는 웃음소리를 이미 두 차례나 들었기 때문이었다.

「안녕, 폴.」

보란의 추측은 정확했다. 여자는 호들갑을 떨며 갖은 애교를 부렸고 사내는 만족한 웃음을 지으며 문을 나섰다. 여자의 배웅을 받으며 사내가 안개 속으로 모습을 감추자 보란은 소리없이 여자에게 다가갔다. 한 곳에만 신경을 쏟고 있던 여자는 보란이 갑자기 나타나자 놀라움을 감추지 못하고 그 자리에 못박힌 듯서 버렸다. 한 손으로는 문을 붙들고, 다른 한 손으로는 훤히 내

비치는 얇은 실크 블라우스 속의 젖가슴을 감싼 채 그녀는 보란
을 올려다보았다.

보란은 놀라지 말라고 달래듯 미소를 띠며 고개를 끄덕여 보
였다.

「봉쥬르, 셀레스테.」

그러나 그녀의 얼굴에서 당황과 놀라움의 표정은 사라지지 않
았다. 보란을 잔뜩 경계하던 그녀는 재빨리 몸을 돌려 문을 닫으
려고 했다. 그러나 보란의 동작이 여자보다 조금 빨랐다. 밝은
조명 아래에서 보는 여자는 안개 속에서보다 더욱 아름다워 보
였다. 옅은 풀색의 아이섀도를 바른 큰 눈과 짙은 분홍색 립스틱
을 바른 입술은 화사했다. 그 짙은 화장은 여자 자신의 서글픈
직업과 그로 인한 쇠퇴의 징후를 감추는 역할을 할 것으로 추측
되었다. 그러나 겉으로 보이는 여자의 육체는 아직도 싱싱했다.

보란은 순간적으로 욕망을 느꼈다. 그들은 작은 호텔의 로비
로 사용되었을 것임에 틀림이 없는 아주 작은 방 안에 있었다.
두 개의 커다란 카우치(침대 역할도 하는 커다란 소파)와 몇 개
의 평범한 의자들이 그것을 증명해 주었다. 뒤쪽에 나있는 계단
은 더 크고 호화스러운 접대를 위한 객실로 통할 것이었다. 영업
중일 때는 가구들과 여러 가지 집기들, 그리고 값비싼 장식품으
로 훌륭하게 꾸며질 것이라고 보란은 추측했다. 그리하여 방탕
스러운 놀이와 외설스러운 춤을 추는 사이사이에 현란하고 노골
적인 정사를 그들은 즐길 것이다.

지금과 같은 이른 아침에는 이층의 객실도 지저분하게 어지럽
혀져 있을 것이었다. 싸구려 향수와 화장품 냄새, 그리고 알코올
의 냄새가 뒤섞여 있고, 온갖 쓰레기까지도 남아 있을 것이다.

보란이 서 있는 로비의 뒤쪽으로는 마담과 한두 명의 애완용 창부들이 기거하는 방이 있는 것 같았다.

방 안의 분위기와 구조를 대충 파악한 보란이 권총을 꺼내 들자 여자의 두 눈은 더욱 커졌다. 그녀, 셀레스테를 놀라게 한 것은 총에 부착되어 있는 소음기인 것 같았다.

「아, 왜 이러시죠? 뭘 원하시는 거죠?」

보란은 조용하고 침착한 어조로 대꾸했다.

「마르셀을 만나고 싶어.」

「농! 아메리칸? 마르셀! 셀라메리칸!」

그녀는 보란의 말이 떨어지자마자 안을 향해 소리쳤다. 그러자 곧 로비 뒤쪽의 문이 열리더니 25세쯤 되어 보이는 남자가 들어섰다. 키는 작았으나 건강해 보이는 체격의 프랑스 남자였다. 그는 전혀 당황하지 않고 낯모르는 침입자에게 웃음으로 환영의 뜻을 표시했다. 그러나 그의 당당한 미소는 보란이 들고 있는 총을 발견하지 못한 데에서 비롯된 것이었다. 소음기가 부착되어 조금 길어진 자동 권총을 본 순간 그는 그 자리에 얼어붙어 버렸다. 그의 뒤로 또 한 사내가 나타났다.

두 번째 사내는 보란의 정체를 한눈에 파악한 듯 싶었다. 두 사내는 눈이 마주치자 보란이 알아들을 수 없는 말을 지껄이더니 허리에 매달려 있는 권총을 향해 재빨리 손을 이동시키는 것이었다.

그러나 그들의 손이 권총에 닿기도 전에 보란의 자동 권총이 둔한 소리를 뱉어냈다. 두 번째로 나타났던 사내의 양 미간에서 핏방울이 튀었다. 그가 가느다란 비명을 지르며 앞으로 고꾸라지자 첫번째의 사내가 문을 향해 뛰기 시작했다. 보란의 권총이 두 번째로 발사되었다. 둔한 화약의 폭발음과 함께 달아나던 사내는 곤두박질치고 말았다.

그때까지도 마담 셀레스테는 눈을 꼭 감은 채 벌벌 떨고만 있었다. 그러나 눈을 감고 있는 상태에서도 방 안에서 일어나는 사태를 낱낱이 알고 있었다. 그녀는 이제 운명을 하늘에 맡겨 버린 듯 싶었다.

보란은 떨고 있는 여자의 어깨를 가볍게 잡으며 잠자고 있는 어린애를 깨우듯 조용히 흔들었다.

「이봐, 당신이 어떻게 하느냐에 따라서 운명이 결정돼. 이놈들이 누구를 기다리고 있었는지 영어로 얘기해. 날 속이겠다는 생각은 하지 않는 게 좋을 거야.」

여자는 답변을 하려는 듯 입술을 움직였으나 공포 때문에 말이 되어 나오지를 않았다. 다시 한참 동안 눈을 감고 있던 그녀는 겨우 정신을 가다듬었는지 입을 열기 시작했다.

「……농, 농!」

보란은 여자의 어깨에서 손을 떼었다. 보란의 손에서 해방된 그녀는 뼈가 없는 인간처럼 바닥에 쓰러졌다.

여자의 쓰러짐이 신호이기나 한 것처럼 계단에서 쿵쾅거리는 소리가 들리자 보란은 재빨리 뒤돌아보았다. 새하얀 피부와 금발 머리를 가진 20세쯤 돼 보이는 여자가 급하게 계단을 내려오다가 이 광경을 보고 우뚝 멈춰 서며 비명을 질렀다. 그녀는 거의 벌거벗은 상태였다. 몸에 걸친 것이라고는 얇은 슈미즈 하나뿐이었다.

보란이 서 있는 그녀를 향해 날카롭게 소리쳤다.

「내려와!」

보란의 한마디에 여자는 질린 듯 움직이기 시작했다. 그러나 그녀는 꽤나 대담함을 보였다. 셀레스테의 옆에 선 그녀는 보란을 노려보며 물었다.

「지금, 무슨 짓을 하고 있는 거예요? 당신…… 당신은 대체 누구죠?」

그녀의 영어 발음은 비교적 정확한 편이었다. 한편으로는 지성미까지 곁들여 있기도 했다. 이 악의 소굴에서 일하고 있는 여자로는 보이지 않았다. 보란은 부드러운 목소리로 말했다.

「난 프랑스 어를 잘 모르오. 옆에 있는 셀레스테에게 살 수 있는 길은 하나뿐이라고 얘기해 주시오. 모든 정보를 빨리 털어놓으라고 말하시오. 난 지체할 시간이 없는 사람이오.」

보란의 말이 끝나자 두 여자는 한참 동안 얘기를 나누었다.

이윽고 금발 머리의 여자가 보란에게 말했다.

「미국 사람 한 명이 여기로 오게 돼 있대요. 그 미국 사람은 여기에 감금될 예정이구요.」

「미국 사람을 감시할 패거리는 몇 명이나 되지?」

보란이 재빨리 물었다.

「그건 잘 몰라요. 아, 잠깐만요. 셀레스테가 알고 있는지도 몰라요.」

금발 머리 여자는 다시 셀레스테와 프랑스 어로 얘기를 나누기 시작했다. 얼마 후 그녀는 다시 보란에게로 말머리를 돌렸다.

「차 두 대를 타고 일곱 사람이 공항으로 갔대요. 벌써 도착했어야 할 시간인데 안개 때문에 늦는 것 같다는군요.」

「알았소. 그게 바로 내가 알고 싶어했던 거요.」

조금이라도 시간적 여유가 있었다면 보란은 그 영국 여자에게 정보가 아닌 다른 무엇을 요구했을지도 몰랐다. 그러나 그것도 너저분한 전쟁 때문에 포기해야 했다. 보란은 하체가 뻐근해짐을 느끼며 금발 머리에게 말했다.

「셀레스테를 데리고 이층으로 올라가시오. 거기에서 조금이라도 움직이면 어떤 일이 벌어질 거라는 건 상상할 수 있을 거요.」

여자는 안도의 숨을 몰아 쉬고 셀레스테를 부축하며 이층을 향해 걷기 시작했다. 계단을 오르는 두 여자를 보며 보란은 셀레스테가 자신의 총에 맞아 죽은 두 사내 때문에 고통스러워하지 않기를 바랐다. 이층으로 오르는 발자국 소리가 들리지 않게 되자 보란은 불을 끄고 문을 닫았다. 그리고는 조용히 밖으로 나갔다.

집 안에서는 비참한 살인극이 있었으나 밖은 아무런 변화도 없었다. 거리는 여전히 조용했고 짙은 안개는 전혀 걷힐 기미가 없었다. 현관으로부터 얼마 떨어지지 않은 곳에 보란은 자리를 잡았다. 안개 속에서 그는 안전하게 몸을 감추고 곧 들이닥칠 마피아와 길 마틴을 기다릴 작정이었다.

이층에서 불이 켜졌다. 〈즐거움의 집〉치고는 너무 일찍 잠에서 깨어나고 있는 셈이었다. 그는 앞으로 벌어질 사태를 예상하며 32구경 자동 권총을 쥔 손에 힘을 주었다. 그러는 중에도 자꾸만 금발 머리의 영국 여자가 머리에 떠올랐다. 그는 끓어 오르는 욕정을 누르려고 담배에 불을 붙였다.

바로 그때, 자동차 소리가 안개 속으로부터 들려 왔다. 그 소리에 이어 헤드라이트의 희미한 불빛이 커브를 돌아 나오고 있는 것이 보였다. 그 뒤를 또 한 쌍의 헤드라이트가 따랐다. 두 대의 차는 보란의 바로 앞에서 멈춰 섰다. 헤드라이트가 꺼지고 차

문이 열리자 기다란 사내의 다리가 보였다. 다리의 주인공이 땅
에 내려서며 카랑카랑한 목소리로 외쳤다.

「빨리빨리 해!」

보란은 그 소리를 들으며 조용히 생각했다. 행동을 재촉하는
것은 곧 자신들의 죽음을 재촉하는 것이라고. 짙은 어둠과 안개
속에서 희미한 그림자들이 분주하게 움직이고 있었다. 차의 문
이 여닫히고 남자들의 조심스러운 웅얼거림이 낮게 깔렸다.

그들의 행동에 여유가 보인다는 생각이 들 때 보란은 조용히
〈즐거움의 집〉 입구를 향해 움직이기 시작했다. 그러나 마피아
들도 만만한 상대는 아니었다. 갑자기 그림자 하나가 보란을 향
해 달려들었다. 사람이라기보다는 그림자뿐인, 형체 없는 유령
처럼 여겨졌다. 보란은 달려드는 그림자를 향해 방아쇠를 당겼
다. 소음기가 부착된 총은 공기 빠진 볼을 찼을 때와 같은 둔한
소리를 냈다. 쓰러지는 몸뚱이를 받쳐든 보란은 소리나지 않게
땅바닥에 뉘었다. 바로 몇 미터의 거리에서 이런 일이 행해지고
있음에도 다른 사람들은 전혀 눈치를 채지 못하고 있는 것 같았
다.

차에서 내린 세 그림자가 〈즐거움의 집〉을 향해 접근하기 시
작했다. 가운데에 있는 그림자는 허리를 굽히고 있었고, 양쪽의
두 그림자가 그를 부축하며 끌고 오는 중이었다. 허리를 굽힌 그
림자는 보란으로 오인된 길 마틴임에 틀림이 없었다. 상황을 판
단한 보란은 양쪽의 두 그림자를 향해 자동 권총의 방아쇠를 당
겼다. 그와 동시에 두 그림자는 땅바닥에 나뒹굴었고 허리를 꺾
고 있던 가운데의 그림자도 정면으로 쓰러졌다.

보란은 재빨리 달려가 그의 머리카락을 움켜쥐고 고개를 쳐들

며 작은 소리로 속삭였다.

「놀라지 마시오. 당신은 조용히만 하면 되오.」

보란은 그를 일으켜 세운 다음 한쪽 팔로 부축하며 생 자크 거리를 향해 걸음을 재촉했다. 그들의 뒤에서 여러 사람의 목소리가 뒤엉켜 소란스러웠다. 그러나 보란은 뒤를 돌아보지도 않았다. 불이 켜지기 전에 가능한 한 〈즐거움의 집〉으로부터 멀리 떨어져야만 하기 때문이었다.

정지했던 두 대의 차에 다시 헤드라이트가 밝혀지고 흥분한 목소리들이 외쳐 대기 시작했다. 보란은 잠시 한바탕 일을 벌일까 하는 생각을 했으나 이내 그 생각들을 지워야만 했다. 보란은 자유스러운 몸이 아니었던 것이다. 옆에 겨우 의식만 남아 있는 길 마틴이 있기 때문이었다.

위험 구역을 벗어나 생 자크 거리에 들어서자 비로소 이마의 땀을 훔친 보란은 마틴에게 물었다.

「괜찮소?」

「아, 그놈들은…… 사람이 아니라 악마요. 악마들이 내 손, 손가락을 모두 부러뜨렸소. 거기에다 지독한 구타……. 살아 있다는 게 이상할 지경이오.」

길 마틴의 대답은 차라리 괴로운 신음이었다. 그러나 보란은 동정의 말 한마디 해주지 않았다.

「그 정도는 아무 것도 아니오. 더 갈 수 있겠소? 살기 위해선 계속 걸어야 합니다.」

「좋아요. 그 길이 사는 길이라면 가다가 쓰러지더라도……. 갑시다, 가요.」

그들은 다시 걷기 시작했다. 생 자크 거리를 따라 생 미셸 로를 향해 바쁘게 걸어갔다. 보란은 왠지 얄미워 보였던 마틴에 대해 전혀 새로운 감정을 느끼기 시작했다. 그들은 생 미셸 로의 초입에서 휴식을 취했다. 보란은 정신을 가다듬고 최종적인 목적지를 다시 한 번 생각해 보았다. 이제 어디로 가야 할 것인가? 순간 보란의 머리에 미국산 위스키의 상표와 비슷한 이름이 머릿속에 떠올랐다. 그녀는 비행기 안에서 그를 분명히 초대한 적이 있었다. 〈저는 항상 팡송 드 생 제르맹에 머물러요〉 하고 그녀는 말했었다.

보란은 그곳을 정확히 알지는 못했지만 그 거리가 어디쯤인가는 알고 있었다. 그가 알고 있는 그 거리는 수많은 호텔들로 유명한 곳이었다. 그는 마틴을 부축하며 지하철 정거장으로 향했다. 옛날을 더듬는 그의 기억이 정확하기만 하다면 오데옹 지하철이 그들을 운동장 근처 어딘가에까지 데려다 줄 것이고 그렇게 된다면 그는 목적지를 쉽게 찾을 수가 있을 것이었다.

그들이 거의 정거장에 도착했을 무렵 마틴이 입을 열었다.

「도대체 어디로 가는 거요? 이제 이만큼 도망쳐 왔으면 경찰을 찾아야 할 게 아니오. 그 악마들을……」

「안 돼요.」

보란은 한마디로 잘라 말했다.

「안 된다니? 그 이유는 뭐요?」

「이유? 그건 내 마음이오.」

갑자기 마틴의 얼굴에 불안의 그림자가 스치고 지나갔지만 그는 보란이 이끄는 대로 따랐다. 마침내 정거장에 도착되자 보란은 처음으로 마틴의 얼굴을 자세히 뜯어보았다. 그의 얼굴은 엉망으로 터져 있었으며 상처 부위가 부어 한쪽 눈은 완전히 감겨져 있었다. 코트로 가리워진 몸에는 더 많은 상처가 있으리란 걸 보란은 보지 않아도 알 수 있었다. 그 악당의 무리들은 맥 보란 으로 오인된 길 마틴을 친절하게 영접하지 않았을 것이란 건 자 명한 일이었다. 그는 동정이 담긴 목소리로 마틴에게 물었다.

「이제 결정을 하시오. 혼자서 경찰을 찾아가겠소, 아니면 날 따르겠소?」

영화 배우 길 마틴은 망설이는 듯한 눈길로 생명의 은인인 보 란을 한참 동안 바라보았다. 그의 온전한 한쪽 눈에서 은인의 정 체를 알아냈다는 눈치와 함께 따뜻한 동료애 같은 것이 빛나는 것을 보란은 보았다.

「날 데리고 가시오, 보란.」

보란이라고 불러준 데에 대해 그는 미소로서 답했다. 보란은 미소를 띤 채 마틴을 부축하여 계단을 내려섰다. 사태가 이처럼 엉망으로 꼬이지 않았더라면 마틴은 프랑스에 잠시 머물렀다가 로마로 떠났을 것이다. 그리고 보란은 반드시 항공사의 애교 넘 치는 스튜어디스와 며칠 밤을 오붓하게 보냈을 것이었다. 만일 보란이 원하기만 했다면 그녀는 파리에서의 휴식을 위해 도중 하차했을지도 몰랐다. 그러나 보란은 자신의 욕망을 용납할 수 는 없었다. 그는 육체적인 향연 때문에 자신의 목적을 쉽게 포기 하는 사람이 결코 아니었다. 그에게는 안전한 곳이 없었다. 지금 이 순간에도 어디에서 마피아의 총알이 날아올지 예상할 수가 없었다.

그것에 대응하는 방법은 오로지 두 가지 길밖에는 없었다. 죽 음, 아니면 마피아의 피였다.

그렇지만 보란에게는 그 두 가지를 다 받아들일 마음의 준비가 되어 있었다.

7
또 한 번의 변신

보란은 노크도 없이 문을 열어 젖히고 길 마틴을 현관으로 끌어 들였다. 무료하게 앉아 있던 여자가 깜짝 놀라 용수철처럼 일어서자 보란은 다급하게 말했다.

「우리는 몹시 지쳐 있어. 격식을 차릴 여유조차 없다구.」

비명을 지르며 뒤로 물러서던 그녀는 보란이 부상당한 사내를 침대에 누이자 비로소 상대방이 누구인지를 알아보았다.

그녀는 거의 벗은 상태였고 작은 목욕 타월이 터번처럼 그녀의 머리에 감겨 있었다. 그녀의 피부는 빛나는 분홍빛이었다.

여객기의 스튜어디스 제복을 입었을 때보다도 한결 요염해 보이는 여자였다. 그녀는 베개를 가져다 조심스럽게 마틴의 머리를 받쳐 주었다. 그녀는 이제 더 이상 놀라고 있지 않았다. 모든 사실을 눈치챈 듯 그녀는 보란을 향해 노골적인 적의를 드러내고 있었다. 보란이 변명할 말을 찾기 위해 애쓰고 있을 때 여자가 먼저 입을 열었다.

「이제 모든 걸 알겠어요. 당신은 가발 같은 것이나 뒤집어쓰고 변장을 하고 다녀야 할 사람이군요. 저 불쌍한 남자가 오죽했으면 저 꼴을 당했겠어요? 그게 모두 당신 때문이죠? 당신으로 오인당한 거겠죠. 당신은 어떻게 됐나요, 마틴 씨? 마틴이란 가면을 쓴 당신은 여자들의 영접을 받았고, 저 남자는 그 여자의 성난 남자 친구들에게 영접을 받은 건가요?」

보란은 낸시 워커가 여객기 안에서 자기에게 노골적으로 접근했던 걸 후회하고 있음을 알았다. 보란은 뭐라고 변명할 말이 없었다. 그는 마틴의 여권을 그녀의 손에 건네 주며 말했다.

「난 당신이 잘못 알고 있다고 분명히 말했었는데…….」

보란은 침대로 가서 걸터앉았다. 여권에 붙어 있는 사진을 열심히 들여다보고 있는 여자를 흘끗 돌아본 그는 마틴에게 물었다.

「좀 어떻소?」

「죽지는 않겠습니다.」

길 마틴은 꽤나 공손한 태도를 보였다. 지금까지도 보란이 생명의 은인이란 생각을 버리지 않고 있는 모양이었다. 보란은 그의 상처를 좀더 살펴볼 필요가 있다고 생각했다. 그는 마틴의 찢어진 셔츠를 풀어 헤치고 속옷을 말아 올렸다. 마틴의 가슴에는 붉은 피멍이 넓게 자리잡고 있었다.

「지독한 놈들이군!」

보란은 혼잣말처럼 웅얼거리며 그의 갈비뼈를 하나하나 더듬어 나갔다. 마틴은 고통을 참느라고 얼굴을 험하게 찡그렸다. 마틴의 상처를 훑어본 보란이 침착한 목소리로 말했다.

「의사를 만나 봐야 할 것 같소.」

「나도 그럴 생각입니다. 그러나 이 손, 부러진 이 손가락은
……」

마틴은 다음 말을 하기가 두려운 모양이었다. 낸시 워커가 젖
은 타월을 갖고 와서 그의 얼굴을 조심스럽게 닦아 주며 말했다.

「제가 의사를 부르겠어요. 당신은 조금도 걱정하지 마세요. 걱
정할 자격조차도 없잖아요?」

냉정한 말투였다. 그러나 감수해야 하는 말이기도 했다. 보란
은 방 안을 몇 차례 오락가락하다가 침대 옆으로 돌아가서 마틴
에게 말했다.

「이제 당신에게서 떠날 수밖에 없게 됐소. 음……. 이런 얘기
는 할 필요도 없겠지만…… 이렇게 상처를 입게 해서 미안하오.」

마틴은 한동안 보란을 올려다보더니 찢어진 입술을 달싹거렸
다.

「너무 걱정하지 말아요. 곧 나을 거니까요. 이까짓 상처쯤이야
……」

보란은 입술을 깨물며 생각해 보았다. 이런 식으로는 이 사내
를 떠날 수가 없었다. 마피아들은 계속해서 추적해 올 것이 분명
했다. 보란은 자신이 어떻게 처신해야 좋을지 결론을 내리기가
힘들었다. 그는 마틴의 지갑을 침대에 올려놓았다.

「이게 필요할 거요. 여권은 여자가 갖고 있소.」

그는 말을 마치자 낸시 워커의 곁을 지나 문을 향해 걸어갔다.

「보란!」

마틴의 목소리가 보란의 목덜미를 움켜 잡았다. 보란이 돌아
서자 마틴은 시선을 벽 쪽으로 향한 채 말했다.

「그 여권이 필요한 사람은 나보다 당신일 거요.」

「그게…….」

보란은 할 말이 없었다.

「당신이라면 그걸 그럴듯하게 꾸며서 쓸 수 있을 거요. 당신이 당분간 길 마틴이 되시오. 어차피 나에게는 휴식이 필요하니까 그 동안 난 좀 쉬기로 하겠소.」

보란은 마틴의 제안을 곰곰이 생각해 보았다. 마틴은 경찰관들을 경계하고 있는 듯했으나 보란은 마피아와의 관계 외에는 생각할 여유가 없었다. 낸시 워커는 무표정한 얼굴로 두 사람의 대화를 듣고 있었다. 그녀의 표정이 차츰 부드러워지는 것으로 보아 보란에게 품고 있는 적개심이 녹아 내리고 있음이 분명했다.

길 마틴이 다시 입을 열었다.

「신분증도 모두 가져 가시오. 필요하다면 돈도 모두 가져 가고 부족하다면 크레디트 카드를 쓰도록 해요. 그렇다고 낭비를 하면 안 돼요. 당신이 생각하는 만큼 난 부자가 아니니까 말이오.」

보란은 가슴이 찡해옴을 느꼈다. 그는 지금껏 감정이 메마른 채 세상을 살아 오고 있었다. 실로 오랜만에 느끼는 흐뭇한 기분이었다. 잠시 동안이긴 했지만 그는 참된 우정의 손길을 받고 있었던 것이다. 그 우정의 따뜻함을 느끼며 보란은 자신의 지갑과 여권을 마틴에게 내밀었다. 낸시 워커에게도 고맙다는 인사말을 한 보란은 무거운 발걸음으로 밖을 향했다.

신분증을 바꿈으로 해서 서로가 받을 위험은 1대 1이라고 그는 계산했다. 악당들은 힘겹게 납치한 길 마틴을 빼앗겼기 때문에 복수의 칼을 갈고 있을 것이다. 그들은 아직도 그 영화 배우를 보란으로 착각하고 그를 찾기 위해 혈안이 돼 있을 것은 분명했다. 보란은 그들의 눈에 길 마틴이 발견되느니 차라리 자신이 발견되길 바라고 있었다.

살인이라는 것은 상상조차도 해보지 않았을 것처럼 보이는 할리우드의 영화 배우가 잡히는 일이 있어서는 안 되었다. 어떤 수단을 동원해서라도 마틴을 마피아의 눈에 띄게 해서는 안 된다고 보란은 몇 차례나 자신에게 다짐했다. 그러다 때가 되면 마틴은 경찰에 출두해서 지금까지의 사태를 자세히 설명하고 본래의 자기 세계로 되돌아가면 될 것이다. 그리하여 다시 자유로운 대중의 우상으로서, 영화 배우로서의 생활을 영위하면 될 것이다.

낸시 워커는 비록 원래의 남자와 바뀌기는 했으나 할리우드의 유명한 영화 배우를 자신이 직접 간호하고 있다는 사실이 몹시 기뻤다. 그녀는 이 관계가 계속되다가 결국에는 남녀가 흔히 이루게 되는 사랑의 종착역에 도달할 수 있을 거라는 기대까지도 하게 되었다.

지하철에 몸을 실은 보란은 다시 파리의 번화가에 모습을 나타냈다. 길 마틴이란 이름으로 그는 샹젤리제의 커다란 호텔에 방을 하나 예약했다. 프라이버시에 대한 권리를 강경히 주장하여 아무도 자신의 일에 간섭하지 못하게끔 조처한 그는 호텔 보이를 시켜 공항의 임시 보관소에 있는 짐들을 가져 오게 했다. 그 일이 끝나자 자동차 한 대를 전세 낸 그는 호텔의 주차장에 대기시켜 두라고 지시했다.

모든 일이 순조롭게 진행되자 보란은 돈의 위력을 다시 한 번 느낄 수 있었다. 그는 객실로 돌아가 아침 식사를 한 뒤 샤워를 끝내고 포근한 침대에 피곤한 몸을 뉘었다.

보란이 프랑스에서의 첫번째 전쟁을 끝내고 자리에 누운 것은 아침 9시가 막 지나고 있는 시각이었다. 이제 거리도 몹시 붐비고 있을 것이었다.

피를 뿌려 놓은 길을 계속 걸어야만 하는 자신의 운명을 생각하며 보란은 깊은 잠 속으로 빨려 들어갔다.

8
마피아 대사

쌕쌕이 토니 레버니는 전화기 저쪽에서 감돌고 있는 정적에 마음을 졸이고 있었다. 〈농장의 성채〉 주인인 어니 카스틸리오네의 목소리가 들려 오기를 기다리는 중이었다. 수화기를 잡은 그의 손이 가늘게 떨리고 있었다.

얼마 후 카스틸리오네의 목소리가 수화기를 통해 흘러나왔다. 차갑고 냉혹한 음성이었다.

「내가 분명히 말했었지? 그놈의 위치를 확인하고 이행하는 걸 잊지 말라고 말이야! 그런데 자네는 어떻게 했나? 보란을 납치했다가 놓쳐 버렸다는 얘기 따위는 듣고 싶지 않아!」

쌕쌕이 토니는 기어 들어가는 목소리로 변명을 늘어 놓기 시작했다.

「카스틸리오네 씨, 전 그 녀석들에게 충분히 주의를 시켰습니다. 보란이란 녀석이 보통이 아니라는 얘기까지도 했습니다. 그런데도 그 녀석들은 납치에 성공했다는 기쁨으로…….」

토니의 말이 끝나기도 전에 카스틸리오네의 호통이 다시 전해져왔다.

「너저분한 변명은 그만둬! 그리고 지금부터 하는 얘길 잘 들어. 유능한 전투원을 데리고 가. 윌슨인가 하는 검둥이도 함께 말이야. 이번에는 어떻게든 목적을 달성해야 해! 보란이란 놈을 옮아서 데려오란 말이야!」

「알겠습니다. 또다시 기회를 주시니 이 고마움을 어떻게 표현해야 할지…….」

「그런 얘긴 보란을 잡고 난 다음에나 해. 프랑스엔 전투원이 몇 명이나 있다고 했지?」

「6, 7명뿐입니다. 그 밖에 몬추르 루돌피의 개인 경호원이 한 명 더 있을 뿐입니다. 슈피 카타노라는 이름의 사내죠.」

「그럼 자네는 몇 명이나 데리고 갈 작정인가?」

쌕쌕이 토니는 망설이는 기색도 없이 답변했다.

「적어도 12명은 데리고 가야 되겠죠?」

「뭐? 12명? 정말 답답한 친구로군. 대가리 수만 많으면 해결이 되나? 여러 명이 소란을 피우면 더 어렵게 된다는 걸 알아야지. 당장 나한테 와. 직접 만나서 얘길 해야겠어. 답답한 친구 같으니라구. 뚱뚱이 안젤로와 셰미 슈브 그리고 검둥이면 돼! 좋아, 무엇보다 자네에게 제일 급한 건 나에게 오는 일이야. 지금 당장 오라구, 알겠나?」

「잘 알겠습니다, 카스틸리오네 씨.」

쌕쌕이 토니는 한숨을 몰아 쉬며 전화를 끊었다. 그는 화가 난 얼굴로 윌슨 브라운을 바라보았다.

「이봐, 친구. 이제 각오를 단단히 해야겠네. 그놈을 잡지 못하면 내가 죽게 됐어. 무슨 뜻인지 알아듣겠나? 그놈을 잡지 못하면 카스틸리오네 씨가 용서하지 않을 거란 얘기야.」

토니 레버니는 신중하게 얘기했지만 윌슨 브라운은 그 커다란 덩치를 흔들면서 킬킬거렸다.

「알았네, 알았어. 언제 기회가 있으면 보란에게 직접 사정해 보지 그래?」

다른 때의 토니라면 브라운에게 이런 모욕을 받고 가만 있지 않았을 것이다. 그러나 오늘은 한마디의 대꾸도 없이 돌부처처럼 앉아 있기만 했다. 그런 토니의 모습을 보고 있던 브라운은 갑자기 그가 불쌍하다는 생각이 들었다. 그를 위해서라도 어떻게든 보란을 사로잡아야만 했다.

파리의 마피아들은 그들의 존재를 위협당하고 있었다. 토머스 몬추르 루돌피는 이제 완전히 실패한 사람이었으며 불행한 사람 중의 하나이기도 했다. 프랑스로 파견된 미국의 조용한 전권 대사, 사회의 은밀한 이면에 봉사하는 대사인 루돌피는 45세의 변호사이기도 했다. 그는 60년대 초부터 파리에 거주하기 시작했으며, 공식적으로는 프랑스에 있는 미국 사업체의 조언자요, 브로커로 잘 알려진 인물이었다.

그러한 그는 파리장의 사회에서도 최고급 그룹에 섞여들 수 있었고, 또한 높은 지위에 있는 정부의 관리들이나 정치가들과도 은밀한 관계를 유지할 수 있었다. 그 결과 파리의 어떤 문화 행사에서도 그의 얼굴을 볼 수 있었다. 아직 독신인 그의 이름은 영화계나 패션계, 혹은 연극계에 종사하는 여성들의 입에 곧잘

오르내리곤 했다.

이처럼 그의 모든 것은 표면적으로는 호사스러웠지만 사실상의 그는 실패와 좌절의 뼈아픈 경력을 지닌 사람이었다. 그는 개인적으로 볼 때 부나 권력을 가진 사람은 아니었다. 사실, 그가 신디케이트를 조직하는 데 있어서 탁월한 소질을 발휘했던 적은 있었다.

마피아는 세계적인 작전을 실행함에 있어 강력한 제국주의적 경향을 띤 봉건적인 왕조를 형성하였다. 각 영주는 〈카포〉라고 불렸으며, 그들은 각기 전세적인 권력을 소유한 제국주의자였다. 해외의 영토는 계속 확장되었으며 미국의 각 가문들에 의해서 보호되었다. 그리하여 〈라 코미숑〉 또는 〈카포위원회〉라고 불리는 강력한 기구로 통합되었다. 이 위원회는 물론 미국에 기반을 둔 것이었다. 제국주의자들이나 본토에 있는 가문들은 철저히 비밀의 베일에 싸여 있었다.

따라서 프랑스 인의 마피아란 있을 수가 없는 존재였다. 물론 프랑스 출신의 깡패들이나 강도, 조직적 범죄 집단들이 있기는 했으나 그들은 어쩔 수 없이 라 코사 노스트라의 미국 가문들과 공존해야 했고, 사실상 그 가문들에 의해 지배받고 있었다.

미국의 몇몇 가문들이 프랑스에서의 이익을 직접적으로 간섭하기도 했으나, 토머스 몬추르 루돌피의 권위는 아주 확고한 것이었다. 따라서 루돌피는 제국의 꿈을 키우고 있었던 것이다. 그는 위원회에서 외교관의 역할을 담당하고 있었으며 미국 마피아들이 국제적으로 형성된 사업에서 챙기는 해외의 이득을 관리하는 일에 직접 개입하고 있었다.

프랑스에서 사업을 하고 있는 미국 가문들의 모든 계약 행위

의 핵심에 그가 위치하고 있었고, 프랑스의 교역 통로를 정기적
으로 내왕하는 신디케이트와 비신디케이트의 범죄 행위를 연결
하는 연락 책임자이기도 했다. 수년간에 걸쳐 그런 봉사 행위를
해오는 동안 그는 광범위한 영향력을 행사하는 지위에 오를 수
있었고 프랑스의 〈무슈 마피아〉란 위치로 발돋움할 수 있었다.

그의 수입은 위원회에 의해서 결정되었는데, 사업의 이득에서
적당한 액수를 할당받는 것이었다. 그가 그 자신의 이익을 위해
독자적인 사업 행위를 벌이는 것은 위원회에 의해 엄격히 금지
되고 있었다. 그것은 그의 개인적인 이익과 〈카포위원회〉의 이
익 사이에 갈등이 생길 수 있다는 데에 일반적인 의견이 일치되
었기 때문이었다.

이러한 제한 규정에 대한 훌륭한 보상으로서 위원회는 그들
범죄의 전권 대사에게 호화로운 생활을 영위할 수 있을 만큼 높
은 보수를 제공했고, 프랑스 사회의 높은 지위에 끼여들 수 있도
록 도와 주었다. 바로 그런 점이 본국의 가문들에 대한 봉사를
좀더 효과적으로 수행할 수 있도록 하는 데 큰 도움이 되었다.

그러나 루돌피는 그것으로 만족하지 않았다. 끝없는 욕심을
가진 그에게 그런 약속이란 하찮은 것에 지나지 않았다. 그의 내
면에서 자기 실현의 충족감을 갈구하는 작은 목소리에 비할 때,
그러한 것들은 가치가 없는 것으로 여겨졌다. 만일 그에게 적당
한 대우를 해주겠다면 공식적으로 프랑스의 카포라고 불려야 한
다고 생각했다. 그것이 그의 응당한 칭호였다.

프랑스에서 생기는 많은 돈이 미국으로 흘러 들어가는 데에
그는 불만을 품고 있었다. 그런 이익을 가능하게 해준 자신에게
는 보잘것없는 비율의 돈만이 돌아온다는 것은 정당한 일이 아

니라고 그는 항상 생각해 왔다. 자신의 공로를 생각하면 근소한 분량만이 대서양을 건너야 하는 것이었다.

그에게는 큰 야망이 있었다. 언젠가는 프랑스에 루돌피 자신의 가문을 탄생시키겠다는 것이 그의 야망이었다. 그러나 그는 지금 고통에 시달리고 있었다. 그의 아담한 별장의 창으로 내려다보이는 경치는 겨우 그 모습을 드러내고 있었다. 짙은 안개도 이제 서서히 걷히고 있었다.

그는 조금 전 대서양을 건너온 국제 전화를 끊었다. 철저한 보안을 요구하는, 난해한 암호로 계속되는 통화는 항상 그를 내면적인 번민에 빠뜨리게 하곤 했다. 그러나 이번의 통화는 내면적인 것만이 아니라 외면적인 표정까지도 뒤바꿔 놓았다. 그의 꿈만이 아니라 그의 생활 양식과 이미지까지도 흔들어 놓는 듯한 통화였다.

한때는 조화와 쾌적함으로 가득차 있던 그의 생활이 이제 차츰 허물어져 가고 있는 것처럼 여겨졌다.

맥 보란이 파리에 있다는 게 나와 무슨 상관이란 말인가? 보란은 본국인 미국의 문제였다. 루돌피는 대륙과 대양을 건너온 이 사건에 아무런 흥미도 없었다. 피에 굶주린 싸구려 총잡이들의 복수전에도 그는 신경을 쓰고 싶지 않았다. 벌써 몇 달 전에 사살되었어야 할 미친 개 한 마리가 파리까지 탈출한 것은 미국 가문들의 잘못이 아닌가. 미친 개 보란이 프랑스에서도 주목할 만한 인물이라면 그의 몸은 달러나 프랑으로 환산되어야 했다.

루돌피는 벌써 오래 전부터 자신을 프랑스 인으로 착각하고 있었다. 그는 프랑스 말을 고국의 말처럼 유창하게 할 수 있었고 이탈리아나 다른 나라 말을 할 때는 프랑스 식의 악센트를 붙이곤 했다.

그의 헌신적인 도움으로 마피아는 프랑스에서 영토와 권력을 확보할 수 있었다. 그 권력 체제는 헤아릴 수 없을 만큼 많은 공화국들의 압력을 견디며 살아 남을 수 있을 것이었다. 그러면서 차츰 번영을 이룰 것이란 건 의심할 여지가 없었다.

그런데 카스틸리오네란 자가 누구이기에 파리에 변화가 있어야 한다고 주장한단 말인가? 파리에 변화가 있어야 한다는 말은 곧 위원회에 변화가 있어야 한다는 말과 상통하는 것이었다.

한낱 농부에 지나지 않는 그가 파리의 문제에 대해 무엇을 알고 있단 말인가? 카포이면서도 사실상은 독립된 가문이 아닌 그에게 어느 누가 무엇을 기대한단 말인가? 파리의 최고 사령부는 침묵을 지키는 다섯 명의 형제들로 구성되어 있었다. 아니, 이제는 네 명이었다. 다섯 번째의 형제는 지금 시체실에서 잠을 자고 있었다. 루돌피에게 있어서 이 일은 큰 타격이 아닐 수 없었다. 미국의 모든 가문들의 군대가 한꺼번에 모여서도 이룰 수 없었던 일을 프랑스의 이 소규모 가문이 실패했다 하여 농부 카스틸리오네는 그를 비난하고 조롱했던 것이다. 한 마리의 벼룩조차 잡지 못하는 주제에 무슨 일을 하겠느냐는 등의 조롱을 받은 것이다.

그러나 보란이라는 이름의 그 벼룩은 마치 사자처럼 날뛰고 있는 것이다. 그러나 프랑스에서는 그 사자가 외치는 소리를 잠깐 들었을 뿐이었다. 그런데 그 건방진 농부는 프랑스에 주재하는 그에게 노력을 하지 않았다고 호통을 쳐도 된단 말인가?

루돌피는 카스틸리오네의 속마음을 훤히 알 수 있을 것도 같았다. 카스틸리오네뿐 아니라 미국의 모든 가문들은 루돌피 자

신의 세력이 확장되는 것을 두려워하고 있음이 분명했다. 그래
서 무조건 잘못을 뒤집어씌우고 호통을 치는 것이리라. 그들은
프랑스의 위원회를 힘이 없는 상태로 유지시키려는 속셈일 것이
다. 거창한 사업을 벌이는 데 있어서도 소외시키려는 음모이리
라. 정해진 예산에서 극히 사소한 항목까지도 일일이 계산하게
하고 단 1프랑의 논에 대해서도 일일이 설명하도록 하려는 수작
일 것이다. 사소한 일에 매달리도록 유도하여 거대한 제국을 꿈
꾸지 못하게 할 술책이겠지. 프랑스의 위원회를 보잘것없는 조
직으로 남겨 두어 자기네들에게 의존하지 않으면 안 되게끔 하
려는 계획일 것이다.

　미국의 막강한 조직력과 경찰들이 붙잡을 수 없었던 보란을
프랑스의 작은 집단이 붙잡으리라고는 기대하지 않아야 한다.
그들은 기대 대신에 실패하기를 원하고 있을지도 모를 일이었
다. 그리하여 그 실패를 비난하고 조롱하려는 음모가 아니고 무
엇이란 말인가?

　프랑스 주재 마피아 대사는 한숨을 내쉬며 창으로부터 떨어졌
다. 그러나 몽상으로부터는 떨어질 수가 없었다. 창 밖의 풍경은
흔히 〈승리의 월계관〉이라고 불리는 곳이었다. 루돌피는 바로
그곳에서 사자를 사냥할 수 있을 것만 같았다. 만일 필요하기만
하다면 자신도 직접 총을 쥐고 거리로 나가 싸울 용의도 있었다.
어떤 수단을 동원해서라도 그는 꼭 승리해야만 했다.

　루돌피는 그 자신의 지역적 세력이 약해서 그런 생각을 하는
건 아니었다. 필요하기만 하다면 그는 한 시간 내에 1000명 이상
의 총잡이들을 모아서 지휘할 수도 있었다. 그는 정부 관리들의,
법정의, 그리고 경찰 전체의 협력도 받을 수 있는 능력이 있었

다. 그러나 이것은 단순한 힘의 시위와 전쟁이 아니라 한 사나이의 영혼에 대한 도전이었다.

그런데도 이 토머스 루돌피를 형편없는 작자로 생각한단 말인가? 그가 책상으로 다가가 서랍을 열자 거기에는 루거 권총이 들어 있었다. 그것은 전쟁중에 그가 상으로 받은 것이었다. 총의 손잡이에는 牛이란 표시가 새겨져 있었다. 그는 조심스럽게 권총을 꺼내 몇 차례 작동을 시험해 보고 허리에 찬 다음 차고에 전화를 했다.

「차를 대기시켜! 정비를 철저히 하고!」

그의 결심은 완전히 굳어졌고 꿈은 와해되지 않았다. 그의 거대한 꿈은 보란의 시체라는 비옥한 토지에 뿌리를 박고 성장하는 것이었다.

9
꽃들의 양심

보란이 잠에서 깨어난 것은 오후 3시가 조금 지나서였다.

간단하게 식사를 마친 그는 뜨거운 커피를 마시면서 다음의 행동을 계획했다. 다음의 계획을 결정한 그는 자신의 트레이드마크가 되다시피 한 검은색 스킨 슈트를 입었다. 45구경 자동 권총과 권총집을 점검하는 동안에도 그의 머릿속에서는 계획에 대한 점검이 이루어지고 있었다.

보란은 45구경 권총보다도 더 훌륭한 무기를 손에 넣을 수 있는 곳을 알고 있었다. 계획에 대한 분석을 끝내고 결정을 한 그는 작은 서류 가방에 총과 탄환 케이스를 집어 넣었다. 모든 준비가 완료되자 보란은 로비를 향해 방을 나섰다.

프런트 계원은 당번에게 전세 계약이 된 보란의 차를 대기시키라고 이른 다음 쪽지를 내밀었다. 쪽지에는 다음과 같이 기록되어 있었다.

〈파리에 오신 것을 환영해요, 달링. 그런데 왜 연락을 하지 않으셨죠〉?

〈지지〉라는 서명으로 메모는 끝났다.

보란이 쪽지에서 눈을 떼자 프런트 계원은 부드러운 미소를 지으며 말했다.

「마드모아젤 카르소도 이곳에 묵고 계십니다, 무슈. 원하신다면 지금 당장이라도 그분께 전화를 해드릴 수 있습니다.」

어느 사이에 계원의 손은 전화기 위에 올려져 있었다.

「아, 괜찮소.」

계원의 친절을 거절한 보란은 차를 타기 위해 밖으로 나왔다. 잠깐 쪽지의 내용을 생각해 봤으나 곧 그것이 임사하는 게 무엇인지를 알 수 있을 것 같았다. 물론 마틴은 유럽 전체에도 잘 알려진 이름임에 틀림이 없다. 그러니까 이곳 파리에서 여자와 개인적인 관계를 갖고 있다 해도 이상할 것이 없었다. 보란은 인간의 애매모호한 지각력을 충분히 알고 있었다. 그래서 영화로만 마틴을 알고 있는 사람들 앞에서는 저명 인사 노릇을 한다는 것에 전혀 부담을 느끼지 않아도 좋다고 생각했다. 그러나 육체적으로 마틴을 알고 있는 여자는 바로 자신이 마틴과 흡사하다는 이유만으로는 그에게 속지 않을 것이다.

그런 위험이 뒤따르기 때문에 하루빨리 길 마틴의 가면을 벗어 버려야만 했다. 그는 단 하루만 더 마틴의 가면을 이용하기로 마음먹었다.

대기하고 있는 차는 프랑스 산 작은 세단이었다. 보란의 목적에 맞게 남의 시선을 끌지 않는 평범한 모양이었다.

그는 곧 차에 올라 오페라를 향해 차를 몰았다. 성능이 좋은

차는 오페라를 금방 지나쳐 블르와르에 들어섰다. 그는 몇 개의
다른 이름들이 붙은 거리들을 달려서 빈곤이 역력하게 드러나는
거리에 이르렀다. 그는 그곳도 지나쳐 극장과 음악홀과 상점, 그
밖에 파리의 운치가 엿보이는 수많은 흥미로운 집들을 지나치며
달렸다.

그는 붉은 깃발이 펄럭이는 공산당 사령부를 지나 몇 개의 교
차로를 빠져 나갔다. 마침내 그가 찾던 거리를 발견했고 그 거리
를 벗어나자 차를 주차할 수 있는 장소를 찾았다. 그는 한적한
곳에 차를 세우자 커다란 색안경을 끼고 차에서 내려섰다. 지나
가는 사람들에게 길을 물으며 5분쯤 걸었을 때 그는 좁고 음산
한 거리에 닿을 수 있었다. 한때는 파리에 거주하는 알제리아 반
란자들의 중요한 거점으로 사용되던 곳이었다. 센 강의 라이트
뱅크에 속한 지역이었다. 대부분의 알제리아 인들은 라틴쿼터에
살고 있었다.

그는 다른 음식이라고는 전혀 없고, 알제리아 본토의 요리인
고기와 풍부한 소스, 그리고 독한 알제리아 산 술만을 파는 작
고 허름한 카페로 들어갔다. 곧 그는 카페의 밑에 있는 지하실로
안내되었다. 거기에서 그는 뚱뚱하고 구역질 나는, 미리 약속된
프랑스 인을 만났다. 인사도 나누지 않은 채 500달러를 내밀자
그는 가볍고 최신식이며 상당한 파괴력을 발휘할 수 있는 경기
관총을 보란에게 건네 주었다. 1분에 25구경 탄환을 450발이나
발사할 수 있는 성능의 자동 소총이었다. 그가 내민 500달러는
탄환과 삽탄 장치와 운반하는 데 필요한 소형 케이스까지 포함
된 가격이었다.

250달러만으로도 그것을 살 수 있다는 걸 보란은 잘 알고 있었

으나 그는 흥정을 하지 않았다. 큰 이익에 기분이 좋아진 상대방은 알제리아 본토 요리와 술을 무료로 제공하겠다고 했으나 보란은 점잖게 거절하고는 차로 되돌아왔다.

그로부터 30분이 지난 뒤 보란은 갈랑드 거리 부근을 배회하고 있었다. 한 차례 전투를 벌였던 〈즐거움의 집〉 부근이었다. 늦은 오후의 부드러운 햇볕을 받으며 걷는 사람들의 표정은 하나같이 즐거워 보였다. 그러나 보란은 지금 즐거움의 가치를 운운할 정도로 마음의 여유를 갖고 있지 못했다. 도로가 뚫린 방향과 건물들의 위치 등, 여러 가지 전투 지역의 형세를 파악하느라 그의 머리는 지도를 작성하는 사람처럼 치밀하게 작동하고 있었다.

갈랑드 거리가 보란에게는 더 이상 아무런 흥미도 느낄 수 없는 곳이란 것을 그는 분명히 알 수 있었다. 그러나 그곳이야말로 그에게는 또 하나의 출발 거점이었다. 그곳이 출발지가 아니라면 어느 곳도 출발지가 될 수는 없었다.

그는 마담 셀레스테의 집 앞을 지나쳐 달리다가 생 자크 거리에 차를 세워 두고 작고 초라한 카페로 들어갔다. 그곳은 셀레스테의 현관문과 정면으로 위치하고 있었으므로 하나에서 열까지 모든 걸 감시할 수가 있었다. 커피 한 잔을 시킨 보란은 20여 분 동안 꼼짝 않고 앉아 있었다. 그러나 그 동안 그 집을 드나드는 사람은 한 명도 없었다. 밝은 대낮이었기 때문에 손님이 없다는 것은 당연한 일이었다.

거의 30분 동안이나 앉아 있던 보란은 카페를 나와 〈즐거움의 집〉 바로 맞은편에 있는 작지만 품위가 있는 호텔로 들어갔다. 가벼운 휴식을 취하기에는 안성맞춤인 곳이었다. 그가 정한 삼층의 방은 사방으로 창문이 나 있어 어디든 내려다볼 수가 있었다.

나이가 50세쯤 돼 보이는 지배인은 보란에게 그가 이 방을 얻게 된 것은 대단한 행운이라고 침을 튀겨 가며 설명했다. 사실상 그 호텔은 그날 아침까지 스웨덴의 단체 관광객들로 완전히 만원이었다. 그런데 바깥 거리에서 총격전이 일어나자 불안해진 그들은 총격전이 끝난 직후에 모두 떠나 버린 것이었다. 그렇지만 사실상 이 부근은 대단히 조용하고, 아침의 총격전과 같은 불상사가 일어나는 경우는 지극히 드물다고 지배인은 말했다.

보란은 떠들어 대는 그에게 몇 프랑의 팁을 쥐어 주며 생각나는 대로 몇 가지의 질문을 던졌다. 그래서 다음과 같은 사실들을 알게 되었다. 그 불상사에는 부근에 사는 주민은 한 명도 관련되지 않았다는 것, 그것은 불청객들이 벌인 거리의 짤막한 소동에 지나지 않았다는 것 등.

그리하여 보란은 마담 셀레스테의 집이 한두 가지의 루트로부터 공식적인 보호를 받고 있을지도 모른다고 생각했다. 소동이 있은 뒤 경찰들이 몰려 왔지만 그녀의 집은 조사조차 받지 않았다는 것이다. 보란은 그 보호가 얼마나 높은 권력층에서 오는 것인지 의아스러웠다. 관리들이 쳐놓은 보호의 장막이 적들을 이롭게 한다면 보란에게도 역시 이롭다는 사실을 그들은 아직 모르는 모양이었다.

수다를 떨던 지배인이 허리를 굽히며 방을 나가자 보란은 소총 케이스를 열고 자동 기관총을 조정했다. 목에 거는 벨트까지도 꺼내어 기관총에 장치했다. 완전 무결하게 탄환과 클립까지 갖춰진 기관총을 침대 위에 놓았다.

그런 다음 그는 몸에 꼭 붙는 검은색 슈트를 제외하고는 옷을 모두 벗었다. 서류 가방에서 꺼낸 45구경 자동 소총을 몇 차례 점검해 본 뒤 벨트에 단단히 채웠다.

신중을 기하기 위하여, 그는 새로 구입한 기관총을 목에 걸어 보고 불편하다는 사실을 발견했다. 그는 다시 경기관총의 벨트를 어깨에 걸어 보았다. 그것이 훨씬 나았다. 하나하나의 동작까지도 점검해 본 그는 두 정의 무기를 침대 위에 내려놓았다. 크레이프 고무창이 두텁게 깔린 운동화도 서류 가방에서 꺼내어 무기와 함께 놓았다. 그제서야 보란은 창가에 자리를 잡고 밖을 지켜보기 시작했다.

다른 어떤 사람들보다 보란 자신이 부근 사람들에 대해 가장 깊은 관심을 가지고 있다는 것은 곧 명백해졌다. 거리의 변화 하나하나를 그는 민감하게 판별해 내고 있었다. 시트로엥으로 보이는 기묘하게 생긴 자동차 한 대가 거리를 계속 순찰하고 있는 것이 눈에 띄었다. 보란은 시계를 보며 그 차가 한 번 나타났다가 다시 나타나기까지의 시간을 재었다. 평균 5분 정도였다. 그러나 보란은 그 차에 탑승한 사람들을 자세히 살필 수는 없었다.

정각 5시가 되자 거리에는 또 다른 일들이 벌어지기 시작했다. 처음에는 특징을 찾아볼 수 없는 한 사내가 셀레스테의 집으로 접근했다. 그러나 그는 그 집 문 앞에서 몇 분 동안 어슬렁거리다가 곧 사라져 버렸다.

그로부터 얼마 후 셀레스테의 집에서 불이 밝혀졌다가 곧 꺼졌다. 그러나 다시 밝혀지는 것을 보란은 놓치지 않고 보았다. 그러자 그 불빛이 무슨 신호이기나 한 것처럼 사라졌던 사나이가 다시 나타났다. 그는 조금도 망설임이 없이 보란이 내려다보고 있는 도로를 가로질러 〈즐거움의 집〉으로 들어갔다.

그 사나이가 모습을 감추자 그와 비슷한 다른 사내들이 하나 둘 거리의 양쪽에서 나타나기 시작했다. 보란은 사내들의 수가 11명이라는 걸 파악했고, 그들 모두가 셀레스테의 집으로 들어가는 걸 똑똑히 볼 수가 있었다. 모두 다 간편한 옷차림의 젊은 이들이었다.

초저녁의 땅거미가 깔리기 시작할 무렵에도 순찰차 시트로엥은 계속 순찰을 돌고 있었다. 거리의 이곳저곳에서 불이 하나 둘 밝혀지기 시작했고, 노천 카페의 걸상과 책상은 차츰 자취를 감추기 시작하고 대신 목로 주점의 불빛들이 희미하게나마 제구실을 하기 시작했다. 그러나 보란이 내려다보고 있는 길의 건너편은 로비의 희미한 불빛을 제외하고는 어둠에 휩싸여 있었다.

6시가 조금 지나자 셀레스테의 집 이층에 불이 밝혀졌다. 창문의 커튼은 활짝 열린 상태였다. 그러나 곧 한 사내가 창문으로 다가와 커튼을 쳐 버렸다. 조금 후에 삼층 발코니의 문이 열리고 한 명의 여자가 밖으로 나왔다. 불빛이 희미했기 때문에 보란은 그녀를 알아볼 수가 없었다. 그러나 그녀의 머리카락이 아무렇게나 헝클어져 있다는 사실만큼은 판별할 수가 있었다. 그녀는 막 잠에서 깨어난 사람처럼 온몸을 뒤틀며 기지개를 켜고 하품을 하는 것 같았다. 잠시 후 그녀가 다시 안으로 들어가자 이방 저방에서 불이 켜지기 시작했다. 그 광경을 지켜보고 있던 보란은 킬킬거리며 웃었다. 밤의 꽃들이 자기네들의 임무를 완수하기 위해 잠에서 깨어나고 있는 것이었다. 이제부터 그녀들이 일을 해야 할 시간이었다. 그러나 무엇인가가 잘못되어 가고 있었다.

몇 분 뒤에 한 사내가 그 집으로 접근하여 벨을 눌렀다. 곧 셀레스테가 모습을 나타냈고 두 사람은 몇 마디 얘기를 나누는 것 같더니 이내 헤어졌다. 다시 혼자가 된 사내는 길 건너편을 우두커니 바라보았다. 희미한 불빛으로도 보란은 그 사내가 실망하고 있다는 것을 감지할 수가 있었다. 그 사내는 잠시 망설이는 것 같았으나 곧 왔던 길로 되돌아가 버렸다. 그 뒤의 1시간 동안 또 다른 서너 명의 사내들이 그 젊은이와 똑같은 행동을 반복했다. 그때까지도 시트로엥은 순찰을 계속하고 있었다.

보란은 끈질기게 기다리고 감시하며 생각해 보았다. 셀레스테는 분명히 영업을 중지하고 있었다. 그러나 보란이 알고 있는, 적어도 11명의 사내들이 그 안에 있었다. 어떤 파티를 열고 있는 것일까? 보란에게 갑자기 불길한 예감이 들었다. 그러나 그것은 보란이 바라고 있던 일이기도 했다.

가능성이 희박한 어떤 예측이 보란으로 하여금 행동을 저지시키게 했다. 그 안에 있는 11명의 사내가 경찰관이 아니라고 단정할 수도 없었던 것이다. 강력하게 수사를 펼친 유능한 경찰관들이 사건의 발생지를 알아냈을 수도 있을 것이다. 그러나 그럴 가능성이란 거의 희박했다. 11명의 사내는 분명히 마피아일 것이며 앞으로 일어날 일에 대해 토론을 하고 있을 것이 분명했다. 만일 그들이 경찰관이라고 한다면 보란은 경찰관들을 다치게 할 생각은 추호도 없었다.

보란은 얼마든지 기다릴 수 있었다. 인내는 그의 장기 가운데 하나였다. 베트콩들이 수색을 하고 있는 열대의 풀밭 속에서도 그는 몇 시간 동안이나 꼼짝 않고 엎드려 있었던 적이 있었다. 곡창 지대의 저수지 속에서 10시간 이상을 견딘 적도 있는 그였다.

밤이 차츰 깊어지자 거리의 분위기도 무르익어 갔다. 남녀 노소 할 것 없이 많은 사람들이 거리로 몰려 나왔다. 거리는 갑자기 시끄러워졌으며 먼 곳에서 연주되는 재즈와 록 뮤직의 리듬이 도시의 소음과 뒤섞였다. 그러는 중에서도 시트로엥의 순찰은 그치지 않고 계속되었다. 그때까지도 창가에 선 보란은 움직이지도 않고 밖을 주시하고 있었다.

어디에선가 10시를 알리는 괘종 시계의 종소리가 들리자 셀레스테의 집에서 움직임이 관찰되기 시작했다. 순찰을 하던 시트로엥이 집 앞에서 클랙슨을 울리며 멀어져 가자 그것이 신호이기나 한 것처럼 2명의 사내가 집에서 나와 차를 타고 거리로 스며들었다. 보란의 시선은 자연히 그 차의 꽁무니를 따랐다. 어느 사이에 시트로엥이 나타나 그 차의 옆에 차를 세웠다. 그러자 두 사내는 재빨리 뒷좌석으로 몸을 숨겼다. 운전사는 차에서 내려와 능청을 떨며 서성거렸다. 밖의 분위기를 살피던 두 사내가 다시 차에서 내리자 운전사는 차 안으로 스며들었고 차는 곧 출발했다.

두 사내는 길을 건너 오더니 보란의 시야가 닿지 않는 곳으로 사라져 버렸다. 그러나 그들은 잠시 후 다시 모습을 나타냈다. 그들은 어깨를 나란히 하여 길을 가로질러 가더니 다시 셀레스테의 집으로 들어갔다. 잠시 후 또 다른 사내 2명이 모습을 드러내더니 그 전의 사내들과는 다른 쪽으로 총총히 사라져 갔다. 바로 그때 한 사내가 거리의 위쪽에서 갑자기 나타났고 한 사내가 길을 건너 가는 것을 보란은 볼 수 있었다. 그들은 순식간에 넷이 된 것이다. 네 사내는 길 모퉁이에 서서 잠깐 동안 얘기를 나누더니 갑자기 나타난 두 사내는 집을 향해 걸어갔고, 집에서 나온 사내가 가게와 길 건너를 향해 각각 움직이기 시작했다.

그것을 보고 있던 보란은 킥킥거리며 웃음을 터뜨렸다. 그들이 하고 있는 것은 병목 작전이었는데 순찰차 시트로엥이 그 지휘 본부였다. 그 사내들의 정체는 바로 그들의 행동에서 밝혀진 셈이었다. 보란이 알고 있는 한 그것은 마피아들의 전형적인 작전이었다.

보란은 그들이 다른 작전을 개시하기 전에 행동을 취해야 한다고 순간적으로 판단하였다. 그는 옆구리에 매달려 있는 45구경 자동 소총을 다시 한 번 확인해 보고 경기관총의 벨트를 어깨에 걸쳤다. 모든 준비를 마친 그는 마지막으로 크레이프 고무창이 붙은 운동화를 신고 복도로 나섰다. 호텔의 계단 위에 있는 전구는 희미하게 빛을 발산하고 있었다. 아래층의 로비에서 들려 오는 라디오 소리가 계단을 타고 올라와 보란에게까지 전달되었다. 그렇지만 방음 장치가 돼 있어 방에서 나는 소리는 밖으로 흘러나가지 않을 것 같았다.

보란은 희미한 빛을 발산하고 있는, 높은 곳에 매달린 전구를 뽑아 냈다. 촉수가 낮은 전구마저 갑자기 뽑혀지자 보란은 방향 감각조차도 잃어버렸다. 눈이 어둠에 익숙해지자 보란은 발자국 소리에 신경을 쓰며 옥상으로 향하는 계단을 밟기 시작했다.

옥상으로 나가는 문은 안쪽에서 굳게 잠겨 있었다. 그렇지만 마음만 먹는다면 금방이라도 부술 수가 있었다. 목재도 자물통도 낡고 허술한 것이었다. 보란은 쉽게 자물통을 열고 옥상에 올라설 수가 있었다. 생각했던 것보다 몹시 좁은 공간이었고 그 공간 외에는 모두 경사진 지붕이었다. 지붕으로 기어오른 보란은 조심스럽게 주위의 지형을 살피기 시작했다. 평범한 건물과 평범한 지붕이 어둠 속에서 거의 평행을 이루고 서 있었다.

하늘엔 구름이 잔뜩 끼여 몹시 컴컴했지만 건물의 내부에서 흘러나오는 불빛에 의해 주위를 관찰할 수는 있었다. 그는 건물 뒤에 설치되어 있는 좁고 가파른 비상 계단을 발견할 수가 있었다.

계단이 끝나는 밑은 몹시 좁고 어두운 골목길이었다. 골목을 향해 열려진 문이 하나 있었지만 사람의 왕래가 없었던 듯 쓰레기와 거미줄이 아무렇게나 널브러져 있었다.

굴뚝 옆에서 잠깐 멈춰선 그는 그을음을 떼내어 얼굴에 문질렀다. 아무리 어두운 곳일지라도 얼굴에선 광택이 난다는 걸 그는 잘 알고 있었다. 보란은 갑자기 월남전에서의 매복 작전을 생각해 보았다. 그는 지금 월남전의 경험을 충분히 활용하고 있는 것이다.

그는 조심스럽게 지붕을 가로질러 건물의 끝까지 전진했다. 누가 보든지 자신은 한덩이의 검은 그림자로밖에는 보이지 않으리라고 그는 생각했다. 건물의 끝에서 잠시 멈춘 보란의 눈에 계속해서 순찰을 하고 있는 시트로엥의 모습이 보였다. 그것이 지나치기를 기다리던 보란은 정확한 시간을 계산하며 재빨리 비상 계단을 뛰어 내려갔다.

그로부터 잠시 후 보란은 갈랑드 거리 맞은편 쪽에서 낡을 대로 낡은 건물 지붕을 향해 기어오르고 있었다. 지붕은 평탄하지 않았고, 콘크리트는 금이 가 있었으며, 건물 사이마다 나지막한 난간이 세워져 있었다. 지붕 위에서는 방 안의 말소리는 물론 부스럭거리는 소음까지도 들을 수 있었다. 그런 것으로 미루어 생각해 보면 자신이 움직이는 소리를 방 안에서도 들었을 것이 틀림없었다. 그러한 염려 때문에 보란은 작은 기척에도 허리를 깊게 숙이며 몸을 도사려야만 했다. 보란 자신이 임의로 정해 둔 목적지를 향해 반쯤 갔을 때 사람의 그림자가 보였다.

그 그림자의 주인공은 알아듣지 못할 혼잣말을 계속하며 빨래를 하고 있었다. 보란은 그가 빨래를 마칠 때까지 엎드린 채로 조용히 기다려야만 했다. 얼마나 시간이 흘렀을까? 잠시도 입을 다물지 않고 빨래를 하던 그가 돌아가자 보란은 다시 움직이기 시작했다.

그는 출발 지점인 호텔을 측량의 기점으로 평행선을 그었고, 그 평행선과 교차하는 직선의 지점이 바로 보란 자신의 위치라는 걸 확인했다. 몸을 최대한으로 작게 웅크리고 미동도 하지 않은 채 그는 10여 분을 보냈다. 사람의 기척을 찾으려는 목적이었으나 다행스럽게도 주위는 고요함뿐이었다. 그는 문을 발견하자 그 문을 열기 위하여 곧 행동을 개시했다.

몇 분 동안의 긴장되고 조심스러운 작업이 있은 뒤 자물통은 둔한 쇳소리를 내며 열렸다. 자물통이 열리자 문은 활짝 열어 젖혀졌다. 맥 보란이 또 하나의 지옥을 건설하기 위한 문이 열린 것이었다.

그는 그 문을 통과해서 발걸음을 옮길 때마다 삐걱거리는 소리를 내는 계단을 내려가 손쉽게 복도 안으로 들어섰다. 바로 그때 계단 부근에서 우뚝 서 있는 하나의 물체를 발견했다. 보란은 재빨리 자세를 낮추어 벽에 몸을 밀착시켰다.

그러나 그것은 하나의 나무 토막이었다. 잔뜩 긴장한 보란의 눈이 착각을 일으킨 것이었다.

삼층에는 여섯 개의 문이 있었다. 보란의 뒤쪽으로는 밖으로
난 창문이 하나 있었다. 음산하고 무거운 침묵이 삼층을 지배하
고 있었다. 가끔 아래층으로부터 사람들의 웅성거림과 가벼운
음악 소리가 있을 뿐 그 외의 소음은 전혀 없었다.

보란은 한동안 조용히 서 있었다. 무엇을 어떻게 시작해야 좋
을지 엄두가 나지 않았던 것이다. 그러나 언제까지 망설이고만
있을 수는 없었다. 그는 훅 하고 숨을 토하며 계단을 향해 조금
씩 접근하기 시작했다. 문 틈으로 희미한 불빛이 새어 나오고 있
는 6개의 방 앞을 통과할 때마다 그는 신경을 곤두세우며 방 안
의 기척을 들으려고 했다.

고양이 걸음으로 전진하던 그는 계단 꼭대기에서 바짝 마른
한 사내를 발견했다. 가지가 잘린 고목처럼 미동도 않은 채 웅크
리고 있는 그 사내는 잠에 취해 있음이 분명했다. 손등으로 이마
를 한 번 쓱 문지른 보란은 단숨에 덤벼들 수 있는 거리가 될 때
까지 조용히 접근했다. 한순간에 그는 몸을 날려 그 사내의 목과
입을 단번에 움켜쥐었다. 목을 움켜쥔 손에 힘을 가하며 그는 그
파수병을 불빛이 닿지 않는 곳으로 옮겼다. 극히 짧은 순간이었
지만 사내의 몸은 축 처졌고 몸은 식어 가기 시작했다.

비명 한 번 질러 보지 못하고 죽은 사내를 복도 구석에 두고
보란은 삼층에 있는 방을 하나하나 염탐하기 시작했다. 여섯 번
째 방의 염탐을 마칠 때까지 그는 한시도 긴장을 풀지 않았다.
여섯 번째 방 안에서는 붉은 빛깔의 머리칼을 허리까지 늘어뜨
린 젊은 여자가 화장을 하고 있는 중이었다. 여자는 화장용 솔로
커다란 젖가슴에 앙증맞게 매달려 있는 젖꼭지에 분홍색 화장품
을 바르고 있었다. 그녀는 속이 훤히 들여다보이는 잠옷과 짧은

가운만을 걸치고 있었다. 자신을 감시하고 있는 두 개의 눈이 있다는 사실을 까맣게 모르고 있던 그녀는 무심코 거울을 들여다 보다가 거울 속에서 보란의 눈과 마주쳤다. 여자는 눈을 크게 떴다.

「조용히 해!」

작지만 날카로운 보란의 음성은 여자를 얼어붙게 하고도 남음이 있었다. 조용히 방 안으로 들어간 보란은 복도를 다시 한 번 살피고 문을 닫았다. 팽팽한 젖가슴, 건드리기만 하면 터질 것 같은 젖가슴을 그대로 드러낸 채 여자는 보란을 바라보며 부르르 떨었다. 보란은 여자를 안심시키기 위해 미소를 지어 보이며 낮은 목소리로 물었다.

「남자들은 무얼 하고 있지?」

여자는 머리를 저으며 기어 들어가는 목소리로 답변했다.

「나는, 나는……. 여자들은…….」

보란은 그녀의 눈앞에 기관총을 들이대며 말했다.

「여자는 필요 없어. 난 남자들과 볼 일이 있는 사람이야. 그자들 지금 무얼 하고 있지?」

보란은 커지려는 목소리를 억눌렀다.

그녀는 도리질을 하면서도 무엇인가 대꾸를 하려고 애썼다. 그러나 프랑스 어로 더듬거리는 걸 보란은 전혀 알아들을 수가 없었다. 여자는 의사 전달이 되지 않는 일에 불안을 느꼈는지 혹하는 흐느낌과 동시에 두 손으로 얼굴을 가렸다.

「당신, 당신이 바로 그, 그 미국인?」

「아, 그래. 내가 바로……. 난 여자들을 해치지는 않아. 난 남자들과…….」

그녀는 알아들었다는 듯이 고개를 끄덕였으나 눈빛은 그래도 불안을 감추지 못하고 있었다.

「자, 이곳에 있는 여자들을 모두 이곳으로 불러 모아. 내 말 알겠지?」

이번에도 여자는 고개를 끄덕였으나 그녀의 입에서 나온 말은 엉뚱한 것이었다.

「내게 무슨 잘못이 있다고 그러세요?」

보란은 이 여자와 언제쯤이나 대화가 통할지 알 수가 없었다. 그는 그녀를 붙잡아 세우고는 눈을 부라리며 말했다.

「이 집에 있는 금발 머리를 여기로 데려오란 말이야!」

겨우 뜻이 통했다. 여자는 알아들은 것이 대견하다는 듯 더듬거렸다.

「네, 주디 존스. 데려올게요.」

보란은 그녀의 입술에 손가락을 갖다 대며 쓸데없는 소리는 하지 말라고 경고했다. 그는 권총을 흔들며 말을 듣지 않을 경우에 죽음을 각오하라는 뜻을 전하고 문으로 향했다. 복도를 살핀 그는 그녀에게 먼저 나가라는 눈짓을 했다. 계단까지 함께 간 보란은 벽에 몸을 붙이고 서서 그녀를 혼자 내려 보냈다.

그것이 위험한 짓이란 건 보란도 잘 알고 있었다. 그러나 위험이란 보란의 생활을 지칭하는 또 하나의 이름일 뿐이었다. 비록 매춘부들이라 할지라도 연약한 여자들을 총격전 속에 내버려 둘 수는 없었다. 그는 모든 신경을 계단에 집중시키고 뻣뻣해진 손가락을 방아쇠에 걸어 놓은 채로 기다렸다.

얼마 후 계단을 올라오는 사람들의 발자국 소리가 들려 왔다. 그는 그림자 속으로 한 걸음 더 깊숙이 들어갔다. 그날 밤을 통

틀어 가장 견디기 힘든 순간의 긴장을 견디며 그는 두 눈을 부릅
뜨고 있었다.

　오랜 옛날부터 세대에서 세대로 걸쳐 내려온 의문이 보란의
마음속에서도 자리잡고 있었다. 그것은 밤의 꽃인 매춘부들의
양심을 믿어도 좋을 것이냐 하는 것이었다.

10
죽음의 집

토머스 루돌피는 굳은 얼굴로 시트로엥의 뒷좌석에 앉아 있었다. 그 옆에는 루돌피의 심복인 비토 베르톨루치가 앉아 있었는데 그 역시 굳은 표정이었다. 앞자리에 혼자 앉아서 걱정스러운 얼굴로 운전을 하는 사람은 고향이 필라델피아인 삥삥이 찰리 구에비치였다. 그는 투덜거리며 불만을 표시하고 있었다.

「닥쳐, 구에비치!」

루돌피는 소리를 버럭 지르면서 팔걸이에 내장된 작은 바를 열었다. 그는 바에 들어 있는 브랜드를 꺼내 한 잔을 따라 마시고 곧 바를 닫아 버렸다. 그의 동료들이 술을 마시고 싶어할지도 모른다는 생각을 간단히 무시해 버린 것이다.

그는 갑자기 뒷머리가 마비되는 듯한 통증을 느끼며 두 손으로 머리를 감쌌다. 괴로울 때면 항상 하는 그의 버릇이었다. 벌써 오래 전부터 그는 맥 보란이 자신에게 한 충고를 의심하고 있었다. 한 차례 사건을 벌인 장소에 또다시 나타날 만큼 어리석은 보란이 아니라고 그는 생각하고 있었다.

그러나 이곳 파리에서, 그가 행동을 시작한 곳이 어디인가? 바로 이곳이 아니면 어디를 공격할 수 있단 말인가? 또, 만일 보란이 파리에 대해서 테러 행위를 할 작정이라면 그가 이곳을 선택하지 않겠는가? 이곳 외에 그가 아는 곳이 또 어디에 있단 말인가?

루돌피는 표정 하나 바꾸지 않고 베르톨루치에게 말했다.

「다시 한 번 연락해 봐.」

베르톨루치는 고개를 끄덕이며 자동차에 부착된 전화기의 다이얼을 돌렸다. 발신음이 떨어지자 그는 음산한 눈으로 그의 두목을 바라보았다. 루돌피가 고개를 끄덕이자 베르톨루치가 전화기에 대고 말했다.

「로잔느요? 나 베르톨루치인데 집에 무슨 일 없소?」

상대방에서 무슨 말을 하는지 한참 동안 듣고만 있던 베르톨루치가 손바닥으로 수화기를 가리고 루돌피에게 말했다.

「찾아온 사람들이 있답니다. 토니 레버니와 그 동료들이죠. 로잔느에게 뭐라고 전할까요?」

「될 수 있는 대로 술을 잔뜩 먹이라고 해!」

루돌피는 한숨을 내쉬며 손목 시계를 보았다.

「그리고 그 사람들을 저택으로 안내하라고 해. 자정쯤에는 우리도 갈 수 있다고 전하고. 그 사람들에게 극진한 대우를 하라고 해.」

루돌피는 될 수 있는 한 불필요한 말은 피했다. 베르톨루치는 루돌피 지시를 반복하고 전화를 끊었다. 전화를 끊자 그는 길게 한숨을 내쉬며 담배에 불을 붙였다. 그러한 동작 중에서도 그의 눈은 창 밖을 감시하는 데에 게을리하지 않았다.

그들은 같은 지역을 반복해서 돌았다. 인적이 전혀 없는 지역에서만 잠시 멈춰 필요한 말 몇 마디를 나눌 뿐이었다. 베르톨루치가 곁눈질로 두목을 쳐다보며 말했다.

「소변을 좀 봐야겠습니다.」

「적당한 곳에 차를 세워. 모두들 기분 전환을 할 필요가 있으니까.」

백미러를 통해서 보이는 구에비치의 눈이 왕방울만큼 커졌다.

「아주 오래 참았거든요. 사실 너무 무리를 했나 봐요. 설마 쉬는 동안 무슨 일이 벌어지지는 않겠죠?」

「닥쳐!」

화를 내야 할 뚜렷한 이유가 없는데도 루돌피는 목청을 높였다. 자신의 내부에도 쉬는 동안 혹시 하는 우려가 있었는데 그것이 타인의 입에서 흘러나오자 불안감이 더욱 커진 것이다. 보란은 틀림없이 올 것이다. 그가 오리라는 걸 루돌피는 확신하고 있었다.

구에비치의 방정맞은 입놀림으로 인하여 루돌피는 잠시 쉬겠다는 생각을 다시 바꾸었다.

「계속 돌아. 셀레스테의 집 앞에서 차를 세우도록 해!」

차는 속도를 줄이며 길모퉁이를 돌고 있었다. 이제 몬추르 루돌피가 보란을 보게 될 순간이 임박하고 있었다.

불빛을 받아 반짝이는 금발 머리가 나풀거리며 계단을 올라와 어둠 속으로 들어섰다. 그때 벽 쪽에서 그림자 하나가 튀어

나와 금발 머리의 앞을 가로막자 여자는 숨을 멈추며 한 걸음 뒤로 물러섰다. 곧 상대방의 얼굴을 확인한 여자의 입술이 움직였다.

「맙소사! 당신이…… 당신이…… 이러시면 안 돼요. 이건…….」

보란은 재빨리 여자의 입을 막았다.

「쉿! 조용히 해! 조용히 얘기할 수 있는 곳으로 가자구!」

보란은 어둠 때문에 여자의 얼굴을 자세히 볼 수는 없었다. 그러나 놀란 탓인지 호흡이 고르지 못한 걸 알 수 있었으며, 여성 특유의 미묘한 냄새를 맡을 수는 있었다. 그는 새벽에 보았던 매력적인 그녀의 육체를 잊을 수가 없었다. 여자의 안내를 받으며 희미하게 불이 밝혀진 침실로 들어섰을 때 보란은 억제하기 힘든 욕정을 움켜 잡아야만 했다. 그녀가 침대에 걸터앉자 보란은 문을 닫았다. 그는 자신을 바라보는 여자의 눈에서 심한 공포를 발견했다.

그러나 보란은 여자를 안심시킬 마음의 여유가 없었다. 그의 눈은 여자의 구석구석을 훑고 있을 뿐이었다.

보란은 이제 더 이상은 여자를 바라볼 수가 없었다. 시선을 벽 쪽으로 돌리며 보란이 말했다.

「왜 내가 다시 왔는지를 당신은 알 수 있을 거야.」

「그건 나도 알고 있어요. 그러나 당신은 잘못 생각하고 있는 거예요. 그들은 12명이나 돼요. 모두 완전 무장을 하고 있죠. 당신이 하고 있는 행동은 기름을 안고 불에 뛰어드는 격이에요.」

여자는 안정을 되찾은 듯 차분히 말했지만 입술은 가늘게 떨리고 있었다.

「위험하다는 건 나도 알아. 그러나 난 위험을 찾아 다니는 사람이야. 총격전이 시작되기 전에 여자들을 모두 데리고 피해 줘.」

여자는 할 말을 잊은 듯 보란의 얼굴만을 빤히 바라보고 있었다. 보란이 다시 입을 열었다.

「아래층에 있는 남자들은 시금 뭘 하고 있나?」

「회의를 하고 있어요. 무슨 얘기들인지는 몰라도 몇 시간째 계속되고 있어요. 여자들이 손님을 받는 것도 허락하지 않아요. 줄리오는 우리에게 술도 마시지 못하게 하고 있어요.」

「줄리오가 누구야?」

「아마 우두머리일 거예요. 마흔 살 정도에 키가 크고 거친 남자죠. 셀레스테는 그 남자 때문에 굉장히 겁을 먹고 있어요. 그녀의 남편도 마찬가지지만요.」

여자는 자신이 알고 있는 사실을 모두 털어놓았다. 그러면 그럴수록 보란에게는 의문스러운 점이 생겼다.

「그럼 마르셀이 그 여자의 남편이란 말인가?」

「그런 건 아니지만 두 사람 사이가 그 정도로 뜨겁다는 얘기죠.」

긴장한 보란은 목마름을 느꼈다.

「마르셀은 언제나 태도가 뚜렷하질 않아요. 여러 가지 일에 관련되어 있기도 하구요.」

「그렇다면 셀레스테가 그들의 보호를 요청할 수도 있겠군.」

「그럴 가능성이 커요. 종잡을 수 없는 여자라 확신하기는 어렵지만요.」

이제 여자의 얼굴에서 공포의 그림자는 찾아볼 수가 없었다.

보란의 질문 공세는 그치지 않았다.

「이번 사태에 대해 그녀는 어떻게 생각하고 있나?」

「화가 잔뜩 나 있어요. 그녀는 하루라도 장사를 못하면 좀이 쑤신가 봐요. 조금 전만 해도 당신을 얼마나 욕했는지 몰라요, 보란.」

「당신이 내 이름을 어떻게 알았지?」

「몇 시간 동안 계속 당신 이름만 들었는걸요. 남자들은 지금도 당신 얘길 하고 있을 거예요.」

이제 보란에게 욕정 따위는 안중에도 없었다. 앞에 있는 여자는 여자이기 이전에 정보를 제공하는 동료일 뿐이었다.

「이층에는 몇 명이나 있나?」

「8명이에요. 일층에도 몇 명 있고 나머지는 거리에 있어요.」

「여자들은?」

「모두 한 곳에 모여 있어요. 파티 때나 쓰는 커다란 방인데 일층에 있어요.」

보란의 머리는 재빨리 회전하기 시작했다. 그는 일을 벌이기 이전에 가능성을 계산해야 했다. 눈을 가느다랗게 뜨고 생각에 잠겨 있자 그녀가 입을 열었다.

「보란, 여긴 어떻게 들어왔죠?」

「지붕으로. 그곳이 당신이 나갈 길이야. 남자들이 눈치 채지 못하도록 여자들을 모두 데려와. 여자들의 생사는 당신에게 달려있는 셈이야. 모든 일을 2분 안에 끝내야 돼. 정확히 10시 30분에 공격을 개시할 테니까 알아서 행동하라구. 10시 30분이 되기 전에 모두 피신을 해야 된다는 뜻이야.」

보란은 손목 시계를 들여다보았다. 평온했던 여자의 얼굴에

다시 긴장이 감돌기 시작했다. 문을 향해 뒷걸음질치던 여자가
입술을 움직였다.

「셀레스테는 어떻게 하죠?」

「뭘 어떻게 하느냐는 거지?」

「그 여자는 당신을 미워하고 있어요.. 당신이 여기에 있다는
걸 알면⋯⋯.」

여자의 계산도 보통이 아니었다. 그러나 보란의 대답은 거침
이 없었다.

「죽음을 택할 만큼 날 미워하지는 않겠지? 일단은 사는 게 목
적일 테니까. 그런데 여자들을 어떻게 데려올 수 있지? 남자들
이 모르게 말이야.」

「무슨 방법이 있겠죠.」

「이렇게 하면 될 거야. 저 녀석들은 지금 지루해서 죽을 지경
일 테니까 특별한 여흥을 베풀겠다고 말해 봐. 그러기 위해서는
잠시 동안 여자들이 이층으로 모두 올라가서 준비를 해야 한다
고 말해. 누드 쇼나 그 비슷한 걸 준비한다고 하면 반대하진 않
을 거야.」

그녀는 열심히 고개를 끄덕였다. 문 손잡이를 잡은 여자가 다
시 돌아서서 말했다.

「보란, 다시 생각해 봐요. 꼭 싸움을 해야 되나요? 제 생각엔
⋯⋯.」

말을 끝내지 않은 채로 그녀는 보란을 응시했다. 그러나 곧 몸
을 돌려 복도로 걸어 나갔다.

보란은 계단이 있는 곳까지 그녀를 따라갔다가 다시 어둠 속
으로 숨었다. 잠시 후 아래층으로부터 여자들의 간드러진 웃음

소리가 들려 왔다. 붉은 머리카락의 젊은 여자가 제일 먼저 계단을 오르며 벽에 붙어 있는 보란에게 가만히 속삭였다.

「메르씨(고마워요).」

그녀는 말을 마치기도 전에 보란에게서 멀어져 갔다. 붉은 머리의 여자뿐 아니라 모든 여자가 고맙다는 인사를 잊지 않았다. 그녀들은 벌써 보란의 침입을 알고 있었으며 생명의 은인으로 생각하고 있는 모양이었다. 그러나 간드러진 웃음 소리만큼 여자들은 경거 망동하지 않았다. 고맙다는 인사를 하면서도 아래 층에 신경을 쓰는 것으로 미루어 그들이 얼마나 조심을 하고 있는지 알 수 있었다.

보란은 그들이 모두 몇 명인지 세어 보았다. 마지막으로 셀레스테와 주디가 올라오자 조용히 물었다.

「당신들까지 10명이군. 모두 나온 거야?」

셀레스테보다 한 발 앞선 주디가 대답했다.

「모두예요. 1분만 더 기다릴 수 있어요? 아래층에 코트가 있어서 그래요.」

그러는 사이에 셀레스테는 보란에게 싸늘한 눈길을 주며 아무 말없이 스쳐갔다. 바로 이런 눈초리가 보란이 싸움을 하면서 겪어야 하는 싫은 일 중의 하나였다. 저격수의 그림자 속에, 욕정에 시달린 여자들의 슬픈 눈물이 흐르고 있다는 생각을 하면 보란은 온몸에 힘이 빠지는 걸 느껴야 했다.

그러나 보란은 잡다한 생각을 할 시간적 여유가 없었다. 하찮은 동정 때문에 자신의 일을 그르칠 수는 없는 것이다.

지붕으로 향하는 낡은 계단은 여자들의 중량을 견디느라고 요란스럽게 삐걱거렸다. 모두들 전투 지역을 벗어나기 위해 분주히 움직였지만 한 사람, 셀레스테만은 그렇지 않았다. 그녀는 복도 중앙에 버티고 서서 매서운 눈초리로 보란을 쏘아보고 있었다.

보란은 그러한 셀레스테의 마음을 알고 있었다. 그녀는 분명 보란이 싸우는 광경을 보고 싶어할 것이었다. 부산을 떨던 여자들의 모습이 사라지자 주위는 다시 고요해졌지만 그래도 셀레스테는 움직이지 않았다. 셀레스테를 향해 걸음을 옮기던 보란은 손목 시계를 들여다보며 걸음을 멈추었다. 그녀에게 신경을 쓸 여유가 없었다. 전투를 시작해야 할 시각이었다.

그의 손은 민첩하게 움직였다. 경기관총을 소리없이 꺼내 들자 재빨리 탄창을 점검하고 안전 장치를 풀었다. 총으로 인한 실수는 없을 것임을 확인한 그는 일층으로 향하는 계단을 밟기 시작했다.

방문 바로 맞은편 커다란 소파에 늘어져 있던 3명의 사내가 보란의 첫번째 표적이 되었다. 드럼을 난타하는 듯한 총격과 함께 그들은 상대방이 누구인지도 모르는 채 땅바닥에 나뒹굴었다.

창가에 서 있던 두 사내가 두 번째의 표적이었다. 한 사내는 두개골을 흩뿌리며 무너져 내렸고, 또 다른 사내는 유리창으로 굴러 떨어졌다.

보란의 경기관총은 쉴 새 없이 울부짖었다. 베레모를 쓴 프랑스 인은 너무 당황한 나머지 권총 케이스에서 총이 뽑히기도 전에 방아쇠를 당겨 자신의 배를 쏘며 피거품을 물었다. 여기저기서 마피아들의 반격이 시작됐다. 그러나 그들을 위해 표적은 멈춰 주지를 않았다. 보란은 곡예사처럼 몸을 굴리며 오른쪽에서 왼쪽으로, 그리고 다시 왼쪽에서 오른쪽으로 기관총을 난사했다.

나뒹구는 마피아들의 시체를 넘어서며 그는 기관총에 새 탄창을 끼워 넣기도 했다. 그는 미친 듯이 기관총의 방아쇠를 당겼다. 집 안에 있던 마피아들을 모두 소탕한 것은 첫번째의 총성이 울린 지 겨우 몇 초 만의 일이었다.

보란이 숨을 돌리자 거대한 몸집의 두 사내가 양쪽 손에 총을 들고 동시에 집 안으로 뛰어들었다. 그러나 그들도 기관총의 제물이 될 수밖에 없었다. 기관총의 총성과 동시에 그들은 뒤로 몇 걸음 물러섰으나 이내 편안한 자세로 바닥에 드러눕고 말았다.

보란의 총구에서 연기가 채 사라지기도 전에 한 사내의 그림자가 문 앞을 스쳐 지나갔다. 그러자 안쪽에서 굵직한 사내의 목소리가 공기를 뒤흔들었다.

「줄리오! 줄리오!」

보란은 소리나는 쪽을 향하여 사격을 가했다. 사격을 중지하지 않은 채 그는 도로로 난 문으로 재빨리 몸을 돌렸다.

보란의 예감은 적중했다. 거기에는 뾰족한 얼굴의 사내가 싸늘한 미소를 띤 채 보란을 쏘아보고 있었다. 그의 미소에는 음산함까지 묻어 있었다. 그는 우뚝 선 상태로 침착하게 겨냥을 하고 있었다. 보란이 움직일 때마다 발사된 그의 총탄은 보란의 그림자를 적중시켰다. 포착하기 힘든 표적을 향한 총탄은 숨돌릴 틈도 주지 않고 날아 들었다. 똑같은 상황이 몇 차례나 반복되자 그 사내의 반대편에서 짜증 섞인 목소리가 날아 들었다.

「집어 치워, 구에비치! 집어 치우라니까!」

그러나 짜증 섞인 사내의 명령은 보란이 받아들였다. 자신을 잡으려는 뾰족한 얼굴을 향해 보란은 일직선으로 경기관총을 난사했다. 이제 구에비치의 손에 들려져 보란의 그림자를 적중시키던 총은 한낱 쇳덩어리일 뿐이었다. 날카로운 금속성을 내며 총은 바닥에 떨어졌고 구에비치의 몸은 고목처럼 힘없이 쓰러졌다.

쓰러진 구에비지를 향해 성의를 표한 후 짜증 섞인 목소리를 향해 몸을 돌리자, 그와 동시에 단발의 총성과 함께 총구를 이탈한 탄환이 귀 밑을 스치고 지나갔다. 실로 아찔한 순간이었다. 몸을 돌리기 전에 총탄이 발사됐다면 보란의 두개골은 산산이 부서졌을 것이었다.

보란은 재빨리 몸을 낮추며 공격 목표를 향해 고개를 들었다. 시선이 닿는 거기에는 45구경 자동 소총을 거머쥔 커다란 몸집의 사내가 장승처럼 버티고 서 있었다. 옛날 알 카포네 패거리의 총잡이였으며, 최근 미국의 마피아 세계에서 잠적한 사내, 바로 비토 베르톨루치가 거기에 서 있었다.

보란은 문 뒤로 몸을 날리며 그의 심장을 향해 작은 원을 그리며 기관총을 난사했다. 전설적인 사나이 베르텔루치도 머나먼 이국의 도시, 파리의 외곽에서 맥 보란의 제물이 되어야 했다. 그는 명성만큼이나 질긴 사내였다. 숨이 끊기기 전에는 바닥에 뒹굴지 않았다. 죽는 순간까지도 자존심을 생각하는 그런 사내였다.

보란은 순간적으로 인생의 허무를 느꼈다. 그러나 1초 이상 명상에 잠길 여유가 없었다. 언제 어디서 총탄이 날아올지 알 수 없는 긴박한 상황인 것이다. 맥 보란은 재빨리 문 가로 달려 나가 허공을 향해 공포를 쏘았다. 그쪽으로부터 공격해 올 마피아들을 주저하게 만들 계산에서였다.

그러나 평범한 시민의 통행이 있는 거리를 향해 무차별 사격을 가한다는 것은 아무래도 내키지 않는 일이었다. 사격을 멈춘 그는 몸을 날려 벽에 몸을 붙이고 주위를 살핀 다음, 마담 셀레스테의 개인 거실로 들어갔다. 뜻밖에도 그 방에는 한 남자가 앉아 있었다. 그는 양복을 멋지게 차려 입고 있었으며, 피묻은 손에는 권총이 들려 있었다. 남자는 전혀 두려움을 느끼지 않는 듯 차분한 목소리로 중얼거렸다.

「자네가 바로 보란인가?」

보란이 그의 말을 받았다.

「그렇다. 이제 이 집에서 호흡하는 사람은 당신과 나 둘뿐이군.」

그는 침울한 표정으로 권총을 내던지며 조용히 말했다.

「항복하겠다.」

보란은 뭐라고 대꾸를 해야 할지 갈피를 잡을 수가 없었다. 이제껏 수없이 많은 전투를 해왔지만 적으로부터 항복을 받은 적은 한 번도 없었다.

보란이 아무런 대꾸도 하지 않은 채 서 있기만 하자 그가 다시 입을 열었다.

「이봐, 보란. 난 사업가이지 거리의 전투원이 아냐.」

「그렇지만 예외가 될 수는 없어. 그들과 어울린 당신은 그들과 똑같은 꼴로 죽어야 돼. 바로 이렇게 말일세.」

말을 마친 보란은 숨을 거둔 채 방에 뒹굴고 있는 한 마피아의 머리에 총구를 대고 방아쇠를 당겼다. 단발의 총성이 유리창을 흔들자 멋쟁이 신사의 눈썹이 무섭게 꿈틀거렸다.

「제발 날 살려 주게, 보란. 나하고 거래를 하면 되잖나? 난 돈이 많은 사업가야. 어때?」

「좋아. 당신의 제의를 받아들이겠어. 그러나 재빨리 해치워야 해!」

「보란, 당신이 파리 전체를 원하지 않는다면 그렇게 서두를 필요는 없네. 행동이 필요한 것은 파리가 아니라 지중해 연안이야. 마르세유, 니스, 바로 그런 곳들이 행동의 중심지야. 거기라면 악독하게 행동을 할 수 있을 거야. 마약, 총기 밀매, 총격전, 백인 노예 제도 등등, 말로 표현할 수 없는 일들이 성행하는 곳이지. 보란 자네는 바로 그런 곳에 있어야 할 사람이야.」

신사는 바로 코 앞에 경기관총의 총구가 버티고 있는데도 태연하게 많은 얘기를 늘어 놓았다. 보란은 그러한 상대방의 신분이 무엇인지 궁금해서 견딜 수가 없었다.

「대체 당신은 누구야?」

「아직 내 이름도 모르고 있었나? 난 토머스 루돌피라고 하네. 마피아의 프랑스 주재 대사지.」

「그래? 그런데 루돌피, 거래에 대한 얘기는 왜 한마디도 않는 거지? 나는 잔소리를 싫어해. 앞으로 10초의 여유를 주겠네. 10초가 지나면 내 방식대로 일을 처리하겠어.」

「좋아, 내 거래 조건은 돈이 아니라 정보야. 모든 이름을 알려 주겠네. 아, 벌써 5초가 지났군. 아몽 드 샹 실바데리, 러인셋, 보란. 남쪽이야. 당신이 남쪽으로 가면 돼.」

「알았어!」

보란은 짧게 대답하며 루돌피의 뒤통수를 총구로 내리쳤다. 루돌피가 비명을 지르며 앞으로 고꾸라지자 보란은 다음의 행동을 결정하며 잠시 그를 내려다보았다.

잠시 후 보란은 기관총의 탄창을 확인하고 밖으로 나섰다. 집으로 들어서던 한 사내가 보란을 발견하고는 재빨리 몸을 숨겼다. 보란은 눈살을 찌푸리며 그 사내를 향해 어림짐작으로 총격을 가했다. 총격에 의하여 문설주가 내려앉자 피를 토하며 나뒹구는 사내의 모습이 보였다.

보란은 죽음의 현장을 빠져 나와 걸으면서 손목 시계를 보았다. 기록에 남을 만한 일전이었다. 처음 사격을 개시한 지 겨우 3분이 지났을 뿐이었다. 루돌피와의 대화가 없었다면 2분 정도밖에 소요되지 않았을 것이었다.

마담 셀레스테는 삼층의 계단 위에 못박힌 듯 우뚝 서 있었다. 그녀 곁으로 다가서며 보란이 중얼거렸다.

「셀레스테, 미안하오. 내가 할 수 있는 말은 그것밖에 없소.」

그러나 셀레스테는 고개를 홱 돌리며 보란의 얼굴에 침을 뱉었다. 더 이상의 접근을 포기한 보란이 지붕으로 뛰어오르자 금발 머리의 영국 여자가 그를 맞았다.

「보란, 믿을 수가 없어요. 어쩌면 당신은…….」

말을 맺지 못하는 여자에게 작게 웃으며 보란은 그녀 곁을 스쳐 지나갔다.

여자는 보란의 뒤를 따라왔다.

「왜 날 따라오는 건가?」

보란이 묻자 여자는 스스럼없이 대답했다.

「그럼 나더러 시체가 나뒹굴고 있는 거기로 가라는 건가요?」

「다른 여자들은 모두 어디로 갔나? 그 여자들을 따라가면 되잖아?」

「그건 저도 알 수가 없어요. 당신의 싸움을 지켜보는 동안 모두 흩어져 버렸어요.」

「그럼 나와 함께 가겠다는 건가?」

「글쎄요, 나도 어떻게 해야 좋을지 모르겠어요. 차라리 경찰에게로 갈까요?」

「그렇게 하지. 경찰은 당신들을 보호할 의무가 있으니까.」

보란은 걸음을 멈추고 아무리 봐도 아름답기만 한 여자를 내려다보았다. 바로 그때 움직이는 물체 하나가 보란의 눈에 들어왔다. 보란이 서 있는 지붕 끝과 환하게 불이 밝혀진 셀레스테의 집 지붕의 문가에서 검은 그림자가 움직이고 있었다. 추적이 시작되고 있었다. 보란은 여자를 부축하고 빠른 동작으로 움직이기 시작했다.

사방에서 경찰의 사이렌 소리가 어지럽게 들려 오고 있었다. 잠시 후 그들은 지붕 끝에 매달린 강철 사다리에 도착했다. 보란은 망설이는 여자에게 재촉했다.

「자, 빨리! 빨리 내려가!」

뒤쪽으로부터 어지러운 발자국 소리가 들려 오고 있었다. 여자는 부들부들 떨면서 보란의 손을 잡은 채 어찌할 바를 몰랐다.

「주디, 날 따라올 생각이라면 마음을 단단히 먹어. 그렇지 않으면 끝장이야. 사냥개들이 날뛰고 있어. 자, 어서 서둘러!」

그녀는 보란을 따르기고 결심한 듯 사다리에 발을 올리더니 내려가기 시작했다. 내려가는 도중에도 그녀의 손은 심하게 떨리고 있었다.

보란은 이렇게 첫번째의 임무를 성공적으로 수행했다. 마피아

의 견고한 소굴을 완전 무결하게 파괴했고 상처 하나 없이 빠져
나온 것이다. 게다가 루돌피로부터 귀중한 정보를 얻었으며, 자
신의 욕망을 충족시켜 줄 전리품까지 획득한 것이다.

　그는 이제 길 건너의 좁지만 평화로운 그의 영토로 되돌아갈
수만 있다면 화려한 도시 파리에서의 황홀한 순간을 얼마든지
즐길 수가 있을 것이었다. 그러나 보란은 그런 생각을 하고 있을
수가 없었다. 황홀과 안락함은 그에게서 떠난 지 이미 오래였다.
그는 오직 죽음과 위험을 동반하여 사는 저격수일 뿐이었으며
그렇게 사는 법을 터득하고 있었다.

11
낯선 미녀

　보란은 창가에서 거리의 풍경을 내려다보고 있었다. 금발 머리의 여자는 몸을 웅크린 채 침대에 앉아 보란의 뒷모습을 바라보고 있었다. 그녀의 얼굴에는 이제 두려움의 그림자도 없었고 평소의 모습 그대로 요염함을 간직하고 있었다. 보란의 뒷모습을 바라보고 있던 여자가 침묵을 깨뜨렸다.

　「마치 악몽과도 같아요.」

　「그렇다면 그 악몽 속에 내가 있다는 얘기겠군?」

　보란이 돌아서지 않은 채로 대꾸했다. 한동안 다시 침묵이 흐른 뒤 여전히 창 밖을 내다보고 있던 보란이 말했다.

　「프랑스 경찰은 꽤나 부지런한 것 같은데……. 여기에도 곧 그들의 손길이 뻗치겠어. 그렇게 되면 난 할 수 없이 당신에게 옷을 벗으라고 해야 돼. 그래야 경찰들이 우리 말을 믿을 테니까 말이야.」

「좋아요, 당신의 말이라면 그 이상의 것이라도 하겠어요. 그런데 왜 당신은 이런 생활을 하는 거죠?」

보란은 여전히 대답을 않은 채 자신의 할 일에만 열중하고 있었다. 거리에는 수많은 경찰관들이 붐비고 있었다. 거리의 양쪽 입구는 폐쇄되었고 보란이 서 있는 바로 아래쪽은 미처 빠져 나가지 못한 많은 차들로 혼잡을 이루었다. 사람들은 흥분하여 제각기 떠들어 대고 있었다.

보란은 아슬아슬하게 도피해 온 이곳이 사실은 제일 위험한 지역이라는 걸 비로소 깨달을 수가 있었다. 그러나 한편으로는 이 정도도 다행이라는 생각이 들었다. 만일 10미터만 더 떨어진 곳이었다 해도 보란은 봉쇄된 도로에 갇혀 있을 것이 뻔했다.

그는 창가에서 물러 나와 침대 위에 우두커니 앉아 있는 여자를 바라보았다. 잠옷 상의를 스스럼없이 벗는 여자를 바라보던 보란은 그제서야 여자가 했던 질문에 답변했다.

「주디, 나는 다른 방법으로 사는 것을 몰라. 태엽만 감아 놓으면 주먹질을 하며 달려드는 장난감과 같은 인간이야. 왜 이런 생활을 계속해야 하는지 분명한 이유는 없어. 마찬가지로 이런 생활을 그만둬야 한다는 이유도 없고.」

보란의 목소리는 몹시 침울했다.

「당신은 그곳으로 다시 돌아올 필요가 전혀 없었어요.」

보란과 반대로 여자의 목소리는 카랑카랑했다. 잘못을 저지른 동생을 나무라는 누나 같은 목소리였다. 보란이 대꾸를 하지 않자 뒤로 벌렁 누운 여자는 보란을 향해 두 다리를 들며 말했다.

「좀 내려 주세요.」

여자의 목소리는 장난기가 섞여 있었다. 보란은 그녀의 잠옷

바지를 벗겼다. 그는 조용히 눈앞에 펼쳐진 여자의 미끈한 다리에 눈을 고정시켰다. 아름답다는 말을 해주고 싶었지만 침이 말라 버린 입은 한마디의 말도 하지 못했다. 그는 조금 전의 미처 날뛰던 저격수가 아니었다. 본능에 몸을 떠는 한 남자, 맥 보란일 뿐이었다.

그는 침대에서 한 걸음 물러나 몸에 꼭 붙는 슈트를 벗어 재빨리 둘둘 뭉쳐 화기와 함께 서류 가방 속에 밀어 넣었다. 그가 그녀를 향해 돌아섰을 때 여자는 깊은 생각에 잠긴 시선으로 보란을 응시하고 있었다. 그녀는 침대의 커버를 정리하며 혼잣말처럼 중얼거렸다.

「당신의 몸은 어쩜 그렇게 멋있어요?」

여자의 이 한마디에는 보란을 움직이게 하는 마력이 담겨 있었다. 침대 곁에 장승처럼 서 있던 보란은 두 팔을 뻗어 여자를 끌어안았다.

「이미 얘기했었어. 경찰을 속이기 위해서는……. 어쨌든 경찰을 속여야만 돼.」

「아, 알겠어요. 할 수 있어요.」

그녀는 보란의 입술에 뜨겁고 정열적인 키스를 퍼부었다. 그들은 한덩어리가 되었다.

「난 당신이 정말 좋아질 것 같아서 무서워요.」

그리고 되는 대로 입을 놀리던 여자는 한 팔을 풀어 정성들여 정리한 침대의 커버로 두 사람의 몸을 덮었다. 그녀의 입술은 잠시도 닫혀 있지 않았다. 그러나 보란은 그녀의 입술에서 새어 나오는 말을 한마디도 알아들을 수가 없었다. 여자가 갑자기 보란의 행동을 방해했다.

보란은 여자의 가냘픈 팔에 밀리며 눈을 감은 채 말했다.

「왜? 무슨 일이야?」

보란 자신이 듣기에도 이상할 만큼 목소리가 떨려 나왔다.

「뭔가 대답할 말을 미리 생각해 두세요.」

「무슨 뜻이지?」

「당신은 나에 대해 아무 것도 모르고 있잖아요. 그러니까 내 ······행위에 대해서도요.」

「나와는 상관없는 일이야.」

보란은 1초라도 빨리 일을 해치우고 싶었다. 적어도 그 순간 만큼은 한 마리의 동물이고 싶었다. 그러나 여자는 이상하리만 큼 냉정한 표정으로 변해 있었다.

「전 작가예요.」

여자가 말했다.

「그럼 직접 체험을 하기 위해 뛰어드신 건가?」

보란은 그녀의 진지한 말을 비웃고 있었다.

「몇 년 동안이나 지루하게 학교 수업을 하고 나자 사물에 대해 얘기를 하는 훌륭한 방법을 많이 알게 되었어요. 그런데 나 자신 한테서는 얘기할 만한 것을 발견하지 못했어요.」

보란은 그런 얘기들을 전혀 이해할 수가 없었다. 그는 오직 온 몸으로 투쟁하며 살았을 뿐이었으니까.

여자가 다시 입을 열었다.

「역시 믿지 않으시는군요.」

「글쎄······.」

보란은 알아들을 수도 없는 말에 답변을 할 수가 없었던 것이 다.

「믿지 않아도 좋아요. 내가 파리에 온 건……. 이 짓을 하기 위한 게 아니었어요. 매춘을 하기 위해서가 아니라 삶을 체험하고, 맛보고, 관찰하려고 온 거예요.」

「맛? 그래 그 맛이 어땠어?」

「지독해요. 그렇지만 멋지기도 하죠. 파리에서는 매춘 행위도 그다지…… 그러니까…… 이런 식으로 생계를 유지하는 여자들이 아주 많아요. 그러나 초보자들에겐 위험스런 일이죠. 첫째 경찰의 등쌀에…….」

「그래서 셀레스테가 당신을 보호해 주고 있었나?」

「그렇죠. 나와 같은 여자들은 모두 허수아비인 셈이죠. 그러나 어쩔 수가 없어요. 그건 파리에 나와 있는 많은 외국인들에겐 굶어 죽지 않기 위한 논리적인 삶의 방식이에요.」

한동안 보란의 굳은 얼굴을 바라보던 여자가 다시 입을 열었다.

「이런 식으로라도 나는 자유를 획득하고 싶어요. 내 마음대로 세상을 살고 싶다는 얘기죠. 당신도 나를 차지하지는 못해요. 어느 누구에게도 나는 빚을 지고 있지 않거든요.」

보란은 웃을 수밖에 없었다.

「이봐, 주디. 난 심판관이 아냐. 나에게 복잡한 얘길 할 필요는 없잖아?」

「맞아요. 당신이 심판관이라면 난 이런 말을 하지도 않아요.」

「당신은 언젠가는 〈J양의 고백〉이라거나 그와 비슷한 글을 쓸수가 있겠군.」

「그럴 테죠. 그래서 부패한 돈으로 부자가 될 수도 있겠죠.」

여자는 남의 얘기를 하듯 쉽게 말했다.

「당신의 본명은 주디가 아니지? 그건 필명인가?」

「둘 다 아니에요. 그건 침대에서의 이름일 뿐이에요.」

보란은 점점 흥미를 느꼈다. 그러나 그 흥미를 연장시킬 수는 없었다. 이제 문 밖에 올 것이 온 것이다.

두 사람이 다시 엉겨 붙으며 자리에 눕자 몇 차례의 노크 뒤에 호텔 지배인의 나지막한 음성이 문 틈으로 흘러 들어왔다.

「무슈 마틴?」

보란은 입 속으로 다섯을 센 뒤에야 퉁명스럽게 대꾸했다.

「이봐요! 당신은 눈치도 없는 사람이오? 제발 귀찮게 하지 마시오!」

「용서하십시오. 사실은 경찰이 찾아와서요. 잠깐이면 되겠습니다.」

「빌어먹을. 처음에 뭐라고 그랬소? 조용한 호텔이라고 하지 않았소?」

보란이 계속 버티자 문에서 열쇠 꽂히는 소리가 들렸고, 곧 이어 문이 활짝 열렸다. 보란은 참을 수 없다는 듯이 화를 버럭 내며 상체를 일으켜 침대 위에 걸터앉았다. 여자도 슬그머니 따라 일어나며 침대 커버로 몸을 가렸다. 남이 보기에는 정사를 즐기던 연인, 바로 그런 광경이었다. 복도에서는 지배인이 기어드는 목소리로 계속 중얼거리고 있었다.

「정말 죄송합니다, 무슈.」

정복을 입은 경찰이 거수 경례를 하며 조심스럽게 방으로 들어섰다. 그 뒤를 또 한 명의 경찰이 따랐다. 그들은 방 안을 한 차례 휘둘러보더니 호기심을 노골적으로 드러내며 지배인에게 프랑스 어로 빠르게 지껄였다. 그러자 지배인이 허리를 굽히며 방으로 들어와 입을 열었다.

「무슈, 이 앞에서 또 총싸움이 일어났습니다. 경찰들이 몇 가지 물어볼 게 있다는데……. 그런데 영어를 못 하기 때문에……. 제가 통역을 하겠습니다.」

지배인의 말이 끝나자 보란은 소리를 질렀다.

「당장 이 방에서 나가라고 통역을 하세요! 난 참을 수가 없소. 이런 인권 침해를 미국 영사관에 보고하겠소!」

한 경찰관이 시선을 외면한 채 창가로 다가갔다. 그러자 나머지 한 명도 침대 위의 광경이 민망스러웠는지 침대 발치에 서서 서성거리기만 했다. 그러나 호기심을 누르기는 어려웠는지 여자의 젖가슴을 흘끔흘끔 훔쳐보았다. 창가에 있던 경찰관이 보란을 향해 말했다.

「여권(파세포르).」

「내가 싫다면 어쩔 테요?」

보란은 잡아 먹을 듯이 으르렁거렸다. 그러나 경찰도 쉽게 포기하려 하지 않았다.

「파세포르.」

이제 더 이상은 버틸 수가 없다고 판단한 보란은 지배인에게 말했다.

「코트 주머니 안에 있소. 코트는 옷장…….」

흥분한 듯 소리치던 보란은 옷장 속의 서류 가방에 생각이 미치자 벌떡 일어섰다.

「좋소, 내가 직접 보여 주겠소.」

그가 방바닥에 내려서자 경찰관이 그를 다시 침대 위에 앉혔다.

「나도 영어를 압니다. 여권에는 신경 쓰지 마세요. 두 분의 프라이버시를 침해해서 대단히 죄송합니다. 선생님, 그리고 부인. 몇 가지의 질문에 답변만 해주십시오. 그런 후에는 곧 나갈 테니까요. 우리 직업상 그냥 지나칠 수는 없습니다.」

「좋소.」

보란도 그것까지는 거절할 수가 없었다.

「선생님도 총소리는 들으셨겠죠?」

「총소리인지는 몰라도 그와 비슷한 소릴 듣긴 들었소. 무슨 일인가 하고 일어났었지만 그땐 벌써 잠잠해진 뒤였소. 그래서 우린 다시 침대에……..」

경찰관은 의미 있는 미소를 지으며 말했다.

「아, 됐습니다. 그러니까 아무 것도 보지 못했다는 말씀이시군요?」

보란은 이제 궁지에서 벗어났다고 판단했다. 몇 가지 의례적인 질문이 있었으나 그것은 그들이 이제 방을 떠나려 한다는 것을 분명히 밝히는 거나 다름이 없었다. 경찰관들은 처음과 반대로 예의 바르게 행동했다.

비로소 그들이 나가자 주디는 안도의 한숨을 쉬었다.

「나한테는 질문을 하나도 하지 않았죠? 얼마나 다행인지 몰라요.」

「훌륭한 경찰관은 그러는 거야. 당신도 프랑스의 족속들을 알아 둬야 해. 그들은 아무 것도 듣지 못하고 보지도 못하는 얼간이들이야. 도덕적인 문제가 야기될 우려가 있다고 판단되면 그들은 몸을 사리거든. 바로 그것이 내 여권을 보지 않은 가장 큰 이유일 거야. 그들을 알기 때문에 난 이길 수 있었던 거야.」

「당신은 정말 연기를 잘 하더군요.」

「그건 연기가 아냐. 전투였어.」

「당신은 모든 일을 그런 식으로 해내는군요. 그렇죠?」

「글쎄…….」

보란은 계속되는 여자의 질문 공세에 당혹감을 느꼈다. 결코 자랑스러운 일이 아니라고 판단되었기 때문이다. 그러나 여자의 질문은 그치지 않았다.

「이런 일은 어떻게 처리하죠?」

「이런 일이라니?」

「그러니까…… 지금 우리 둘이 한 방에 있잖아요.」

보란은 그때서야 빙긋 미소 지으며 여자를 힘껏 끌어안았다. 그러면서 그는 여자의 가슴속에서만 발견할 수 있는 특별한 안식에 대해 얘기했다. 그에 보답이라도 하듯 여자는 보란에게 직업적인 사랑의 행위와 자발적인 사랑의 행위 사이에 있는 차이점에 대해 자세히 설명했다.

그들은 인간의 유대에 대해, 점진하는 쾌락의 순간들에 대해 얘기를 나누며 서로의 육체를 애무했다. 그러면서 그들은 살아 있다는 것에 대해서, 젊다는 것에 대해서, 그리고 함께 나란히 누울 수 있다는 것에 대해서 축복의 말을 주고받았다. 보란은 그녀의 젖꼭지를 입에 물고 그것이 점점 더 단단해지는 걸 느끼며 조용히 얘기를 계속했다. 그녀는 풍만한 몸을 출렁이며 보란을 받아들였다. 그녀는 더 이상 입을 열지 않았다. 다만 몸을 움직여 보란의 다음 행동을 재촉할 뿐이었다. 보란은 지칠 줄 모르는 사내였다. 결국 그녀는 긴 신음과 함께 가쁜 숨을 토해 놓더니 온몸을 부들부들 떨기 시작했다. 절정이 그녀를 감싸기 시작했다. 그녀는 무서운 힘으로 상체를 일으켜 보란의 허리를 껴안고는 팔에 힘을 주기 시작했다. 그러나 잠시 후 방 안은 다시 고요함이 물결 치기 시작했다.

이제 그들의 길고도 격렬한 얘기가 끝난 것이다. 그녀는 반쯤 눈을 감고 보란을 바라보다가 만족한 웃음을 지어 보였다. 보란은 헝클어진 침대에서 빠져 나와 옷을 입기 시작했다.

「보란, 당신은 뭐든지 멋지게 해치우는 분이군요.」

여자는 여전히 침대에 누운 채로 중얼거렸다. 그러면서 그녀는 보란을 향한 충고도 잊지 않았다.

「보란, 이 옳지 못한 전쟁으로 당신 자신을 탕진하지 마세요.」

「옳지 못한 전쟁이 아니야, 주디. 당신도 분명히 삶을 맛본다고 얘기했지? 난 여자에 대해서만큼은 무뢰한이야. 그러나 남자들은 목숨을 바칠 만한 것을 발견하기 전에는 진정한 의미로 사는 것이 아니야.」

「당신의 말을 충분히 이해할 수 있을 것 같군요. 이제부터는 당신 덕분에 새로운 소설을 쓸 수 있을 것 같아요, 보란.」

보란은 웃었다. 그의 흰 이가 희미한 빛을 받아 빛났다. 미소를 거두지 않은 채 그는 짐을 챙기기 위해 옷장으로 향했다. 짐을 문 앞에까지 운반한 그는 무릎을 꿇고 앉았다. 그는 주디의 입술에 가볍게 키스했다.

「새로운 소설의 제목이 〈J양의 고백〉이 되지는 않겠지?」

「천만에요. 〈죽음의 끝〉이라고 할까 생각중이에요.」

「무슨 뜻이지?」

「저도 확실히 설명을 드릴 수는 없어요. 다만 나 자신이 요 몇 년 동안 죽어 가고 있었다는 것, 그리고 그 죽음에 훌륭한 이유가 될 만한 것은 단 하나도 없었다는 걸 알았을 뿐이에요. 전 지금 그 이유를 발견하기 위해 책을 써야 한다고 생각하고 있어요.」

보란은 묵묵히 그녀를 지켜보며 일어섰다.

「당신은 그 이유를 찾을 수 있을 거야.」

여자는 갑자기 심각한 표정을 지으며 입을 열었다.

「전 이제야 당신에 대해 알 수 있을 것 같아요. 당신은 냉소적인 논리의 신비한 비밀을 지닌 사람이에요. 진실된 의미로 살아있는 분임에 틀림없다는 얘기예요. 그렇죠, 보란?」

그러나 보란은 대답하지 않았다. 여자에게 등을 돌린 채 문을 향해 걸었다.

「안녕, 주디!」

보란이 문을 닫으려 하자 여자가 다급하게 말했다.

「보란! 그렇게 말하지 마세요. 다시만나요, 라고 하면 안 되나요?」

「그렇군. 나도 그렇게 되길 빌겠소.」

보란의 음성은 여전히 무뚝뚝했다. 이제 그는 조금 전의 욕망을 채우던 사내가 아니었다. 다음 전쟁을 위해 떠나는 한 저격수일 따름이었다.

그는 여자와 헤어져 계단을 내려갔고, 이윽고 거리로 나섰다. 2시가 조금 지난 시각이었다. 거리는 황량하게 비어 있었고 붐비는 인파 대신 정적이 거리를 지배하고 있었다. 보란은 아무런 방해도 받지 않고 해외 여행을 즐기는 사람처럼 샹젤리제로 향했다.

보란은 문득 루돌피를 떠올렸다. 루돌피를 그 죽음의 궁전에

서 살려 두었다는 것은 커다란 실수가 아닐 수 없었다. 루돌피의
생존은 보란에게 있어서 치명적인 결과를 초래할지도 몰랐다.
그는 루돌피를 압도하는 일에 실패했고, 그리하여 그가 생명을
구걸하도록 허용했으며, 그 자신은 자비로움을 베푸는 치명적인
실수를 한 것이다.

마피아의 냉혹한 세계에서 살아온 남자라면, 스스로의 자부심
을 상처 입히는 구걸의 기억을 죽을 때까지 잊지 않고 있을 것이
다. 루돌피라는 사내도 이제는 자신의 생존을 다른 식으로 변명
할 것임이 분명했다. 그는 적어도 자신의 자존심을 죽이는 그런
변명은 하지 않을 것이었다. 주디가 냉소적인 논리라고 부른 그
형태를 따라 답변이 진행되리라는 것은 믿어 의심할 여지가 없
었다. 루돌피는 이제 자신의 변명을 합리화시키기 위하여 전격
적인 살인을 감행할 것이다. 그러나 그런 어리석은 행동은 보란
이 벌이고 있는 성스러운 전쟁의 제물이 될 뿐이다. 보란은 루돌
피가 자신의 입을 막기 위해서라도 죽이려 할 것이란 걸 알고 있
었다. 보란을 죽이지 못할 경우 루돌피는 그 세계에서 매장당할
건 뻔한 사실이었다.

보란은 또한 영국 여자 주디에 대해서도 아는 것이 별로 없었
다. 안다기보다는 부분적으로 이해할 수 있을 뿐이었다. 보란은
자신의 삶과 그녀의 삶 사이에서 어떤 공통점을 찾으려하다가
이내 포기해 버렸다. 그런 지적인 연습은 보란에게 있어 걸맞지
않은 일이라고 스스로 판단했기 때문이었다. 여자들의 마음은
쉽사리 이해할 수 없는 것이라고 단정을 하기도 했다.

보란에게 있어서 여자들은 보금자리를 꾸미고 타인의 마음을
부드럽게 순화시키는 한 마리의 동물일 뿐이었다. 그러나 삶 그

자체를 부정하는 것은 아니었다. 냉소적이긴 하지만 그는 삶을 긍정하고 있었다. 그의 최고의 긍정은 그 자신의 죽음 부근에 놓여 있었다. 그 죽음과 긍정은 그가 사는 곳마다 그를 기다리고 있을 것이었다.

그는 한숨을 내쉬며 주디와 함께 있었던 일로 인하여 생긴 부담감을 지우려고 노력했다. 그는 최고의 속력으로 차를 놓아 볼테르 광장과 센 강을 스쳐갔고 콩코르드 광장을 지나 계속 달렸다. 하늘은 티없이 맑았고 도로 사정도 쾌적했다. 그는 파리의 넓은 도로를 유연하게 달렸고 스피드를 유쾌하게 즐겼다. 그러나 그가 호텔의 차고에 차를 밀어 넣으며 느낀 것은 분명한 이유를 알 수 없는 슬픔과 미련뿐이었다.

졸린 눈을 두꺼비처럼 껌뻑이는 차고 담당자에게 차를 맡긴 그는 엘리베이터를 타고 예약된 방으로 돌아왔다. 객실로 들어서며 그는 파리의 레프트 뱅크와 라이트 뱅크 사이의 차이점을 생각해 보았다. 그것은 마치 양단된 두 개의 세계와 같았다.

객실의 불을 켠 그는 얼굴을 돌리지 않으면 안 될 일에 부딪쳤다. 텅 비어 있어야 할 그의 침대에 알몸의 여자가 앉아 있었던 것이다. 보란이 고개를 돌리며 언뜻 본 것은 매혹적이고 가냘픈 모습이었다. 자세히 살펴보지는 못했지만 여자의 몸 구석구석까지도 보란은 충분히 상상할 수 있었다.

여자는 앉은 채로 보란을 향해 두 팔을 벌렸다. 갑자기 밝혀진 불빛에 의해서인지 그녀의 눈은 감겨진 채로였다. 팔을 벌린 상태로 여자가 입을 열었다.

「마틴, 밤새도록 당신을 기다리고 있었어요. 당신은 항상 바쁜 사람인가요?」

그녀의 음성에는 심한 투정이 묻어 있었다. 보란이 어떻게 답변하고, 어떻게 행동해야 할지 망설이는 동안 불빛에 익숙해진 여자가 눈을 떴다. 눈을 뜬 그녀는 보란에게로 뻗었던 팔을 재빨리 거두며 침대 시트로 벌거벗은 몸을 가렸다. 그녀의 얼굴에 나타난 것은 당혹감 그것뿐이었다.

「어머! 당신…… . 당신은 마틴이 아니잖아? 대체 누구시죠?」

보란은 어떻게 답변해야 할지 몰랐다. 냉소적 논리 같은 건 생각할 여유조차도 없었다. 방 안에는 두 사람의 당혹감과 신비로운 향기만이 한데 어우러지고 있었다.

12
배신의 대가

언제나 여자들의 간드러진 웃음소리 속에 묻혀 있는 파리 외곽의 저택은 밝은 불빛에 감싸여 있었다. 그러나 오늘밤에는 그 끊기지 않던 환락의 소리가 들리지 않았다. 저택과 가까운 순환도로 위에는 대형 버스가 주차되어 있었으며 정중한 옷차림의 사내들이 저택을 드나들고 있었다. 모두들 심각한 얼굴로 분주히 움직일 뿐 이야기를 하는 광경은 찾아볼 수가 없었다.

천장에 여러 개의 샹들리에가 달려 있는 연회실에서는 쌕쌕이 토니 레버니가 우아한 차림의 프랑스 여인과 함께 서성거리고 있었다. 그 아름다운 프랑스 여인은 토머스 루돌피의 믿음직한 비서이자 정부이기도 한 로잔느 루루였다. 그녀는 사교계에서 이름난 여자처럼 몸놀림 하나하나에도 품위와 교양이 깃들여 있었다.

당구대의 주변에는 5명의 사내가 모여 잡담을 나누고 있었는

데 그들은 카스틸리오네가 가장 신임하는 총잡이들이었다. 그들
은 각각 10명 정도의 총잡이를 혼자서 상대할 수 있을 정도의 실
력을 갖추고 있는 자들이었다. 농부 카스틸리오네는 직접 그들
을 선발하여 파견한 것이다.

파리로 들어온 이들은 전문적인 살인자들로 관광 따위는 조금
도 생각하고 있지 않았다. 그들은 카스틸리오네로부터 명령이 떨
어지기만 하면 무슨 일이라도 저지를 사내들이었다. 잡담을 하
고 있는 그들을 바라보는 로잔느의 얼굴에는 극심한 공포와 당
혹감이 나타나 있었다. 눈치 빠른 그녀가 사내들의 잔악함을 모
를 리가 없었다. 유창한 영어로 그녀는 토니 레버니에게 말했다.

「토니 레버니 씨, 루돌피 씨가 지금 당장이라도 당신들을 오라
고 할 건 분명합니다. 그러니 잠시 휴식을 취하면서 기다리시는
게 좋을 듯합니다.」

그러나 토니는 애교 섞인 로잔느의 부탁을 무시했다.

「도대체 이유가 뭐요? 우리가 이 먼 곳까지 잡담이나 하려고
온 줄 아쇼? 루돌피가 우리의 지원을 꺼리고 있는 이유를 알 수
가 없소. 이번 일은 사적인 게 아니라 공적인 일이란 걸 잘 알고
있을 텐데?」

「알고 있죠. 전 루돌피 씨의 비서예요. 저와 얘기를 해도 괜찮
다는 얘기죠.」

토니는 킬킬거렸다.

「그건 당신이 몰라서 하는 말이오. 정확한 장소에서 정확한 얘
기가 오가야 한단 말이오. 그래서 일이 결정되면 곧 행동을 개시
해야 하니까. 그래야 내 졸개들이 바스티유 감옥에 들어가는 일
이 없을 거요.」

토니는 로잔느를 완전히 무시하고 있었다. 그러나 로잔느는 불쾌감을 나타내지도 못하고 손에 들고 있는 서류의 명단만 들여다보고 있었다.

「감옥 운운하시는데 그건 염려하실 필요가 없어요. 여기에 있는 한 충분한 보호를 받고 있으니까요.」

「좋아요. 그러나 그 얘기를 루돌피 씨에게 직접 들을 수 있다면 좋겠는데…….」

토니는 계속 빈정거렸지만 로잔느의 말을 믿지 않는 건 아니었다.

마피아의 세계에서 활동하는 여자라면 보통은 넘는다는 사실을 그는 잘 알고 있었다. 그들이 신경전을 벌이고 있을 때 도로 쪽에서 자동차의 브레이크 소리가 요란하게 들려 왔다.

우람한 체구의 검둥이 윌슨 브라운이 혼잣말처럼 중얼거렸다.

「이제 왔나 보군…….」

브레이크 소리를 내며 현관 앞에 정차한 페라리 스포츠카의 창문으로 루돌피의 모습이 보였다. 차에서 내린 루돌피가 그 자리에 우뚝 섰다. 그는 주위를 관찰하는 듯한 시선으로 관광 버스를 훑어보고 있었다. 페라리 승용차의 문을 닫아둔 채로 그는 관광 버스를 향해 움직이기 시작했다. 그러나 곧 발길을 돌려 저택 안으로 들어섰다.

루돌피를 본 로잔느는 토니에게 양해를 구하고 현관을 향해 바삐 움직였다. 그런 상황에서도 예의를 갖출 줄 아는 여자였다. 루돌피의 앞에 선 그녀의 얼굴이 갑자기 창백해졌다.

루돌피의 오른손에는 붕대가 감겨 있었으며 이마에는 퍼렇게 멍든 혹이 튀어나와 있었다. 그것뿐 아니라 얼굴 곳곳에는 하얀

색의 연고가 번들거리고 있었다.

　루돌피는 입을 다문 채 모자를 벗어 로잔느에게 주었다. 모자를 벗은 그의 머리는 표현할 수 없을 만큼 엉망이었다. 머리칼은 듬성듬성 빠져 있었고 온통 접착성 붕대투성이였다. 그러한 루돌피의 눈에는 광기가 서려 있었다.

　로잔느는 루돌피의 입에서 나올 말이 두려워 질문조차도 할 수가 없었다. 그녀가 할 수 있는 것은 저택 안의 상황을 설명하는 것뿐이었다.

　「저…… 연회실에는 지금 미국인들이 모여 있어요.」

　처음으로 루돌피의 입술이 움직였다.

　「알고 있어. 내가 원하지 않는다는 걸 알면서도 그들은 이 집을 본부로 삼겠다는 거야.」

　「몹시 화를 내고 있어요. 당신을 기다리는 일에 진력이 난 거죠.」

　이때 쌕쌕이 토니가 얼굴을 내밀며 인사를 해왔다.

　「안녕하시오, 몬추르 루돌피. 대체 어디에 있었소?」

　루돌피가 잘라 말했다.

　「병원에 있었소. 내 몰골을 보면 모르겠소? 할 얘기는 내일로 미루면 좋겠는데. 어떻소, 토니?」

　「우린 밤새도록 당신을 기다렸소. 더 이상은 기다릴 수가 없소. 위원회에서 당신에게 전하는 소식도 있고……. 하여간 더 기다린다는 건 생각할 수도 없소.」

　말을 마친 토니는 루돌피의 다음 말을 기다리지 않고 연회실로 들어가 버렸다. 토니의 모습이 보이지 않자 로잔느가 입을 열었다.

「무서워요. 정말 무서운 사람들이에요. 사업을 정리하고 저 사람들 멋대로 하도록 내버려 두는 것이 어떨까요?」

떨고 있는 로잔느를 한동안 바라보고 섰던 루돌피는 고개를 끄덕여 보이고 토니를 따라 연회실로 들어갔다. 로잔느가 그의 뒤를 따라 들어가며 코트를 벗겼다. 붕대로 칭칭 감긴 손이 코트의 소매를 빠져 나올 때 그는 자신도 모르게 신음했다. 잠깐 얼굴을 찡그린 로잔느가 갈라진 목소리로 물었다.

「왜 이렇게 됐어요?」

「보란, 그놈 때문이야.」

짤막하게 답변을 한 루돌피는 기억을 떠올리기도 싫다는 듯 연회실로 성큼 들어섰다.

로잔느는 그의 모자와 코트를 옷장 속에 넣고는 의자에 앉아 두 손으로 얼굴을 감쌌다.

연회실에서는 쌕쌕이 토니가 졸개들을 루돌피에게 소개하고 있었다. 루돌피는 의례적인 인사말을 입 안으로만 웅얼거리고 바 안으로 향했다. 그러자 토니가 그의 등에 대고 말했다.

「무슨 일이 있었소?」

「그렇소.」

루돌피는 답변을 하면서도 자세한 설명은 늘어 놓지 않았다. 워싱턴에서 온 카포의 친위 대장 토니가 주머니에서 작은 수첩을 꺼내며 말했다.

「루돌피, 이게 바로 전언이오. 휘갈겨 쓴 글씨라 읽기가 힘들 거요. 내가 대신 읽어 주겠소. 난 지금, 당신에게 직접 전달하라는 두목의 명령을 이행하고 있는 중이오. 〈토머스 J. 루돌피, 파리. 앤소니 P. 레버니에게 모든 협력과 지원을 보장하라. 성공적인 관광이 될 수 있도록 비용이나 어떠한 사적인 불편함도 느끼지 않도록 주의하라. 모든 공적인, 그리고 법적인 약조들을 선량한 회원으로서 충실히 이행하라. 이번 관광의 계획에 방해가 되거나 영향을 끼칠 만한 행동이나 계획을 취하지 말라.〉 자, 이게 모두요. 베터 트레이드 카운실이라고 서명이 되어 있소. 국제 전보로도 곧 같은 내용이 도착할 거요.」

루돌피는 길게 한숨을 내쉬며 입을 열었다.

「내가 그 전언을 무시할 사람으로 보이오? 상부에서 하달된 명령은 한 번도 어기지 않은 루돌피요. 당신들의 활동에 필요한 모든 편의를 제공하겠소.」

「고맙소. 그 한마디를 듣기 위해 당신을 얼마나 기다렸는지 모르오. 그런데 그 상처는 도대체 뭐요?」

루돌피는 토니의 질문을 무시한 채 말을 이었다.

「당신들은 모두 몇 명이오?」

「57명. 10여 명만 데리고 올 계획이었으나 상대가 상대인 만큼 증원을 했소. 우린 제트기를 한 대 전세 냈소. 돌아갈 때도 전세기를 이용할 생각이오.」

「언제쯤 돌아갈 예정이오?」

루돌피는 될 수 있는 한 긴 말을 피했다.

「글쎄요. 아무래도 목적이 달성돼야 출발하겠죠? 돌아갈 때는 아마 58명이 제트기에 탑승하게 될 거요. 모든 중요한 서류는 로잔느에게 주었소. 우리가 이곳을 떠날 때 말썽이 생기지 않도록 그 서류들을 잘 살펴봐 주시오. 국제 경찰들과 우리 사이에 의견 충돌로 인한 말썽이 생길 것 같아서 하는 말이오.」

「국제 경찰을 쉽게 생각하지 마시오. 그들은 보통 수완가들이 아니오. 프랑스의 어느 경찰관에게든 그들은 상당한 대우와 존경을 받고 있는 실정이오.」

「그렇다면 당신의 짐이 더 무거워진다는 얘기군요. 분명히 말하지만 내 졸개들이 바스티유 감옥에 들어가는 일은 결코 없어야 한다는 걸 명심하시오. 감옥에 투옥된 졸개들을 탈옥시키는 일보다는 들어가지 않게 하는 일이 더 쉬울 것이오. 그렇지 않소, 루돌피?」

「그것보다 무덤 속에 남겨 놓는 일이 없도록 주의하시오.」

루돌피는 처음으로 토니의 말에 반박했다.

「그 점에 대해서는 염려하지 마시오. 당신은 이마에 혹이 생기도록 뭘 하고 있었소? 농부 어니가 당신은 이제 좀 쉬는 게 좋겠다고 하던데, 지금에야 그 말을 이해할 수 있을 것 같소.」

「어니가 프랑스를 지휘하는 건 아니지 않소?」

루돌피는 가시 돋친 말로 반박했다.

「물론 프랑스 전체를 지휘하는 건 아니오. 그러나 우리 조직 내의 그는 무시할 수 없는 인물이오. 그러한 그가 명령하는 거라면…….」

이것은 루돌피에게 있어 위협적인 말이 아닐 수 없었다. 그러나 자신의 자존심을 죽일 수는 없었다.

「아무리 그렇더라도 사자에게까지 명령을 할 수는 없겠지?」

「사자? 그게 무슨 뜻이오?」

「보란이라는 이름의 사자 말이오.」

이 말을 들은 쌕쌕이 토니의 목소리가 쉿소리로 변했다.

「루돌피, 보란은 사자가 아니오! 주위에 고양이들만 득시글대니까 잠시 사자 흉내를 냈을 뿐이란 말이오!」

　루돌피는 코웃음을 치며 말했다.

　「그는 오늘 하룻동안 무장한 20명의 사내를 죽였소. 그 20명의 사내들은 결코 고양이들이 아니었소. 당신의 고양이들은 어느 정도의 실력을 갖추고 있는지 모르겠지만 결과는 역시 뻔할 것이오.」

　자존심을 상하게 하는 이 말에 토니는 전혀 화를 내지 않았다. 오히려 유쾌하다는 듯이 휘파람까지 불었다. 그는 루돌피의 말에 전혀 개의치 않고 당구대 주위에 모여 있는 사내들을 불러 모았다.

　「지금부터 행동을 개시한다. 각자 미리 정해진 위치에서 철저히 근무하기 바란다. 보란을 잡기 위한 일이라면 무슨 짓이든 서슴치 말아라. 경우에 따라서는 파리 시민 모두를 죽여도 좋다. 보란을 체포하기 전에는 절대 미국으로 돌아갈 수 없다는 것을 명심해. 모두 알았지? 자, 그럼 모두 출발해!」

　잘 훈련된 냉혈한들은 토니의 명령대로 움직이기 시작했다. 이제 그들 일당 중 저택 안에 남은 건 쌕쌕이 토니 레버니와 뚱뚱보 윌슨 브라운밖에 없었다. 윌슨 브라운은 여전히 입을 다문 채로 의자의 등받이에 몸을 편안히 기대고 있었다. 그러나 토니의 입은 조금도 쉬지 않았다. 그는 멍한 상태로 서 있는 루돌피에게 말했다.

　「나도 이제 사라질 시간이 된 것 같소. 내가 어디에 있을 것인지는 당신의 비서 로잔느가 잘 알고 있소. 차나 한 대 내주시겠소?」

　「내 차를 사용하시오.」

　루돌피는 몹시 신경질적이었다. 마음대로 지껄이고 마음대로 행동하는 토니가 보란보다 더 미웠다.

「고맙소. 명령받은 내용을 절대 잊지 마시오. 그럼…….」

토니는 마지막 경고를 던지고 로잔느에게 눈을 껌뻑해 보인 다음 밖으로 나갔다. 브라운은 샌드위치를 움켜쥔 채 루돌피와 여자에게 손을 흔들며 앞장선 토니를 따라 나섰다. 스포츠카가 붕붕거리는 소리를 남기고 떠나자 루돌피는 로잔느에게 말했다.

「오늘밤에야 나는 나 자신을 만났어.」

「그게 무슨 뜻이죠?」

걱정스러운 눈으로 그녀는 루돌피를 바라보았다.

「난 이제 하나의 허수아비일 뿐이야.」

루돌피가 한 말은 처절한 흐느낌과 같았다.

「아직은 아니에요. 우선 상처부터 치료하세요.」

「상처는 저절로 치료되겠지. 그러나 내 자존심은 결코…….」

「루돌피…… 제가, 제가 도울게요.」

「아냐, 나는……. 그래 당신이 도울 수 있는 사소한 일도 있어. 우리 친구 무슈 앙드루와를 만나줘. 그를 만나거든 셀레스테의 집에 대해 자세히 얘기해 줘. 그리고 모든 여자들을, 마담까지도 알지에로 보내라고 해.」

「뭐라구요, 토머스? 그건 안 돼요!」

로잔느의 음성이 날카로워졌다. 그러나 루돌피의 목소리에는 변함이 없었다.

「로잔느, 그 계집애들은 가장 추악한 노예 시장으로 보내야 해. 단 한 명도 남기지 말라는 얘기를 강조해서 전해.」

「루돌피, 그건 너무…….」

「아냐, 생각을 해보라구. 그 계집애들이 배반하지 않았다면 난

오늘밤에 그 사자를 사로잡을 수도 있었을 거야. 그런데 이 꼴을
봐.」

「그렇지만 루돌피, 알지에는 너무 심해요. 차라리 죽이는 것이
여자들로서는 편할 거예요.」

「안 돼! 그 계집애들은 배신에 대한 대가를 톡톡히 치러야 해.
그것들은 알지에에서 끌려 다니며 자신들이 왜 그런 혹독한 고
생을 해야 하는가를 깨달을 수 있도록 해야 해. 내 눈에 흙이 들
어가기 전에는 절대로 용서할 수 없어! 로잔느, 나에게 더 이상
의 말은 하지 마.」

흥분한 나머지 루돌피는 온몸을 부들부들 떨었다.

「알았어요, 또 제가 도와줄 수 있는 일은…….」

「없어. 다른 일은 내가 직접 하겠어. 보란 그놈도 꼭 내 손으
로 잡고 말 거야.」

로잔느의 얼굴이 새파랗게 질려 있었다.

「루돌피, 그 사람들이 당신의 행동을 막지 않을까요? 제 생각
에도 당신이 보란을 잡는다는 건 좀…….」

로잔느는 더 이상 말을 이을 수가 없었다. 지금껏 그녀는 이처
럼 흥분한 루돌피를 본 적이 없었다. 그녀는 루돌피가 이미 죽은
목숨이라고 생각했다. 미치광이처럼 벌겋게 충혈된 눈을 번득이
며 아프리카의 야만적인 노예 시장에 여자들을 팔아야 한다고
고집을 부리는 이 사나이는 그녀의 토머스 루돌피가 아니었다.

13
여배우 지지

파리 경찰국 사령실에는 사법 경찰관들이 모여 피곤하고 고민스러운 얼굴로 회의를 하고 있었다. 회의의 의장인 듯한 간부 한 사람이 한 묶음의 서류를 탁자 위에 놓으며 입을 열었다.

「결론은 하나뿐이오. 맥 보란이 현재 파리에 있을 것이라는 것이 바로 그것이오. 그 냉혹한 미국인에 대한 소문이 라틴쿼터 지역에서는 꼬리에 꼬리를 물고 퍼지고 있소. 알제리아의 테러단도 단 하루 만에 그 정도의 일을 저지르지는 못할 것이오.」

간부의 맞은편에 앉아 있던 젊은 경찰관이 손을 들며 일어섰다.

「반장님, 그렇지만 증거가 될 만한 것은 전혀 없잖습니까? 이런 상황에서 그 흉악범을 미국인 보란이라고 단정한다는 건 성급한 처사가 아닌가 생각합니다.」

수사 반장이라고 불리는 사내는 한참 동안 고개를 숙이고 있다가 입을 열었다.

「그렇다면 처음부터 다시 정리해 봅시다. 첫째, 우리는 미 합중국으로부터 급전을 받았소. 맥 보란으로 보이는 한 남자가 워싱턴발 파리행 여객기 721기에 탑승한 것으로 보인다는 내용이었소. 오를리 공항에서 우리는 그 남자와 인상 착의가 비슷한 남자를 만났소. 그러나 그 미국인은 의심할 여지도 없는 미국의 유명한 영화 배우 길 마틴이었소. 바로 그 직후 길 마틴과 닮은 또 한 명의 미국인이 아무런 제지도 받지 않은 채 통과했다는 것을 우리는 뒤늦게 알게 되었소.」

「그건 저희들도 알고 있는 사실입니다. 그러나…….」

아까의 그 젊은 경찰관이 끼여 들었으나 반장은 그의 말을 저지했다.

「생, 나와 함께 사태를 계속 검토해 봅시다. 721기가 오를리 공항에 착륙한 지 채 한 시간도 되지 않아서 생 미셸 역 부근에서 총격전이 발생했소. 피해자들의 신원은 잘 알려진 지하 세계의 마피아들이었소. 그때부터 그 흉악한 미국인의 소문이 나돌기 시작한 것이오. 그로부터 한 시간쯤 후에는 길 마틴이 샹젤리제에 있는 호텔에 도착했소. 그런데 그 길 마틴이 바로 영화 배우 길 마틴일까요? 만일 그렇다면 여기에 도착한 후 2시간 동안 그는 어디에서 무엇을 하고 있었을까요? 짙은 안개 속에서 관광을 즐기고 있었을까요? 호텔의 수위는 그 사람이 도보로 도착했다고 강력하게 주장했소. 그리고 그는 객실에 들기도 전에 호텔 프런트에서 차를 세내어 줄 것을 요구했다는 겁니다.」

「반장님, 왜 길 마틴에게로 얘기가 흘러가는 겁니까?」

「그래서 같이 정리해 보자는 거요. 차근차근 얘기하다 보면 뭔가 집히는 게 있을 거요. 객실에 들어간 길 마틴은 분명히 잠을 잤을 거요. 오후 늦게야 그는 모습을 나타냈소. 그는 다시 호텔의 프런트 계원과 만났는데 프랑스에서 가장 아름다운 여자와 만나겠느냐는 제의를 무시한 채 세 낸 차를 타고 가버렸소.」

그 밖에도 반장은 셀레스테의 집에서 일어난 사건을 자세히 얘기했다. 몇 시간 동안 계속된 회의의 결과, 파리의 경찰관들은 논리적인 행동을 취하기로 결정했다.

그리하여 스스로를 길 마틴이라고 칭하는 맥 보란은 파리의 경찰들에게도 쫓기는 신세가 되어야 했다.

보란은 호흡을 조절하고 눈앞의 여자를 자세히 훑어보기 시작했다. 매끄럽고 아름다운 피부, 많은 얘기가 담겨 있을 것 같은 눈동자, 부드럽게 흔들리고 있는 새까만 머리칼, 그가 결코 만난 적이 없는 아름다운 여자가 바로 눈앞에 앉아 있다는 것을 보란은 깨달았다. 그녀의 아름다움은 다른 어떤 여자, 어떤 사물과도 비교할 수 없을 것 같았다.

그가 처한 상황이 얼마나 난감한 것인가를 보란은 한참 뒤에야 깨달을 수 있었다. 여자를 바라보고 섰던 보란은 침대 옆에 의자를 갖다 놓고 털썩 주저앉았다.

보란의 탐색하는 듯한 시선 앞에서 그녀는 몸을 사리며 입을 열었다.

「당신은 대체 누구죠? 전 당신의 신분부터 알아야겠어요.」

보란은 갑자기 굳어진 얼굴에 미소를 떠올리며 대꾸했다.

「이 방은 내 방이고, 그건 내 침대요. 그러니까 당신이 누구인지를 먼저 말하는 게 순서가 아니겠소?」

「천만에요. 여긴 길 마틴의 침실이에요.」

보란은 머리를 끄덕였다. 그녀의 주장을 이해할 수가 있었던 것이다.

「당신의 말이 틀리진 않소. 내가 지금 그를 대신하고 있으니까. 자, 이제 얘기하시오. 내 침대를 점령하고 있는 당신은 누구죠?」

그녀는 이해할 수가 없다는 표정을 지었다.

「대신한다구요? 그렇지만 난 무슨 소린지……. 어머, 그건 말도 안 되는 소리예요.」

「어쨌든 난 길 마틴이오. 만일 당신이 나의, 아니 길 마틴의 여자가 돼줄 수 있다면 난 침대 옆에 앉아 당신을 바라보는 걸로 시간을 소비할 생각이오.」

그녀는 보란의 말뜻을 알아들은 것 같았다. 습관인 것처럼 어깨를 으쓱해 보였다.

「그렇게 할 수 있을까요?」

「얼마든지.」

여자는 다시 한 번 자신이 처한 상황을 생각해 보았다.

「길 마틴은 지금 어디에 있어요?」

「꽤나 급한 성격이시군. 너무 서두르지 말아요. 그는 지금 조용한 아침을 맞고 있을 테니까요.」

「내가 누군지나 알고 계세요?」

「모르오. 당신이 누구든 난 상관하지 않소.」

그녀는 깔깔대며 웃음을 터뜨렸다.

「재미있는 분이군요. 미안하지만 내 옷을 주고 고개를 돌리세요. 빨리요.」

보란은 그녀의 말을 따랐다. 그녀는 침대에서 빠져 나오자 급하게 옷을 입기 시작했다.

「됐어요. 이제 돌아서도 돼요. 난 곧 칸으로 떠날 거예요, 신사 양반, 죄송하지만 길 마틴에게 전해 줘요. 지지가 사랑을 보낸다구요.」

「지지? 지지가 누구요?」

「바로 나예요. 당신은 정말 형편없는 대역이군요. 지지 카르소도 모르다니.」

외출 준비를 마친 그녀는 날카로운 시선으로 보란을 쏘아보았다.

「그렇지만 날 모른다고 해서 바보 취급은 할 수가 없군요. 당신은 얼굴도 잘생기고 성격도 시원해 보여요. 어쩌면 길 마틴보다 나을지 모르겠어요. 지지가 그 얼굴을 점점 사랑하게 되나 본데요? 미스터 대역, 지지가 가지 않는다면 무얼 하시겠어요? 그저 멍청히 앉아서 바라보는 일만 하시겠어요?」

보란은 터지는 웃음을 참을 수가 없었다.

「글쎄……. 지금 생각하는 중이오.」

그녀도 따라 웃었다.

「그렇다면 빨리 대답해 해 주세요.」

「음…… 당신은 칸으로 가겠다고 했소? 당신을 따라 그곳으로 간다면 환영할 수 있겠소?」

커다란 그녀의 눈이 더욱 커졌다.

「어머! 정말이세요? 환영이에요. 혼자서 차를 몬다는 것은 생각만 해도 지겨운 일이에요. 제발 나랑 함께 가요.」

「당신이 운전할 거요?」

그녀는 갑자기 웃음을 거두며 말했다.

「아마 당신이 하게 될 거예요.」

「좋소, 지금 당장 떠납시다.」

보란은 유쾌하게 승낙했다.

「아, 너무 멋져요. 지금 당장이라니. 내 방으로 가서 옷을 좀 가져 와도 괜찮겠죠?」

보란은 어깨를 으쓱해 보이며 웃었다.

「그 모습 그대로도 내가 보기엔 훌륭한데?」

「놀리지 마세요. 하지만 난 그런 미국인들이 좋아요. 대단히 충동적이니까요.」

보란의 볼에 가볍게 키스한 그녀는 깡총거리며 말했다.

「미스터 대역, 15분 뒤에 로비에서 만나요.」

「차고에서 만납시다.」

「그래요, 전 아무래도 좋으니까요. 그렇지만 만나지 말자는 말만은 삼가해 줘요.」

수다를 떨며 그녀는 뛰쳐 나갔고 문이 닫혔다. 보란은 뒷짐을 진 채 방 안을 서성거렸다. 정말로 그녀가 이 방 안에 있었던가 하는 의혹이 앞섰다. 그는 지금까지 그처럼 매혹적이고 도발적인 여자와 같이 있어본 적이 없었다.

「그래. 그 여자는 분명히 여기에 있었어.」

보란은 미친 사람처럼 혼자 중얼거렸다. 그는 아직도 그녀의 체취를 맡을 수가 있었던 것이다. 이제 그 여자로 하여 게임의 방향이 바뀔 것은 분명했다. 그는 이제 에덴 동산이 어떤 곳인지를 알게 될 것이다.

보란은 지지라는 여자에 대해 알아둘 필요가 있다고 생각했다.

「그러나 잠시 동안만이다.」

보란은 수차례 똑같은 말을 중얼거렸다. 약속 시간이 되자 보
란은 엘리베이터를 타고 곧장 차고로 향했다. 로비를 피하려는
속셈이었다. 차고에 도착한 그는 가방을 내려놓으며 근무자에게
말했다.

「지지 카르소가 나올 거요. 차를 준비해 주시오.」

차가 준비되었다는 말을 듣고 그는 출구로 나왔다. 번쩍번쩍
윤이 나는 롤스로이스가 대기하고 있었다. 근무자에게 열쇠를
받은 그는 차를 향해 걷기 시작했다. 바로 그때 이상한 예감이
그의 머리를 스치고 지나갔다. 그러나 주위의 어느 곳에도 위험
이 도사리고 있는 것 같지는 않았다.

그녀가 도착했을 때 그는 차의 뒤 트렁크에 짐을 넣고 있는 중
이었다. 여자는 몹시 서두르는 기색이었으며 부들부들 떨고 있
는 있는 것 같기도 했다. 그녀의 뒤에는 두 개의 커다란 슈트 케
이스를 든 포터가 땀을 뻘뻘 흘리며 따르고 있었다. 지지가 포터
에게 팁을 주는 것을 보며 보란은 그녀의 슈트 케이스를 받아 넣
었다. 지지는 굳은 얼굴에 입을 다문 채로 차의 뒷문을 열고 차
에 올랐다. 나란히 앞자리에 앉을 것으로 예상했던 보란은 궁금
함을 이기지 못하고 입을 열었다.

「나는 당신과 나란히 앉았으면 하고 생각했었는데……」

보란이 말 끝을 흐리자 그녀는 다급히 말했다.

「핸들 밑에 모자가 있어요. 운전사가 쓰는 모자죠.」

「뭐라구? 나더러 그걸 쓰라는 거요?」

보란은 지지의 행동을 이해할 수가 없었다. 지금의 그녀는 객

실에서의 상냥한 여자가 아니었다.

「그걸 쓰는 건 저도 싫어요. 그러나 꼭 써야 돼요. 빨리 서두르세요.」

그녀의 눈동자에는 애원까지 담겨 있는 것 같았다. 무슨 이유인지는 알 수 없었으나 그녀의 말을 따라야 한다는 생각이 보란의 머리를 스쳤다. 모자를 쓰자 보란은 검은 색안경을 꺼내 코 위에 걸치고 서서히 차고를 빠져 나갔다.

그러나 차고의 바깥 모퉁이에서 정복 경찰관들에 의해 그들은 정지당했다. 보란은 재빨리 좌우를 살펴보았으나 빠져 나갈 구멍은 없는 것 같았다. 그의 가슴이 심하게 뛰기 시작했다. 그는 이 난관을 어떻게 헤쳐 나가야 할지에 대해 궁리하기 시작했다. 경찰관들이 자신에게 다가오기를 기다리며 그는 문의 손잡이를 붙잡고 있었다. 행동을 개시할 정확한 시간을 놓치지 않기 위해 그는 온몸의 신경을 곤두세웠다. 지금의 상황에서는 자동차의 문을 벌컥 열어 경찰관의 머리를 강타하고 탈출하는 수밖에 없었다. 그러나 보란의 예상은 빗나가고 있었다. 경찰관이 보란에게로 접근하지 않고 있는 것이다. 이때 지지 카르소가 창으로 얼굴을 내밀며 미소를 머금은 채 경찰관에게 인사를 보내고 있었다. 그들이 유명한 여배우 지지 카르소를 모를 리가 없었다. 그들은 미인과의 만남에 기분이 좋은 듯 뒤쪽의 창으로 달라붙었다.

「차를 정지시켜서 죄송합니다.」

경찰관은 모자를 쓴 채 앞을 주시하고 있는 보란에게는 시선도 주지 않은 채 말했다.

「어서 가 보시죠.」

뒤쪽에 신경을 곤두세우고 있던 보란은 그 말이 떨어지기가 무섭게 액셀러레이터를 밟아 혼잡스런 거리로 스며들었다. 그 거리는 경찰의 순찰차가 완전히 장악하고 있었다. 헤아릴 수 없을 정도의 수많은 정복 경찰관들이 호텔 현관 앞에 서성거리고 있었다.

보란은 그때서야 비로소 지지가 왜 자신에게 모자를 쓰게 했는가를 이해할 수 있었다. 그는 짐짓 정중한 목소리로 물었다.

「어느 길이 칸으로 가는 길입니까?」

「할 말이 그것뿐인가요?」

그녀는 입술을 삐죽 내밀며 투정부리듯 말했다.

「나는 충실한 운전 기사일 뿐입니다.」

지지는 보란의 등을 가볍게 꼬집으며 앞좌석의 등판을 눕히고 곧 보란의 옆으로 자리를 옮겼다.

「충실한 나의 기사, 리용으로 가라는 도로 표지판을 죽 따라가세요.」

간드러지게 웃고 난 지지는 보란에게서 모자와 안경을 벗겨냈다.

「무엇 때문에 파리의 경찰관들이 길 마틴을 찾는 거죠?」

「아하, 그래서 경찰관들이 죽 깔려 있는 거군요?」

「저에게까지 시치미를 뗄 작정인가요? 제가 그들을 만난 건 로비에서였어요. 경찰들이 로비의 프런트에서 얘기를 하다가 당신을 체포하기 위해 객실로 몰려 갔단 말예요. 이제 당신의 정체를 조금은 알 수 있을 것 같아요. 당신은 길 마틴의 행세를 하고 길 마틴은 그럼……. 아, 무서워요. 그럴 수가 없어요.」

보란은 이제 얘기할 때가 됐다고 생각했다. 그는 조용히, 어느 정도는 정직하게 대답했다.

「그건 당신이 잘못 생각한 거요. 길 마틴에게는 아무런 일도 일어나지 않을 것이오. 저 경찰들은 다른 사람을 찾고 있는 것이 분명해요.」

그녀는 갈피를 잡을 수가 없는 듯 잠시 보란을 바라보았다.

「아, 뭐가 뭔지 모르겠어요.」

그녀는 모든 게 귀찮은 듯 좌석 깊숙이 몸을 묻었다. 그러나 그녀는 계속해서 보란의 옆모습을 주시하고 있었다. 그들은 침묵을 지켰으며 자동차는 빠른 속력으로 달렸다. 그들의 귀에 들리는 건 자동차의 엔진 소리 외에 아무 것도 없었다.

운전에 열중하고 있던 보란이 지지 쪽으로 고개를 돌렸다.

「칸까지는 어느 정도의 시간이 소요될까요?」

「글쎄요, 그건 당신의 운전 솜씨에 달려 있겠죠. 그러나 앞으로 여덟 시간 전에는 도착할 수 없을 거예요.」

보란은 어색한 분위기를 풀기 위해 과장된 제스처를 쓰며 말했다.

「오호, 그렇게 먼 거린가요?」

「당신 때문에 늦어졌어요. 열차를 탔어도 절반은 갔을 거예요.」

「미안하오.」

「미안한 표정이라곤 전혀 찾아볼 수가 없는데요? 그저 멋있고 매력적으로 보일 뿐이에요. 어쨌든 미안해 할 건 없어요. 기차보다는 이 차가 더 편하니까요. 그리고 매력적인 남자가 옆에 있고……」

그녀는 어느 틈에 명랑한 기분으로 돌아와 있었다. 카 스테레

오를 틀자 경쾌한 음악이 흘러나왔다. 그 음악에 맞춰 휘파람을 불던 지지가 정색을 하며 말했다.

「난 타고난 사기꾼인가 봐요. 사실 영화라는 게 뭔지도 모르거든요. 영화에 출연은 하지만 말예요. 그리고…….」

지지는 되는 대로 지껄이며 보란에게로 가까이 다가와 그의 가슴을 어루만졌다. 보란은 갑자기 당한 여자의 접근에 어떻게 해야 할지를 몰랐다.

「음, 음…….」

그는 무슨 말인가를 하려 했으나 할 말이 없었다.

「어머, 음이라니, 그게 무슨 소리예요?」

그녀가 공박했다. 지지는 보란의 당혹해 하는 것을 즐기고 있는 것 같았다.

「그게, 그러니까……. 맞아, 당신이 총을 감춘 내 가슴을 쓰다듬고 있다는 뜻이오.」

그녀는 재미있다는 듯이 키들거리며 그의 어깨에 머리를 기댔다. 그러나 그녀의 손은 잠시도 쉬지 않았다. 보란은 그녀의 손놀림에 심한 전율을 느끼며 큰 소리로 물었다.

「지금 이 순간 당신이 하고 있는 행동도 연기의 하나인가요?」

보란의 말이 끝나자 그녀는 순식간에 태도를 바꾸고 보란에게서 떨어졌다.

「그렇게 생각하셨다면 미안해요, 미스터 대역.」

「아니오. 잘못한 건 오히려 나요. 내가 괜히…….」

그로부터 몇 시간이 지나도록 지지는 입을 열지 않았다. 보란을 향해 몸을 밀착시키지도 않았으며 죽은 듯이 그 자리에 앉아 있기만 했다. 그렇다고 창 밖의 풍경을 감상하고 있는 것도 아니었다. 무엇인가를 탐색하는 듯한 그녀의 시선은 보란에게서 한 번도 떨어지지 않았다.

차는 달리고 달려 어느새 그들 앞에는 흰하게 뚫린 고속도로가 나타났다. 리용으로 향하는 고속도로였다. 담배를 꺼내 입에 문 보란이 불을 붙이기 위해 차의 속도를 줄이자 지지가 몇 시간 동안 계속되던 침묵을 깨뜨렸다.

「몇 년 동안 나는 프랑스의 거리에서 젊은 여자들이 갑자기 사라져 버린다는 얘기들을 들어 왔어요. 당신은 그 얘기를 믿나요?」

보란은 이 엉뚱한 질문에 실소를 터뜨렸다. 그러나 지지의 표정은 침묵을 지키고 앉아 있을 때와 조금도 다름이 없었다.

「아니, 몇 시간 동안 겨우 그런 질문을 생각하고 있었소?」

「글쎄요, 갑자기 그런 얘기를 믿을까 하는 궁금증이 생기는군요. 납치범들이 여자를 훔쳐다가 아프리카에 팔아 치운대요. 백인 노예 시장 같은 곳 말예요. 당신도 그런 얘길 믿어요?」

「믿지 못할 것도 없잖소. 이해할 수 없는 일이 수없이 일어나는 더러운 세상이니까.」

보란은 무뚝뚝하게 답변했다.

「언젠가 신문에서 그런 기사를 봤을 때 난 거짓말이라고 생각했어요. 그런데 신문에 난 기사가 거짓말이 아니었나 봐요.」

보란은 아무런 대꾸도 하지 않았다. 그녀가 그저 대화를 이끌어 가기 위해 하는 얘기로만 생각하고 있었다. 지지는 보란의 반응을 살피기 위해 그의 표정을 관찰하고 있는 것 같았다. 보란은 대꾸하지 않았지만 그녀는 계속해서 얘기했다.

「이번에는 10명의 여자가 한꺼번에 사라졌다는 소문을 들었어요. 라틴쿼터 지역에 있는 한 저택에서 그 사건이 발생했대요. 갈랑드 거리에 있는 집이라고 하는 게 더 정확하겠군요.」

보란의 얼굴을 살피던 그녀는 그에게서 어떤 반응을 발견했다. 정면을 주시하며 운전에 열중하던 보란의 얼굴 근육이 갑자기 뻣뻣해지는 걸 그녀는 놓치지 않았다.

「미스터 대역, 파리 시민 중 그 얘기를 모르는 사람은 한 명도 없어요. 그 집에서 많은 악당들이 맥 보란이라고 불리는 한 남자에게 살해당했다는 거예요. 그런데 납치됐다는 그 여자들이 그를 도와 줬다나요? 그 벌로 악당 두목이 그 여자들을 납치해 지하 세계의 루트를 통해서 알지에로 보내 버렸대요.」

보란은 자신이 뛰놀아야 할 에덴 동산이 순식간에 사라지는 것을 느껴야 했다. 마치 어두운 하늘에서 활활 타오르며 떨어져 내리는 별똥별 같은 꿈이었다. 그의 발이 액셀러레이터에서 브레이크로 옮겨졌고 차의 속력이 서서히 떨어지더니 조용히 멈추었다.

「왜 그래요? 무슨 볼 일이라도 있나요?」

보란은 무뚝뚝하게 말했다.

「돌아가야겠소. 당신과는 리용 공항에서 헤어져야겠군요.」

「안 돼요! 파리는 당신에게 위험한 곳이에요! 이제 그곳에서 당신이 할 수 있는 일이란 결코 없어요!」

보란은 지지가 왜 흥분하며 자신을 말리는지 이해할 수가 없었다.

「지지, 난 돌아가야 해요. 아주 긴급한 일로 어떤 남자를 만나야 해요.」

보란은 셀레스테의 집에서 생명을 구걸하던 사내의 얼굴을 떠올렸다.

「미스터 대역, 당신이 찾는 그 사내는 파리에서 행방을 감춘 지 이미 오래예요.」

그녀는 차분한 목소리로 속삭이듯 말했다. 보란은 갑자기 불안을 느꼈다. 지지의 정체가 뭔가 하는 의문이 꼬리를 물고 일어나기 시작했다. 보란은 자신의 발이 액셀러레이터와 브레이크 사이에서 오락가락하는 것을 느끼며 그녀에게 물었다.

「당신은 지금 무슨 말을 하고 있는 거요, 지지?」

보란의 말이 떨어짐과 동시에 전혀 망설임도 없이 그녀가 답변했다.

「나를 믿으시죠? 내 입에서 토머스 루돌피라는 말이 나와도 믿을 수 있으시죠?」

보란은 예기치 못했던 지지의 말에 두 눈을 크게 뜨고 그녀를 살펴보았다. 그러나 그는 놀라움을 애써 감추며 태연한 척 입을 열었다.

「당신이 루돌피에 대해 무엇을 알고 있소?」

그들이 탄 차는 도로의 한 옆에 멈춰 서 있었다. 지지는 보란의 질문에 대답 대신 자신의 손가방 속에 손을 넣어 신문 뭉치를 꺼내 들었다. 그녀는 보란을 의식하지 않고 신문을 펼쳤다가 다시 집어 운전대 위로 내밀었다. 보란과 비슷한 얼굴의 몽타주가 거기에 인쇄되어 있었다. 몽타주 위에는 검은색의 활자들이 선명하게 자리잡고 있었다.

〈맥 보란이 파리에!〉

보란의 굳은 얼굴을 바라보고 있던 그녀가 속삭였다.

「이제는 맥 보란이 파리에 없다고 하는 게 옳겠죠?」

보란은 답변을 피했다.

「당신은 루돌피에 대해 무엇을 알고 있소?」

「내가 루돌피를 안 건 이미 오래 전의 일이에요. 그러나 지금 내가 하고 싶은 얘기는 루돌피에 대한 게 아니에요. 당신이 파리로 돌아갈 수 없다는 걸 강조하는 거예요. 이젠 당신이 파리로 돌아가야 할 이유도 없잖아요? 거기에선 아무 것도 찾을 수가 없을 테니까요.」

보란은 갑자기 현기증을 느꼈다.

「당신은 나에 대해 나 자신보다도 더 많이 알고 있는 것 같군. 그래, 앞으로는 내가 어떻게 했으면 좋겠소?」

그녀는 희미한 미소를 지으며 말했다.

「계속해서 칸으로 차를 몰아요. 그리고 안전한 그곳에서 다음 계획을 세워요.」

보란은 갑자기 지지 카르소에 대해 무서움을 느꼈다. 태연자약한 그녀의 행동이 그런 생각을 갖게 만들었다.

「지지, 몽땅 털어놓기로 합시다. 당신이 알고 있는 것 모두를 나는 다 듣고 싶소.」

보란의 말에는 간절함이 담겨 있었다. 그러나 지지는 보란의 간절함 따위에 말려 들지 않았다.

「안 돼요. 지금 모든 걸 털어놓는다는 건 시기 상조예요. 제발 날 믿으세요. 힘껏 당신을 도울 테니까요, 맥 보란.」

지지는 이제 미스터 대역이라고 부르지 않았다.

보란은 할 말을 잊은 채 다시 차를 몰기 시작했다. 여자에게 제압당한 듯한 자신이 조금은 한심스럽다는 생각이 들기도 했다. 차를 몰면서 그는 그녀를 살펴보았다.

「지지, 난 당신이 알고 있는 것보다 더 잔혹한 사람이오. 내가 만지는 것은 모두 잿더미가 되고 말아요. 진정으로 날 위한다면 다음 도시에서 날 내리게 해주시오.」

「보란, 난 잿더미 정도에 마음이 변하지 않아요. 강조하지만 끝까지 절 믿어 주세요.」

보란은 그녀의 얘기를 어떻게 받아 들여야 좋을지를 몰랐다.

「지지, 제발 부탁이오. 당신에 대해 자세히 얘기해 줄 수 있겠소?」

「당신이 아는 것처럼 난 평범한 영화 배우예요. 이름은 지지 카르소구요. 그리고 보란이라는 이름의 남자에게 절대로 위험스런 여자가 아니란 것도 알려 드릴게요.」

그녀는 깔깔거리며 웃었다. 몹시 유쾌하다는 듯이. 보란의 머릿속에는 어떤 생각이 서서히 자리잡기 시작했다. 여자의 내부에 있을지도 모르는 계획적인 위험은 도전해 볼 만한 것이라는 생각이 들었다. 그는 갑자기 큰 소리로 말했다.

「좋소! 당신의 말에 따르기로 하겠소. 그러나 당신이 만약 나에게 위험을 끼친다면 그만한 대가를 당신은 치르게 될 것이오.」

보란의 위협적인 말에 그녀는 전혀 반응을 보이지 않고 유쾌하게 말했다.

「계속 칸으로 달려요!」

그러나 보란은 냉정하게 말했다.

「지금 우리의 관계는 원만한 상태를 유지하고 있소. 웃으면서 헤어질 수도 있다는 얘기요. 그렇지만 우리가 계속해서 함께 행동한다면……. 그러다가 당신이 내 적이라는 걸 발견하게 된다면……. 무슨 뜻인지 알겠소? 당신은 아마 엄청난 위기에 빠지게 될 것이오.」

「듣고 싶지 않아요. 정면을 똑바로 보고 운전하세요.」

그녀는 보란의 말 따위에는 전혀 신경을 쓰지 않았다. 보란은 신경질적으로 액셀러레이터를 힘껏 밟았다. 지지 카르소의 내부에 뭔가 비현실적인 것이 있을 것이라고 그는 생각했다. 어쩌면 그녀는 지금 동료의 역할을 연기하고 있을지도 모른다. 그렇다고 해도 이 상황에서는 그녀의 연기를 받아줄 수밖에 없었다. 보란은 그녀를 믿으면서도 관찰을 게을리하지 않았다. 납치당한 10명의 여자들을 구하기 위해서는 지지 카르소의 힘이 절대적으로 필요하다고 보란은 생각했다. 자신이 에덴 동산에서 뛰놀 수 없다 해도 그녀들의 생명을 포기할 수는 없었다.

14
리비에라의 별장

　리용으로부터 해안까지의 여행은 무거운 침묵 속에서 계속되었다. 그들이 탄 롤스로이스 차가 니스로 들어서서 장 메데상 간선 도로를 달리고 있을 때는 이미 정오가 가까워진 시각이었다. 보란은 생각에 잠겨 앞을 바라보고 있었다. 지지는 보란이 찾는 특별 목적지까지 그를 안내하는 임무를 맡았다. 그 목적지란 한 미국 신문의 유럽 지사 지중해 사무국이었다.

　해변으로 향하는 길목에서 차를 세운 그들은 각자의 갈 길을 향해 그곳을 떠났다.

　「난 당신에게 아주 특별하며 중요한 서비스를 제공할 생각이라구요.」

　헤어지면서 지지는 그렇게 말했었다.

　보란은 전신 전화국 앞에서 잠깐 걸음을 멈춘 다음 파리의 팡송 드 생 제르맹에 전화를 했다. 잠시 시간이 지체되고 나서 낸

시 워커의 숨 죽인 목소리가 전화선을 타고 흘러나왔다. 보란이
물었다.

「난 당신의 하나밖에 없는 천사야. 그저 걸어본 건데 거기는
어때? 아무 일 없어?」

「아, 하나님! 그들이 당신 그림자를 찾아 도시 전체를 샅샅이
뒤지고 있어요! 지금 어디예요?」

「안전한 장소.」

「조심하세요. 국제 경찰까지 덤벼 들었다는 소문이 있어요. 오
늘 새벽엔 그 사람들이 이곳에 들이닥쳤었다구요.」

「그곳에? 당신 호텔에 말이야?」

「그렇다니까요. 정말 무시무시한 자들이었어요. 길 마틴은 그
들이 멍청하다고 화를 내지만 내가 보기엔…….」

「이 전화를 어디에서 받고 있는 거요, 낸시?」

「왜요? 내 방 바로 밖 복도에 있는 전화데요.」

「내가 길 마틴과 얘기할 게 있는데 그와 통화할 수 있겠소?」

「글쎄요……. 잘 모르겠는데요. 그 사람 손을 다쳐서……. 내
가 전화기를 귀에 대주면 혹 모르겠군요.」

「그 사람과 꼭 통화를 하고 싶소, 낸시.」

「그럼, 잠깐만 기다려 봐요.」

짧은 시간이 흐른 뒤 곧 길 마틴의 목소리가 들려 왔다.

「이제 당신은 나의 대역을 할 수가 없게 됐소. 그들은 가짜 길
마틴을 찾으려고 파리 시 전체를 이잡듯 뒤지고 있으니까. 그뿐
아니라 당신과 비슷하다는 이유로 나까지 들볶이고 있으니. 국
제 경찰이라면서 폼만 잔뜩 잡는 녀석들이 오늘 아침 이곳에 들
렀다니까요.」

「그자들이 당신을 심하게 괴롭히던가요?」

「빌어먹을, 그렇진 않았소. 난 침대 밑에 숨어 있었소. 죄 없는 낸시 워커만 닦달을 당했죠.」

「그럼 당신은 그자들의 얼굴도 보지 못했겠군요?」

「놈들이 떠나고 나서 창문을 통해 보기야 했지. 그런데 이것만은 분명하오. 그들은 틀림없는 마피아였소. 지금 당신은 어디에 있소?」

보란은 정중하게 대꾸했다.

「지지와 같이 있소.」

「지지라니? 그게 누구요?」

「당신의 사랑스런 옛날 친구 지지 카르소 말이오. 당신의 호텔 방에서 그녀를 만난 이후로 늘 같이 지내고 있소.」

「참, 감탄이 절로 나오는군. 그런데 난 그 여자와 한 번도 만난 적이 없는데. 하긴 한 번은 같이 일할 뻔한 적이 있었는데 그것도 마지막 순간에 그만 일이 틀어지는 바람에 계획이 전면 수정되었었소. 그런 여자가 내 사랑스러운 옛 친구라니 당치도 않은 말이오. 왜 그런 생각을……」

「길, 난 지금 농담을 하자는 게 아니오. 알겠소? 이건 대단히 중요한 문제란 말이오. 분명하게 대답하시오. 지지 카르소를 어떻게 생각하는 거요?」

「직업상 평판을 통해서 아는 사이일 뿐이오. 최근 들어 가장 반응이 좋은 여배우고 유럽의 새로운 섹스 심벌이라 일컬어지고 있는 여자요. 그렇지만 유감스럽게도 개인적으로는 전혀 모르는 사이라오.」

보란의 목소리가 갑자기 침울해졌다.

「알겠소. 이제 들을 얘기는 더 이상 없는 것 같소. 당신 말대로 내 정체는 백일하에 폭로되었소. 당신이 원한다면 지금이라도 당신이 떳떳이 사람들 앞에 나설 수 있게 해주겠소. 그렇지만 항상 조심해야 한다는 걸 명심하시오. 경찰을 부르시오. 섣불리 당신이 경찰을 찾아 거리로 나가면 곤란할 테니 말이오. 그들은 우선 총부터 쏘아대고 신원 확인은 나중에 하는 속속들이니까.」

「빌어먹을. 싫소. 난 좀더 이런 생활을 즐기겠소. 어차피 위험한 건 마찬가지니까 말이오.」

낸시 워커의 웃음소리가 수화기를 타고 희미하게 들려 왔다.

「알겠소, 영화관에서 만납시다.」

통화는 끝났다. 그리하여 에덴 동산도 완전히 사라져 버렸다.

그는 이내 그곳을 떠나 신문사 사무국을 향해 걸음을 옮겼다. 현관문을 지나 좁은 사무실 안으로 들어섰을 때 그는 마침 볼 일을 끝내고 나오던 한 남자와 마주쳤다.

사무실 안은 무척 분주했다. 텔레타이프와 타이프라이터가 각각 한 대씩 서로 등을 진 채 놓여 있었는데, 여사무원 둘이 그 앞에 앉아 일을 하고 있었다.

보란과 그 사내는 잠시 동안 얼어붙은 듯한 침묵 속에서 서로를 바라보고 서 있었다. 사내의 시선이 여러 번 보란의 위아래를 훑고 지나갔다. 그리고는 사무실 안으로 되돌아서며 말했다. 극히 사무적인 태도였다.

「들어오시오!」

보란은 그를 따라 개인 사무실로 들어갔다. 사내가 권하는 대로 의자에 앉은 그는 상대를 덤덤한 시선으로 올려다보았다. 사내는 문을 잠근 후 찬장으로 가서 술병과 두 개의 글라스를 꺼냈다.

「얼음도, 믹스할 재료도 없지만 한잔 하시겠소?」

「고맙지만 아무 것도 마시지 않는 게 내겐 좋을 것 같소이다.」

사내는 곧 술병과 글라스를 치웠다. 찬장문을 닫은 그는 신경질적으로 책상 위에 걸터앉았다.

「새삼스레 내 소개를 할 필요는 없겠지요?」

보란이 물었다.

「아, 물론이오. 당신을 알고 있으니까. 왜 이곳에 나타났는지에 대해서만 얘기해 주시오.」

그러나 보란은 그의 말을 귀담아 듣지 않았다.

「당신이 론 윌슨이오?」

「아니오. 난 데이브 샤프라고 하오. 사무국장이죠.」

보란은 가볍게 고개를 끄덕였다.

「당신들이 낸 신문의 기사를 읽고 자세히 알고 싶은 게 있어서 찾아왔소. 아마 두세 달 전 같은데 마피아의 수출 관계에 대한 것일 거요. 약물 수송에 관한 거였던가? 그 기사보다는 당신들 머릿속에 있는 정보가 더 자세하리라고 생각하는데 어떻소?」

「담당자라면 그렇겠지요. 그건 론이 맡았었는데 그는 지금 터키에 나가 있습니다.」

「사무실에도 그 기사와 관련된 자료가 보관돼 있을 텐데? 내가 원하는 건 그들의 명단과 주소뿐이오. 이 지역 마피아와 사업상으로 관계가 있는, 또는 그렇다고 알려진 사람들의 명단과 주소를 얘기해 주시오.」

샤프는 음산하게 미소 지었다.

「아, 그게 당신이 원하는 것 모두란 말이죠? 내가 왜 론 윌슨을 터키로 보내야 했는지 짐작되지 않습니까?」

보란은 만만찮은 사내라고 생각했다.

「교환 조건이라면 명단을 넘길 수 있겠소? 하나의 정보를 주겠다는 얘기요.」

「뭐라구요?」

「내가 왜 그 이름들을 원하는지, 그것으로 무엇을 할 것인지를 당신께 알려 드리는 조건이오.」

샤프는 보란에게 담배를 권했다. 그리고는 스스로도 한 개비를 꺼내 물었다. 성냥이 다 탈 때까지 그것을 들여다보고 있던 그는 신경질적으로 담배에 불을 붙였다. 잠시 후 담배 연기를 내뿜으며 그가 말했다.

「당신이 그걸로 뭘 하려는지는 천치라도 다 알 거요. 그리고 또한 어떤 천치가 그걸 제공할지는 모르겠지만 그 역시 제 죽음을 재촉하고 있다는 사실을 알겠지요?」

보란은 어깨를 움찔거렸다.

「난 그 명단이 이 신문사에만 있는 것이 아니라는 사실을 잘 알고 있소. 마피아들의 명단은 공공 기관에도 보관되어 있을 테니까. 내가 자유로운 몸이기만 하다면 일은 훨씬 쉬워지겠죠. 그러나 난 자유롭게 행동할 수도 없고 시간이 급하오. 난 지금 즉시 정보가 필요한 입장이오.」

「무슨 이유로?」

「그 이유가 거래의 몫 아니오? 내 교환 물품은 바로 그것이라고 말했잖소? 나는 단언할 수 있소. 이 정보로 전 프랑스가 전율하게 될 것이오.」

「어떻게 그런 말을 쉽게 할 수가 있소?」

보란은 미소 지었다.

「나는 사실만을 말하오.」

국장은 생각에 잠긴 얼굴이 되었다.

「좀더 자세히 말하자면 오늘 아침 파리의 〈즐거움의 집〉에서 납치당한 10명의 여자들과 관계 있는 얘기요.」

사무국장의 손이 부들부들 떨리고 있었다.

「그럼 그 여자들은 정말 납치당한 겁니까? 아프리카로?」

보란은 고개를 끄덕이며 대답했다.

「분명히 그렇소. 나는 그들을 이곳으로 다시 데려올 작정이오.」

「어떻게 말인가요?」

「그건 당신에게 달린 일이오.」

샤프는 당황했다. 그는 도의적인 사내였기 때문에 납치란 말을 듣자 더욱 몸이 떨렸다. 잠시 동안 그는 담배만 뻑뻑 빨아 댔다.

「캐비닛을 열어 보십시오. 세 번째 서랍이오. IW라고 표시된 서류철이 있을 겁니다. 난 화장실에 좀 다녀올 생각이오. 1분도 채 안 걸릴 겁니다. 내가 나가고 없는 동안 당신이 이곳에서 무슨 일을 했는지에 대해서는 내겐 전혀 상관 없는 일이오. 그건 당신 혼자의 문제니까.」

보란은 상대방의 제의를 어떻게 해석해야 할지 망설였다.

「혹 화장실에 경찰과의 직통 전화가 설치되어 있는 건 아니오?」

사무국장은 미소를 띠며 대답했다.

「난 천치가 아니오, 친구.」

그가 나가자 보란은 캐비닛의 문을 열고 세 번째 서랍에서 서류를 꺼냈다. 그는 서류 속에서 작은 메모 수첩을 발견했고 그것을 주머니 속에 넣었다. 연필로 스케치된 인물상과 이름들로 가득 메워진 그 수첩에는 그들의 나이와 기타 경력 사항들도 자세히 기재되어 있었다. 봉투 속에는 마피아 요원의 사진도 몇 장 들어 있었다. 그는 그것도 모조리 수머니 속에 쑤셔 넣었다.

샤프가 사무실로 돌아왔을 때 보란은 창가에 서 있었다. 그는 돌아서며 의미 있는 미소를 지어 보였다.

「더 이상 당신의 시간을 빼앗지 않겠소. 내가 필요한 건 모두 구한 것 같소. 당신에게 또 한 가지 부탁이 있는데 나를 위해 뉴스를 퍼뜨려 주시오. 해줄 수 있겠소?」

샤프는 창백한 얼굴로 웃었다.

「사망 예고 같은 것 말입니까?」

「그렇게 불러도 무방하겠지. 그런데 중요한 점은 누구에 대한 소식이냐 하는 것보다는 왜 그런 일이 일어났느냐 하는 데에 초점을 맞추는 일이오. 이제 곧 시작될 사건을 말입니다. 기자 양반. 그들이 그 10명의 여자들을 붙들고 있는 한, 매 시간마다 마피아의 우두머리가 한 명씩 죽어갈 것이란 얘기요.」

무슨 얘긴지 제대로 알아듣지 못한 사내는 아무런 대답도 하지 못했다. 그러나 곧 사태의 흐름을 알아챘는지 놀라는 목소리로 말했다.

「맙소사! 그러니까 그게 바로 당신의 방법…….」

보란은 가볍게 고개를 끄덕였다.

「그렇소. 그게 바로 내 방법이오. 난 지금 내 말이 퍼뜨려지기를 바라고 있소. 마피아 녀석들은 자기들이 죽어 가는 이유를 알

아야 하오. 그들에게도 그럴 권리는 있으니까. 그게 바로 기사의
요점이오.」

「매 시간마다라고 했습니까?」

「대략 그렇게 될 것 같소. 그 여자들이 자유롭게 풀려날 때까
지 계속. 또 여자들이 돌아오면 사실을 확인하는 일을 맡을 만한
사람이 필요한데 구해 주시겠소?」

보란이 문 쪽으로 걸음을 옮기며 말했다.

「빌어먹을, 좀 기다려요. 언제쯤 이 얘기를 퍼뜨리는 게 좋을
까요?」

「내게 두 시간만 여유를 주시오. 그 뒤엔 당신 마음대로 해도
좋소. 어쨌든 일은 빠를수록 좋소. 그리고 여자들이 풀려났다는
소식은 어떤 방법으로 전하는 게 좋겠소?」

「당신, 니스 텔레비전의 방송 프로를 보시오?」

「보도록 해보겠소.」

보란이 미소 지으며 말했다. 그런 후 그는 곧 사무실 밖으로
사라져 버렸다.

마피아에 관계된 서류 수첩. 이제 모든 정보는 보란의 주머니
속에 있는 셈이었다. 아마 경찰들도 열이면 열 모두 그 명단을
갖고 있을 것이다. 각 기관의 정보 요원들도 역시 마찬가지일 것
이다. 명단에 기재된 쟁쟁한 마피아 간부들의 이름은 전세계를
상대로 일을 벌이는 조직 범죄 리스트에도 제일 먼저 오를 정도
이니 그들의 신경이 전부 그쪽으로 쏠리는 것은 너무나 당연한
일이다. 그러나 알고 있다는 것과 법적인 승인을 얻어낼 수 있는
증거를 확보한다는 것은 별개의 문제였다. 그뿐만이 아니라 법
적 효력이 있는 증거를 손에 쥐고 있다 하더라도 기소를 시키거

나 유죄 판결을 내리기까지는 많은 과정이 따로 필요한 것이다. 그러나 맥 보란에게는 그런 법적인 증거나 정치적인 영향력 따위는 전혀 문제되지 않았다. 보란은 그저 사실을 사실대로만 알면 그만이었다. 그런데 그는 지금 그 비밀을 입수한 것이다.

마피아의 토끼들은 그들이 숨을 만한 구멍은 마련해 둘 것이 틀림없었다. 지금 당장은 아니라 해도 첫번째 희생자가 고꾸라지자마자 곧 하나둘씩 구멍을 찾아 동분 서주할 것이 뻔했다. 보란은 약속을 이행하기 위해 그가 가진 최대의 능력을 발휘할 것이다. 그는 무슨 일이 있어도 그것을 꼭 해내고야 말 것이다. 어쩌면 이제까지 그가 애써 피해 왔던 거대한 악마의 입 속으로 빨려 들어가 버릴지도 모르는 일이었다. 죽음도 불사해야 할 것이다. 그러나 승리란 매력적인 것이 아니냐. 그리하여 맥 보란은 다시 한 번 승리를 위해 그의 목숨을 저당잡히게 되었다.

그에게는 지지 카르소에 대한 문제도 남아 있었다. 현재의 상태로서는 그녀가 어느 편이라고 단정할 수가 없었다. 그러나 그는 그 문제를 중요하게 생각하지는 않았다. 그는 다만 그녀로부터 필요한 정보를 얻어 내고 그의 성공을 위해 그녀를 적절히 이용하면 된다는 결론에 도달했다.

지지는 그 지방을 잘 알았고 주민들과도 친교가 두터웠으며 무엇보다도 보란을 돕는 일에 열성적이었다. 그 도움이 무슨 연유에서 비롯된 것이든, 보란의 입장으로서는 뿌리칠 필요가 없었다. 더구나 그는 혼자인 것이다. 지지는 차 안에서 그를 기다리고 있었다. 뒷좌석 시트 위에는 묵직해 보이는 갈색의 커다란 물체가 길게 뉘어 있었다.

「어때요? 당신이 부탁한 건 찾아냈어요. 사냥용품 가게에서

요. 끔찍한 무기더군요. 그걸 운반하느라고 얼마나 힘들었는지
아세요?」

「무슨 문제는 없었소?」

「선량한 프랑스 시민의 한 사람으로서는 아직은요. 그런데 왜
이런 거대한 무기를 필요로 하죠?」

「사냥이 거대하기 때문이오.」

「판매원의 얘기로는 이것 정도면 성난 물소를 쓰러뜨릴 수 있
을 거라고 하더군요. 달려드는 물소를 향해 꽝! 그런데 애석하게
도 리비에라엔 물소 따윈 없어요.」

지지는 몸 전체로 말하는 것 같았다.

「그 일이 걱정이오? 그것이 걱정이라면 내게 맡겨요. 난 물소
들이 모여 있는 곳을 알고 있으니까.」

그러면서 그는 태도를 바꿔 말했다.

「조금 전에 길 마틴과 통화를 했는데 그는 당신을 기억하지 못
하더군, 지지.」

아주 조용한 음성이었다.

「아, 저런…….」

「설명해 주지 않겠소?」

「싫어요.」

한마디로 보란의 말을 거절한 그녀는 돌변한 태도로 말했다.

「칸으로 향하는 고속도로를 달리세요. 별장은 중간 지점에 있
어요.」

「우리 둘 모두를 위해서 하는 말인데 그게 지옥으로 가는 중간
지점이 아니기를 바라겠소.」

지지는 작지만 매서운 목소리로 말했다.

「천국과 지옥은 아무나 가는 곳이 아니에요. 난 당신을 배반하지 않을 거예요, 보란. 당신이 지금 무슨 생각을 하고 있든 그 사실만은 알아 둬야 해요.」

「날 배반하면 안 돼요, 지지!」

아름다운 해안 도시를 등지고 그들은 종려 나무가 늘어선 해변 도로를 따라 달렸다. 잠깐 농안 그는 마이애미와 팜 스프링스를, 또 다른 여러 전투지를 생각했다. 떠오르는 얼굴들. 그는 순간적으로 그를 엄습하는 견디기 어려운 슬픔을 느꼈다.

리비에라는 에덴 동산을 방불케 하는 아주 멋진 곳이었다. 그러나 보란은 이미 에덴 동산에서의 쾌락을 완전히 포기한 상태였다. 생각에 잠겨 있던 그는 자신의 파괴적인 행동에 대해 약간의 죄책감을 느끼고 있다는 사실을 깨달았다. 그는 상의의 앞섶을 열고 손 끝으로 권총 케이스를 조심스레 살펴보았다. 지지는 그로부터 조금 떨어져 앉아 말없이 그를 지켜보고 있었다. 그는 시선을 앞 유리창에 고정시킨 채 진지하게 말했다.

「나는 당신에게 빠져 있어.」

「저도 당신에게 빠져 있는걸요!」

그녀는 거의 속삭이는 듯한 소리로 대꾸했다.

「우린 서로 잘 어울리는 협잡꾼인 모양이야.」

「그런가 봐요. 그렇지만 난 당신을 배반하지 않았어요.」

「왜 날 이리로 데려온 거요?」

「당신을 구하려구요.」

「아, 천사 같은 말이로군. 이런 큰 위험을 무릅쓰는 이유가 단지 나 같은 낯선 사람을 위해서라니……」

「내게도 내 나름의 이유가 있어요. 당신과 함께 지낸 몇 시간 동안에 그 이유가 점점 더 명확해져서 이젠 거의 돌이킬 수 없을 정도가 됐어요.」

보란은 크게 한숨을 내쉬었다.

「지지, 만일 그 별장이 우릴 특별히 환영한다면 우린 둘 다 죽음을 면치 못할 것이오. 그걸 깨달아 주기 바라오.」

「환영이라니요?」

「함정 같은 것 말이오. 덫, 올가미.」

「지지의 별장에는 복병 같은 건 없어요.」

보란은 그게 사실이기를 바랐다. 사실 그녀를 믿고 싶다는 감정 뒤에는 이 아름다운 리비에라의 휴양 도시를 앞으로 그가 치러야 할 계획과 작전을 용이하게 해줄 사령 기지로 삼고자 하는 계산이 숨어 있었다. 모나코와 니스, 칸, 생 트로페, 몬테카를로, 그리고 주앙 레피나, 생 카페라 같은 국제적인 고급 사교 클럽들과 하릴없는 여행자들이 즐겨 찾는 곳을 사정권 안에 두는 공격 지점이 그에게는 꼭 필요했다. 그 별장이야말로 지지의 얘기가 사실이라면 보란의 계획을 위해서는 완벽한 장소였고 그러니만큼 큰 위험을 무릅쓰고라도 찾아볼 만한 곳이었다.

「당신 굉장히 화가 난 것 같아요.」

지지가 넌지시 말했다.

「아니, 화나지 않았소, 지지.」

그러나 그는 화를 내고 있었다. 그는 또 다른 협잡꾼을 생각하며 치를 떨었다. 매춘부가 됨으로써 인생의 참 의미를 찾아보겠다는 그 세련된 영국 여자 때문이었다. 지옥 속으로 뛰어들어 삶의 참된 맛을 보고 싶다는 그녀는 바로 이 순간, 세상에 남겨진 모든 지옥 중의 최악의 지옥 속으로 굴러 떨어지고 있을 것이 틀림없었다. 또한 커다란 젖가슴을 자랑하며 곱게 화장된 젖꼭지를 가진 붉은 머리칼의 여자와, 그의 몸을 벌거벗은 따뜻한 몸으로 문지르며 〈메르씨〉를 연발하던, 얼굴도 기억할 수 없는 많은 여자들을 생각하고 있었다. 나이가 많은 여자도 있었다. 사는 것에 대해 고통으로 찌푸린 얼굴에 입술을 짓씹으며 그를 노려보던 여자. 그렇다. 보란은 화가 치밀었다. 이제 그 분노는 무시무시한 폭풍을 몰고 리비에라의 하늘을 가득 덮을 것이었다.

15
선전 포고

별장은 깨끗이 정돈되어 있었다. 보란의 작전 계획을 위해서는 더할 나위없이 이상적인 장소였다. 작은 만과 해변을 굽어보는 나지막한 벼랑 위에 지중해 특유의 양식으로 세워진 이층의 원형 건물이 감춰져 있었다. 자물쇠가 채워진 대문, 양쪽으로 펼쳐진 평평한 빈터는 이 별장으로 침입하는 것을 방지하기 위해 설계된 것 같았다. 뒤쪽으로는 우아하게 가꾸어진 정원과 그곳으로 이어지는 판판한 바위 포석이 깔린 길이 보였다. 정원 너머에는 해변과 보트 선착장이 있고 해변에는 새로 칠을 한 멋있는 쾌속정이 지중해의 태양 아래 모습을 드러내고 있었다.

보란의 제안에 따라 지지는 별장지기와 잡일을 맡고 있는 늙은 사내와 그의 딸을 내보냈다. 그들이 떠나자 보란은 즉시 작업에 착수했다. 우선 사냥용품 가게에서 사들인 짐꾸러미를 별장 안으로 옮긴 다음 그 거대한 라이플을 일일이 작은 조각으로 분해했다. 그는 부속 하나하나를 세밀히 조사하고는 기능을 검토해 본 뒤에 기름칠을 해 재조립을 해두었다. 그것은 탄창 삽입식의 벨기에 모델이었다. 444구경의 강력한 강철 탄피의 탄환을 사용하게 돼 있었는데 총대에는 20배의 확대 망원 렌즈와 파인더가 부착되어 있었다.

보란은 라이플과 탄환 한 꾸러미를 들고 만으로 나갔다. 시험 사격을 해보기 위해서였다. 지지는 그의 곁에 다리를 꼬고 앉아 거대한 라이플을 움직이며 조준하고 망원 렌즈를 사용하여 사격하는 보란의 모습을 지켜보고 있었다.

그 일로 20분이 소비되었다. 사격이 끝났을 때 그녀가 물었다.

「성능은 어때요? 좋은 총인가요?」

그는 만족한 표정이었다.

「그렇소, 지지. 완벽한 총이오.」

그는 지지에게 망원 렌즈를 통해 시야를 잡는 방법과 라이플을 다루는 방법 등 이것 저것 설명해 주었다.

「직접 한번 해봐요.」

상의를 벗어 그녀의 어깨에 걸쳐 주며 보란은 몇 번이고 라이플의 사격 반동에 유의할 것을 주의시켰다. 그녀가 원하는 표적을 정하고 망원 렌즈를 조절해 준 뒤 그는 뒤로 물러섰다.

여자가 방아쇠를 잡아당겼다. 그러나 표적을 시야에서 놓친 그녀는 사격 후의 극심한 라이플의 반동 때문에 뒤로 벌렁 나자빠지고 말았다. 보란은 웃음을 터뜨리며 그녀를 일으켜 세웠다. 그녀는 화를 내며 일어섰다. 그리고는 잔뜩 찡그린 얼굴로 어깨를 문지르며 라이플을 쏘아보았다. 그때 총대가 햇빛을 받아 번쩍하고 빛을 발했다.

「왜 남자들은 이런 것을 좋은 총이라고 하는지 모르겠어요.」

보란은 반동 때문에 충격을 받은 그녀의 어깨에 장난스럽게 키스했다. 그녀는 두 손으로 보란의 얼굴을 가볍게 감싸쥐고 이번에는 진짜 마음에 드는 표적을 발견했다는 듯 상대의 눈을 깊숙이 들여다보았다. 둘은 어느새 머리를 맞대고 있었다. 입술과 입술이 하나로 겹쳐졌다. 보란의 손이 여자의 젖가슴을 향해 파고 들었다. 그때 갑자기 뒤로 한 걸음 물러서며 지지가 소리쳤다.

「저길 봐요!」

보란이 돌아다보았으나 보이는 건 끝없이 펼쳐진 수평선뿐이었다. 그가 다시 고개를 돌렸을 때 지지는 이미 보란을 지나쳐 저 앞을 달리고 있었다.

「아, 지지!」

보란은 투덜거리며 그녀를 따라 달리는 수밖에 없었다.

지지가 커피와 샌드위치를 준비하는 동안 보란은 라이플을 다시 분해해 기름칠을 하고 있었다. 먼저 일을 끝낸 그녀는 말 한마디 없이 그의 옆자리에 돌아와 앉더니 조용히 그의 행동을 지켜보았다.

커피와 샌드위치만의 간단한 점심 식사가 끝나자 그녀가 물었다. 오랫동안 참아 왔다는 듯한 표정이었다.

「이제 말해 보세요. 당신 내부에 가득찬 게 뭐죠? 내가 알아맞혀 볼까요? 그건 살기예요. 당신의 첫 희생자가 될 인물은 누구죠?」

「난 여자들을 구출해야 해, 지지.」

「어떻게 말인가요? 그 흉악한 무기를 사용하겠다는 얘기겠죠?」

「그래, 바로 그걸 이용할 거야.」

그는 주머니에서 작은 수첩을 꺼내 책상 위에 펼쳐 놓았다.

「뭐예요?」

「프랑스를 무대로 활약하는 지방 조직 범죄단의 우두머리들 명단이야. 난 이미 여자들 모두가 무사히 풀려날 때까지 그들을 매 시간마다 한 명씩 살해할 것이라는 말을 퍼뜨려 놓았소. 지금 쯤 TV 전파를 타고 그 뉴스가 쫙 퍼져 나갔을 거요.」

그녀는 깜짝 놀라 보란을 쳐다보았다.

「그렇지만 그건 단순히 선전 효과를 노린⋯⋯.」

「그렇지 않소. 여기 내 첫번째 희생자가 될 클로드 드 샹이 있소. 누군지 알겠소?」

그는 수첩을 뒤적이다가 그 속에서 연필로 스케치된 몽타주 한 장을 꺼냈다. 지지는 천천히 고개를 끄덕였다.

「조금 아는 사이예요. 지금 그는 카지노에 가 있을 거예요. 요트를 굉장히 좋아하죠.」

「표면적인 정보뿐이오. 그래선 안 되지. 그자는 매년 비합법적인 약품 거래로 약 2000만 프랑을 긁어들이고 있을 뿐만 아니라 군수품까지 암거래하고 있소. 마르세유에서만 해도 불법적인 사업에 대한 대리 행위로써 매주 1만 프랑 이상을 벌어들이고 있지. 그런 녀석이 이 사회에 끼치는 영향을 생각해 봤소, 지지? 그런 녀석이 납치된 10명의 여자들 목숨만한 가치가 있다고 얘기할 수 있겠느냐 말이오?」

「당신을 돕겠어요.」

지지가 단호하게 선언했다.

「당신이 도와줄 거라고 믿고 있었소. 그러나 방법은 하나뿐이오. 리비에라의 지도를 하나 구했으면 싶은데……. 자세하고 선명한 것이면 더 좋겠소.」

「네, 있어요. 측량 지도, 해양 지도, 게다가 도로 사정이 표시되어 있는 지도도 있어요. 어떤 걸로 드려요?」

「명단에 오른 사람들의 거주지를 표시하려는 거요. 그 일을 도와 줬으면 좋겠군. 바로 지도 위에 표시를 해줘요. 내가 그들의 주소를 부를 테니.」

그녀는 여러 장의 몽타주를 차근차근 훑어보았다.

「리비에라 주민은 모두 한식구나 다름없어요. 이 사람들 대부분은 잘 아는 사람들이란 말예요. 그런데 정말 이 사람들이 맞나요? 너무 놀라워서 그래요. 당신 정보가 정말 확실한가요?」

「확실하오.」

「이제는 개인적인 흥미까지도 일어나는데요, 보란. 그런데 더 나은 방법이 생각났어요. 지지는 리비에라를 손바닥처럼 잘 알거든요. 그러니 내가 당신 기사가 될 수 있지 않겠어요?」

「그건 안 돼.」

「그럼 난 소문을 내버릴 거예요.」

「진정으로 하는 소리야?」

「내게 정의를 위해 일할 수 있는 기회를 줘보세요, 보란.」

그는 다시 몽타주를 모아 주머니에 넣었다.

「지도를 가져 와요.」

지지는 보란의 얼굴에서 시선을 떼며 문을 열고 나갔다. 잠시 후 그녀는 한 뭉치의 지도를 들고 나타났다. 하나하나 검토해 가며 보란은 주의 깊게 그것들을 분류했다. 결국 그는 리비에라의

해변 지역을 가장 잘 나타내고 있는 지도 몇 장을 골라내는 데
성공했다.

지지가 연필과 테이프를 가져 왔다. 보란은 한동안 지도를 자
르고 다시 이어 붙이는 일을 계속했다. 지지가 옆에서 지켜보고
있는 동안 그는 몇 장의 지도를 종합하여 해변 지역 전체를 한눈
에 살펴볼 수 있는 한 장의 지도를 완성해 냈다. 그 다음 작업은
연필을 사용하는 일이었다. 모나코로부터 마르세유까지의 해안
지역을 그는 여러 개의 바둑판 모양으로 분류했다. 그렇게 해서
나누어진 각 구역마다 그는 사진을 붙였다. 생 트로페에는 3장
이 붙여졌고, 그 3장의 사진은 지지의 별장을 중심으로 삼각형
의 꼭지점을 형성하고 있었다.

작업을 끝낸 그는 일어서서 지도를 내려다보며 낮게 말했다.

「됐어, 이제 순서가 정해졌어.」

「난 혼란스럽기만 한데요?」

시계를 보며 생각에 잠겨 있던 보란이 설명을 시작했다.

「내 다음 행동을 그 자들이 알아챈다면 곤란한 일이니까 우선
그 문제부터 해결하겠다는 거요. 무슨 소리냐 하면, 내 갈 길이
뚜렷한 직선이라면 누구나 내 다음 행동을 짐작할 수 있을 테지.
그러니까 동에 번쩍, 서에 번쩍 해서 그들의 정신을 혼란시킬 거
요. 지그재그 식으로 오락가락 그들 앞에 얼쩡거리는 거지. 드
샹, 최초의 목표물이오. 그를 찾을 수만 있다면 정각 2시가 그
공격 시간이 될 것이오. 만약의 경우 실패한다면 뷰카루가 다음
표적이오. 모옌느를 조금 벗어난 바로 이 지점에서 그는 최후를
맞게 되겠지. 둘 중에 하나를 처치하고 난 다음에는 니스 바로
아래의 제4번 구역을 공격할 예정이오. 그곳에서는 첫째 코르뷰

니를, 그게 불가능하다면 대신 베나르를 처치할 예정이고. 그리곤 다시 몬테카를로로 되돌아와서 혜베르를 처치하는 거요. 사진 갖고 있소?」

지지의 몸이 고통스럽게 떨리고 있었다.

「네, 있어요.」

그는 여자의 몸 따위는 눈에 들어오지 않는다는 듯 냉혹하게 계속했다.

「대낮에 공격하는 거요. 무슨 뜻인지 알겠소? 그들이 내뿜는 피의 색깔이 어떤 빛인지 모든 사람들에게 볼 수 있도록 하겠소. 그건 흔한 영화의 촬영 수법에서 쓰이는 초콜릿 시럽이나 물감이 아니오. 진짜 뜨거운, 그러나 더러운 피요. 숨이 끊어졌는데도 다시 일어나서 코카 콜라를 마시는 영화 촬영이 아니라는 걸 알아 둬요. 지지, 그들의 몸뚱이 일부가 떨어져 나가거나 심하면 그 형체조차 찾아볼 수 없게 될 거요. 죽음의 순간에서는 그들도 비명을 지르고 짐승처럼 벌벌 기며 끝내는 발악하겠지. 예의상 단 한 방으로 완료할 생각이지만 뜻대로 안 되는 경우에는……..」

「알았다고 했잖아요.」

「아까 만에서 당신에게 총을 만지게 했던 것은 눈앞의 분명한 현실과, 현실을 안다는 것과의 차이를 당신 스스로가 깨닫게 하기 위해서였소. 어깨의 충격 따위와는 비교도 안 되는 엄청난 일을 그 총은 해치우는 거니까. 그건 장엄한 죽음의 축제를 위한 무대 음악이오. 총구 끝에서 터져 나오는 불꽃이 두렵다면 그 방향으로 나서지 않는 게 현명한 일이라는 얘기요. 달려드는 물소라도 능히 쓰러뜨릴 수 있다는 판매원의 얘기는 전혀 농담이 아니라는 걸 알아야 하오. 지지, 라이플의 파괴력은 4000파운드의 농축 화약의 효과를 발휘하는 거요. 다시 말하자면 이 거대한 444구경 탄환이 한번 발사되면 인간의 뼈와 살덩이 정도는 모두 그 자리에서 박살나고 마는 거요. 물론 보기에도 끔찍한 장면이지.」

아주 낮은 목소리로 그녀는 물었다.

「도대체 무슨 얘기를 하고 싶은 거예요?」

「그런 장소에는 결코 당신을 데려갈 수 없다는 얘길 하는 거요. 어떤 경우에라도 말이오.」

「내가 사람들에게 소문을 내고 다닌다면 어떻게 하시겠어요?」

「그런 경우에도 물론. 당신이 날 방해할 작정이 아니라면 지금처럼 조용히 앉아서 마음을 가다듬고 내가 돌아올 때까지 기다려요.」

「난 당신이 항상 볼 수 있는 곳에 있기를 바라는 줄로 알고 있었는데요?」

「왜 그런 생각을?」

그녀는 미묘하게 몸을 꼬며 보란을 올려다보았다. 유럽 최고의 섹스 심벌다운 몸짓이었다.

「난 그 동안 정직한 편은 아니었잖아요? 지금 당신이 날 그처럼 믿는다는 사실이 쉽게 이해되지 않아요. 정말 날 믿는 거예요?」

「가끔 인간은 본능을 믿을 수밖에 없을 때가 있는 법이오.」

「그럼 당신은 지지를 믿는 게 아니고 본능을 믿는 건가요?」

그는 웃었다.

「그게 그 얘기 아니오?」

그녀도 따라 웃었다.

「그래요?」

「좋소, 이제 일을 시작하도록 합시다. 당신은 지도 위의 이 지점들을 정확히 찾아낼 수 있도록 날 도와 주시오. 한치의 오차도 있어선 안 돼요. 아주 작은 실수로 인해 목숨을 잃을 수도 있으니까.」

「물론이에요, 절 믿으시잖아요?」

보란은 아직 죽고 싶지 않았다. 모든 일이 잘될 것이라고 그는 스스로를 위로했다. 그들은 어깨를 나란히 하고 앉아서 지도 위에 표시된 순서대로 전투 지역을 따라 손가락을 짚어 나갔다. 그 일이 끝나자 보란은 필요한 장비들을 챙기기 시작했다.

「차고에 세워둔 또 다른 차 한 대는 어떤 종류요?」

「미국산 스팅레이예요.」

「성능은 좋소?」

「그럼요. 그걸 쓰시겠어요?」

「글쎄.」

「계획대로 일이 진행되지 않으면 어쩌죠? 이 사람들이 여자들을 구출하는 데 아무런 역할도 할 수 없다면요.」

「그들 스스로가 방법을 제시해 주겠지. 내가 원하는 뉴스가 제대로만 퍼져 준다면 말이오. 아 참, 잊을 뻔했군! 이곳에서 니스 텔레비전의 채널을 잡을 수 있소?」

그는 손목 시계를 들여다보고 있었다.

지지는 고개를 끄덕이고 텔레비전 앞으로 가서 그것을 켰다.

「텔레비전은 왜 갑자기?」

그는 장비들을 챙기는 일에 열중하면서 대꾸했다.

「내가 원하는 뉴스가 발표될 시간이오. 혹 망원경 같은 거 있소?」

「네, 잠깐만요.」

그녀는 옷장 문을 열고 가죽 케이스에 싸인 것을 꺼냈다.

「내 장비들과 같이 놔둬요.」

그녀는 몸을 조금 떨었다. 꽤 흥분한 모양이었다.

「당신은 텔레비전도 쌍안경으로 보는 줄 알았어요.」

그녀는 키들거리며 말했다.

「지지, 당신은 대체 언제쯤이나 진지해지겠소?」

그러면서 보란은 웃음을 거두고 텔레비전을 향해 시선을 고정시켰다. 지지 역시 심각한 표정으로 보란의 시선을 따랐다.

세계적으로 공통 현상인 메마르고 위압적인 말투로 뉴스 캐스터는 작은 네모 상자 속에 갇힌 채 빠르게 말을 쏟아 놓고 있었다.

「저 사람, 지금 뭐라고 하는 거요?」

뉴스 캐스터의 말이 다 끝나기를 기다렸다가 지지는 대답했다.

「당신에 관한 뉴스예요. 납치당한 여자들이 모두 무사히 돌아올 때까지 범죄 조직의 각 고위 간부들이 한 시간마다 한 명씩 살해될 것이라는 얘기였어요. 당신을 피에 굶주린 살인마라고 표현하는군요. 경찰 측은 당신을 방해하기로 결정했다는 거예요.」

그는 갑자기 킬킬거리며 웃어 댔다. 커다란 라이플을 어깨에 둘러메고 나머지 장비들을 두 팔로 안은 그는 문 쪽으로 걸음을 옮기기 시작했다.

「일이 잘 풀리는군. 날 돕고 싶거든 계속 텔레비전에서 눈을 떼지 말아요. 여자들이 풀려나면 그 즉시 그 채널에서 소식을 전하기로 되어 있으니까.」

지지는 조용히 그의 뒤를 따랐다.

맥 보란은 스팅레이의 트렁크 속에 장비들을 쑤셔 넣고 있었다. 그녀는 몸을 떨며 남자의 행동을 주시하고 있다가 뒤에서 그를 힘껏 끌어안았다. 보란은 몸을 돌려 여자의 입술에 가볍게 키스했다. 그리고는 떨어지기 싫어하는 여자를 밀치며 그대로 차에 올라탔다.

그녀가 다급한 목소리로 외쳤다.

「대문에 전등이 있어요! 낮인데도 그 등이 켜져 있거나 밤인데 그 등이 꺼져 있으면 집 안에 위험한 일이 일어났다는 경고로 생각하세요. 아셨지요?」

「알았소.」

보란은 음울한 미소를 흘리며 엔진을 작동시켜 도로 위를 빠르게 미끄러져 나갔다. 잠시 후 그는 대문을 벗어나 예정된 길을 달리고 있었다.

제1의 목적지는 모나코 남쪽 구역이었다.

목표물은 사교 클럽 간부인 클로드 드 샹.

총기는 벨기에제 맹수 사냥용 라이플.

임무는 적을 처벌하는 것.

방법은 사형 집행.

이것으로서 리비에라 전투의 막이 오른 것이다.

16
물소 사냥

윌슨 브라운은 두려움이 가득 찬 표정으로 문을 들어섰다.

「이봐, 그 보란이라는 고양이 같은 녀석이 뭐라고 했는지 알아?」

「그래, 그래! 나도 들었어! 애들을 이미 공항으로 보냈어. 이제 새미가 돌아오기만 하면…….」

쌕쌕이 토니는 중얼거리며 손을 전화기 위에다 올려놓았다. 당장 전화벨이 울리지 않으면 그대로 박살을 내버리겠다는 투였다. 그러나 브라운은 계속 지껄여 댔다.

「빌어먹을, 내 생애에 가장 기막힌 얘기였어. 보란이란 놈은 어느새 완전히 사라져 버렸으니. 알겠소? 우린 닭 쫓던 개 꼴이라구…….」

「그놈은 멍청한 자야! 그런 말을 함부로 떠벌이다니. 하룻강아지 범 무서운 줄 모르는 수작이지. 곧 우리는 그놈을 붙잡게 된다. 두고 보라구. 염려할 것 없어, 브라운.」

「바로 그게 기막히다는 얘기요. 자신의 위치가 노출되어 있다는 사실을 그자도 모를 리 없잖소. 그런데 바로 그게 보란의 방식이거든. 베트남에서 같이 일할 때도 꼭 그런 식이었으니까. 병든 아이, 늙어빠진 이들을 일일이 보호해 주려고 기를 쓰는 친구였지. 베트콩들이 바로 뒤에까지 따라와도 그런 일에 더 신경을 쏟았소. 그래서 난 그가 황인종, 그 노랭이들을 정말 좋아하는가 보다고 생각했었다오. 한 번은 이런 일도……」

「그만 닥쳐! 그 녀석에 대한 영웅 대접은 자네 혼자 실컷 하라구. 내 앞에서 다시 그런 말을 늘어 놓았단 봐라. 그래서? 자네 어떻게 된 거 아니야? 보란한테 반했나? 새미가 돌아오는 대로 우린 니스를 향해 출발해야 한단 말이야. 정신 차리라구!」

「내 짐은 벌써 꾸려 놓았어.」

검둥이 거인이 시큰둥하게 대답했다.

그의 두 눈은 마치 도굴된 무덤처럼 뻐꿈해 보였다. 그는 문을 나서며 혼잣말처럼 중얼거렸다.

「그렇지만 모든 준비가 완료되었다는 얘기는 아니야.」

사실 좀 일찍 태어나기만 했더라면 클로드 드 샹은 바글바글 볶은 노랑 가발을 쓰고 보석으로 장식된 코담배를 물고 다녔을 것이다. 그리고 루이 16세의 법정에 서서 늘어지게 하품을 한다거나 근엄한 눈빛으로 초라한 범법자를 날카롭게 쏘아볼 수도 있었을 것이다. 아니면 특권이라고는 전혀 없는 그의 농노들이 굶주림 속에서 죽어 가고 있는 동안 거창하고 호화스러운 왕궁의 파티 석상에서 방탕한 귀부인들과 춤에 열중할 수도 있었을

것이다. 그는 자신이 철가면의 직계 후손이며 정통 귀족의 핏줄
이라고 주장했다. 그의 얘기를 액면 그대로 믿는 사람은 없었지
만 또한 무조건 반박할 수도 없다는 점이 주위 사람들의 두통거
리였다. 왜냐하면 프랑스의 왕에 의해 무참하게 처형된 그 인물
은 아직도 그 역사적 존재 유무조차도 확인되지 않고 있기 때문
이었다.

그러나 클로드 드 샹은 그 철가면이 왕의 감춰진 아들이며 동
시에 프랑스 황태자의 형제라고 주장하고 있다. 그는 가끔 칸 근
교 마르케리트에 있는 요새를 방문하기도 했다. 거기서 그는 그
의 조상이 11년 동안이나 죄수로 투옥되어 있던 음침한 돌 감방
을 슬픈 눈으로 들여다보곤 했다.

그는 또 해변에 있는 자신의 저택 대문 양쪽에 철가면의 복제
품을 걸어 두고 있었다. 마치 성채와 같은 그 별장의 무도장에는
거대한 칼이 열 십 자로 교차되어 있었는데 그 아래에 육중한 갑
옷과 투구를 놓아 두었다.

그러나 막상 철가면을 썼던 사람은 그처럼 훌륭한 갑옷이나
투구, 칼 따위는 결코 가져본 적이 없었을 것 같았다.

그것은 클로드 드 샹도 같은 생각이었다. 그가 이중 생활로 큰
돈을 만지기 전까지는 엄두도 낼 수 없었던 값비싼 장식품들이
었으니까.

그는 제2차 세계 대전 중 독일군의 프랑스 점령시 현재의 부
를 이룰 만한 일보를 내디뎠다. 젊은 드 샹은 레지스탕스보다는
적과 내통하거나 공모하는 일이 훨씬 더 실제적이고 안전하다는
사실을 깨달았던 것이다. 항상 영리한 기회주의자였던 드 샹은
파리를 해방시킨 연합군이 파리로 진주하자 레지스탕스 요원들

이 쓰던 라이플을 손에 들고 그들을 영접하기 위해 거리로 나섰으며 프랑스의 영원한 보배인 여러 가지 예술 작품들, 즉 전리품들을 효과적으로 이용하기 위해 잘 감춰 두었다. 이때의 처신이 평생 그의 인생을 결정짓는 중요한 계기가 될 줄은 영리한 그도 아마 눈치 채지 못했을 것이다. 그 전리품들을 팔아 넘기는 과정에서 그는 점점 더 불법적인 일에 매력을 느끼게 되었고 50대 중반이 되었을 무렵의 드 샹은 좀더 안전한 프랑스의 거대한 범죄 조직의 고위 간부가 되는 길을 선택하기에 이르렀다.

그는 자신을 행운아라고 믿고 있었으며 그에 따라 그의 사회적인 야망도 점차 커져 갔다. 맥 보란이 고등학교를 졸업하고 미합중국 육군에 입대했던 그 시기에 클로드 드 샹은 호화로운 국제 여객기에 몸을 싣고 있었는데 바로 그때에 그는 그의 영광스런 과거와의 관계를 조작해 냈던 것이다.

그런 그가 맥 보란에 대해 품고 있는 개인적인 경멸감은 거의 당연한 것이었다. 그는 막역한 친구이자 사업상 밀접한 동료이기도 한 폴 뷰카루와 통화하면서 이렇게 단언했다.

「조금도 걱정할 필요없어, 폴. 우선 떠들썩하게 소리부터 질러 놓고 시작하는 게 미국식 아닌가? 그건 위협뿐이네. 빈 수레가 요란하다는 얘기 모르나? 그 녀석이 프랑스에 온 건 겨우 하루나 이틀이고, 그를 추적하는 그림자가——우리 친구들만이 아니라 경찰도 그렇고——들끓고 있지 않은가? 그 녀석은 현재 얼굴도 내밀지 못하는 처지인데 도대체 어떻게 우리를 찾아낼 것이며 혹 찾아 낸다 한들 무슨 수로 우릴 처치하겠나?」

그러나 사회적 명사였다가 몇 년 전에 받은 재정적인 타격으로 드 샹의 영향권 내에 발을 들여 놓게 된 뷰카루는 몹시 걱정스러운 목소리로 말했다.

「논리적으로는 맞는 얘기야. 그러니까 하는 소린데 어떻게든 우리가 루돌피를 만나서 그 미친 녀석을 미리 처치해 버리는 게 좋지 않을까? 다시 한 번 루돌피에게 전화해 주겠나?」

「물론 걸어 보겠네, 폴. 루돌피와 만날 약속을 정하게 될 때까지 계속해서 다이얼을 돌리기로 자네와 약속하겠네. 그러나 무엇보다 중요한 점은 우리가 침묵을 지키며 절대로 반응을 보여서는 안 된다는 거지. 공포란 결코 우리의 동지가 아니거든. 이런 때 당황한 꼴을 보인다는 건 우리가 죄인이라는 걸 스스로 만천하에 고백하는 결과가 되는 거니까. 내 말 알아들었나?」

뷰카루의 한숨 소리가 수화기를 타고 들려 왔다. 그는 한참 침묵을 지키고 있다가 겨우 입을 열었다.

「내 처한테 그렇게 얘기 좀 해주게, 클로드. 난 비비안느가 내 비밀을 알아 버린 날을 저주한다네. 그 사람은 아직도 대문을 걸어 잠그고 지하실에 숨어 나오지 않고 있다네.」

드 샹은 여유 만만하게 낄낄거렸다.

「내 생각에는 자네가 그녀와 결혼했던 날을 저주해야 할 것 같은데, 안 그런가? 비비안느처럼 아름다운 여자에게도 잘 익은 열매가 주렁주렁 매달려 있던가? 그건 그렇고 자네에게 전해줄 말이 있네, 폴. 그 미치광이를 처치하고 나서 우리 같이 카프리로 요트 여행이나 할까? 어떤가? 건장한 두 사내와 가장 섹시한 프랑스 미인을 데리고 말일세. 이런 정도의 제의면 제아무리 비비안느 같은 여자를 아내로 둔 자네라도 군침이 돌걸?」

뷰카루는 피곤하다는 듯 대꾸했다.

「어서 루돌피나 찾아 주게, 클로드. 이번엔 그가 자신이 저지른 행동을 뭐라고 변명하든 말하지 않을 작정이네. 물론 비난도 하지 않을 거야. 그런데 시기가 아주 나빴어. 그에게 전하게. 여자들을 다시 데려다 놓으라고 말일세.」

「염려 말라니까!」

드 샹은 온갖 장식품으로 가득 찬 방으로 들어가 그의 자랑스러운 조상이 남긴 엄청난 값의 수집품들을 흡족한 눈으로 훑어보았다. 그리고는 발코니로 걸음을 옮겨 자신의 작은 왕국을 내려다보며 생각에 잠기는 것이었다.

무슨 배짱으로 미국의 하찮은 깡패 나부랭이가 이 엄청난 왕국에다 도전장을 내밀 수 있단 말이냐? 이 땅은 리비에라의 명소이며 그가 발을 디디고 있는 곳이다. 그의 발 아래에 있는 무도장은 유럽의 온갖 왕족들과 특권 계급들이 열광해 마지 않았던 곳이며 이 저택의 주방은 상류 계급들의 가장 까다롭고 미묘한 입맛을 감탄시켰던 일류급 요리사들의 집결지였다.

사실 겁에 질린 뷰카루와 통화하면서 그가 나타냈던 태평함 뒤에는 약간의 위선이 숨어 있었다. 그 역시 불안을 느끼는 자신을 어쩔 수 없었던 것이다.

그러나 늙은 뷰카루의 불안함에 맞장구를 칠 수는 없었다. 드 샹은 헛기침을 하면서 남쪽으로 펼쳐진 숲을 내려다보기 위해 난간에 바짝 다가섰다.

자신을 향해 총알이라도 날아 오기나 하는 것처럼 불안해 하던 뷰카루와의 대화를 생각하면 절로 웃음이 나왔다. 안 되지. 나 드 샹은 문을 걸어 잠그고 앉아 오돌오돌 떨고 있는 짓 따위는 하지 않는다. 그러나, 그러나……

여러 마리의 그레이트 데인이 안쪽 울타리 주위를 코를 킁킁

거리며 배회하고 있었다. 겁 없는 그 미국 총잡이가 울타리 안에서 발버둥치는 꼬락서니를 그는 보고 싶었다. 그러면 그 미국놈은 사자 우리에 갇힌 것처럼 겁에 질릴 테지. 그렇다. 나는 그런 분명한 결과를 위해 싸운다. 두고 보자, 이 철없는 건달 녀석아!

개들 주위에 조련사인 피에르의 모습이 보였다. 그 역시 그의 애완 동물들의 훈련 실적에 대해 기뻐하고 있을 것이 뻔했다. 드 샹은 피에르를 향해 소리쳤다.

「그놈들 아주 당당한데! 그런데 배가 고픈 것처럼 보여!」

조련사의 허리에는 권총이 매달려 있었다. 그는 손등으로 총신을 툭 건드려 경의를 표하며 소리쳐 대답했다.

「무슈, 분명히 알 수는 없습니다만 이놈들은 사냥을 하고 싶어 안달이 나 있습니다!」

드 샹은 너털웃음을 터뜨리며 고개를 들어 저택의 남쪽 경계선 부근을 바라보았다. 해안으로 이르는 국도가 그의 영지를 관통하고 있었다. 저택으로부터 약 500미터 떨어진 지점에서부터였다. 그 부근에 밝은 갈색의 차 한 대가 세워져 있는 것이 그의 눈에 띄었다. 사람으로 보이는 물체도 있었다. 그는 곧장 기념품을 쌓아 두는 방으로 되돌아가 망원경을 찾아 들고 다시 발코니로 나왔다. 그는 자동차의 바퀴에 초점을 맞추고 눈을 크게 떴다. 점차 표적이 뚜렷해졌다.

「피에르, 남쪽 문을 열게.」

그는 다시 한 번 표적을 살피기 위해 주의 깊게 망원경에 눈을 들이댔다.

자동차는 미국식 모델이었다. 차의 지붕 위에는 키가 크고 늘씬한 한 남자가 뭔가를 들고 길게 엎드려 있었다.

드 샹은 렌즈의 초점을 정확히 맞추고는 흥미 있다는 듯 침을 꿀꺽 삼켰다. 다음 순간 그는 심한 두려움을 느꼈다. 그러나 때는 이미 늦었다. 눈 깜짝할 사이에 모든 상황은 그가 생각했던 것과 정반대가 된 것이었다. 그를 달아나도록 권유하는 그의 본능에도 불구하고 그의 발은 뿌리를 내린 듯 그 자리에서 꼼짝도 하지 못했다. 죽음의 그림자가 서서히 그를 향해 달려오고 있었다. 그의 망막에 새겨진 마지막 광경은 커다란 라이플의 총신에 부착된 조준 망원 렌즈에 얼굴을 붙이고 있는 사나이와 긴 라이플 총구 끝에서 풀썩 솟아 나온 희미한 연기뿐이었다.

강력한 추진력을 자랑하는 444구경의 탄환은 1초도 지나지 않아 정확히 목적지에 도달했다. 그것은 먼저 망원 렌즈를 통과해서 그의 목에 구멍을 내고 쏟아져 나오는 피에 젖은 채 그 부근의 모든 살점들을 짓이겨 버렸다.

망원경은 풀잎처럼 날아서 정원으로 떨어졌다. 그 망원경의 주인은 뒤로 밀려나 프랑스 식의 문에 부딪치면서 기념품들이 빽빽이 들어찬 방에 널브러졌다. 벚나무로 만들어진 마룻바닥 위로 시뻘건 피가 흘러내렸다.

이렇게 해서 프랑스의 작은 지하 왕국을 지배하던 한 위선적인 군주는 목숨을 잃었다. 그가 그토록 자랑스럽게 여기던 철가면마저도 그의 목숨을 위해서는 아무런 쓸모가 없었다.

스팅레이는 국도를 향해 전속력으로 달려갔다. 사냥용 라이플이 일으켰던 커다란 굉음의 메아리가 채 사라지기도 전의 빠른 시간이었다. 보란은 모옌느를 향해 방향을 틀었다. 그리하여 놀라우리만큼 아름다운 해변 도로로 들어섰다. 거기서부터 그는 가장 가까운 출구를 통해 남쪽 순환 도로를 지나쳐 내륙 지방으로 연결된 차도로 들어갔다. 그리고는 니스 주변을 한 바퀴 도는 코스를 택하여 계속 달려갔다. 그는 운전대 위에 지도를 올려놓고 그 지도에 따라 방향을 정하고 있었다. 그 동안 그는 두 번 뒤를 돌아보았고 한 번은 양떼들이 도로를 가로막는 바람에 차를 세우기도 했다. 그가 도시의 남서쪽 외곽 그의 목표 지점에 다다른 것은 계획보다 5분이나 빠른 시간이었다. 그는 알레 코르뷰니의 저택을 향해 지름길을 택해 달려갔다.

운전석 앞의 계기판 위에는 사진이 붙여져 있었다. 고집스러워 보이는 눈과 숱이 많은 눈썹, 굵게 주름진 앞이마, 넓은 턱, 그리고 음산한 입술을 가진 사내였다. 터키로 달아난 신문 기자 론 윌슨의 보고에 의하면 코르뷰니는 2차 대전 뒤의 음울한 이탈리아에서의 시절부터 거물로 성장할 기미를 보였다는 것이다. 그는 패전국 이탈리아에 제공되는 미국의 구호 물자를 실은 비행기를 공중 납치하여 그 물건을 지급받아야 할 헐벗고 굶주린 사람들에게 엄청난 값에 팔았던 것이다. 이때 그는 암시장을 통한 거래 방법에 눈을 뜨게 되었는데 모든 지하 세계의 국제적인 회합과 관련을 맺기 시작하면서 급성장한 인물이었다. 특히 그는 마약과 장물을 다루는 일에 수완을 발휘했다. 그러나 그의 수입원 가운데 가장 달콤하고 입맛 당기는 일은 유럽에 주둔한 미합중국 군인들과 손잡고 벌이는 소규모의 불법적인 사업에서 벌어들이는 돈이었다. 코르뷰니는 1961년 프랑스 시민권을 받은 이래 단 한 번도 체포된 일이 없었다. 대부분 상류 계층인 그의 친구들 사이에서 그는 빈틈없는 국제적 금융업자로 인정받고 있었다. 그러나 사실상의 그는 돈이 생기는 일이라면 살인까지도 불사할 사람이었다.

보란은 코르뷰니의 저택을 관찰하기 위해 그 주변을 배회하기 시작했다. 마침내 그는 저택을 관찰하기에 용이한 높은 지면을 찾아냈는데 4분의 1마일 정도 떨어져 있는 그 지점은 앞뒤의 출입구로부터 거의 완벽하게 가려진 안성맞춤인 곳이었다.

저택은 작은 산 전체를 점거하고 있었다. 약간 뒤쪽에서부터 집 아래쪽으로 이어지는 곳에는 수수하게 지어진 창고가 있었다. 망원경을 통하여 보란은 마굿간과 작은 가축 우리, 저택 앞뒤에 각각 한 대씩 주차되어 있는 값비싼 미국산 승용차를 볼 수 있었다. 정문 앞에는 흰 작업복 차림을 한 한 사내가 옆구리에 엽총을 끼고 정문을 지키고 있었다. 건물의 뒷문에도 또 한 사내가 있었다. 무장을 한 다른 무리의 경호원들이 언덕 위를 서성거리는 모습도 보였다.

보란은 망원 렌즈를 조금 들어올려 집 주변의 상황을 살폈다. 그때 저택에서 반 마일 정도 떨어져 있는 도로에 자동차 행렬이 나타나더니 정문을 향해 질주하는 모습이 보였다. 경찰이었다.

보란은 즉시 일을 해치워야 했다. 그는 다시 한 번 렌즈에 눈을 밀착시켰다. 지금이 아니면 영원히 불가능할지도 몰랐다. 창문은 하나같이 커튼이 드리워져 있었고 이층은 셔터가 내려져 있었다.

갑자기 건물의 뒷문이 열리고 작달막한 키의 사내가 반쯤 모습을 나타내더니 근처를 지키던 경호원에게 뭔가를 지시하고는 재빨리 안으로 사라져 버렸다. 그 사나이를 발견하자 보란의 얼굴에 음산한 미소가 떠올랐다. 주름살투성이의 이마와 숱이 많은 눈썹의 그 사내는 그의 표적이었던 것이다. 이제 제일 먼저 해야 할 일은 그를 집 밖으로 끌어내는 일이었다.

보란은 스팅레이에서 무기를 찾아 들고 다시 제자리로 돌아왔다. 조준 망원 렌즈의 시야가 너무 접근되어 있다고 판단한 그는 직경 5인치 정도의 실측 초점으로 시야를 낮춰 조정했다. 제일 먼저 그의 목표가 된 것은 저택의 뒷문이었다. 다음은 언덕 위의 경호원들이었다. 그곳까지의 거리를 측정하고 나자 다시 조준 렌즈의 초점을 뒷문으로 옮겨 다시 거리를 재보았다.

몇 차례에 걸쳐 그는 경호원과 뒷문 사이를 오가며 렌즈의 초점을 움직여 가며 망원 렌즈의 정확도를 측정하는 작업을 계속했다. 그는 그렇게 함으로써 거리에 대한 감각을 익히려는 것이었다. 익숙해졌다고 판단되자 그는 언덕 위를 더욱 치밀하게 살펴보기 위하여 땅 위에 엎드렸다.

경호원이 보란을 정면으로 향한 채 다리를 벌린 자세로 서서 담배에 불을 붙이고 있었다. 엽총의 손잡이는 땅을 향한 채였다. 총구는 그의 어깨에 닿아 있었다. 보란은 엽총의 개머리판을 겨냥하고 부드럽게 방아쇠를 당겼다. 라이플의 강한 반동을 느끼며 그는 자신이 조준한 표적을 살펴보기 위해 조준 렌즈를 잡은 팔에 힘을 주었다. 경호원의 엽총은 땅바닥에 떨어져 있었다. 보란은 침착하게 총구를 옮겨 뒷문을 겨냥했다. 그가 처음 발사한 총성이 사라지기도 전에, 이미 보란의 총구는 정확히 뒷문을 노리고 있었다.

코르뷰니의 찌푸린 얼굴이 갑자기 시야에 나타났다. 그는 이를 드러내면서 무어라고 소리치고 있었다. 조준 렌즈의 십자 표지가 천천히 그 얼굴 위에 겹쳐졌다. 수년간 숙달된 그의 전투 본능과 선천적인 반사 작용이 동시에 손가락 끝으로 몰려 들었다. 어느 사이엔가 방아쇠가 당겨지고 작은 불꽃과 무시무시한 굉음을 동반한 탄환은 한치의 오차도 없이 목표물에 명중했다. 손가락만한 탄환은 실로 놀라운 위력을 갖고 있었다. 코르뷰니의 너널너덜해진 두개골 조각들과 고무처럼 끈적거리는 뇌세포 덩어리들이 거품을 일으키며 뒷문에 늘어 붙었다.

보란은 즉시 조준 렌즈에서 눈을 떼고 망원경을 들여다보았다. 그는 자신이 일으킨 파문의 결과를 재빨리 알아챘다. 첫번째 목표였던 경호원은 땅바닥에 무릎을 꿇고 엎드려 산산 조각이 나버린 그의 엽총을 멍청히 바라보고 있는 중이었다. 다른 한 명은 완전히 혼란에 빠져 첫번째 표적과 두 번째 표적 사이에서 우왕좌왕하고 있었다. 집의 다른 쪽으로부터 달려온 한 사내는 눈앞의 소름 끼치는 광경에 충격을 받았는지 한동안 멍청히 서 있었다. 그러나 곧 보란의 시야에는 들어와 있지 않은 누군가를 향해 고개를 돌리며 소리치고 있는 한 사내가 들어왔다.

앞문을 지키고 있던 사나이는 보란이 있는 언덕 쪽을 손가락질하며 대문 기둥 뒤로 재빨리 몸을 숨겼다. 바로 그때 경찰차들이 도착했다. 곧 이어 정복 차림의 경찰관들이 차에서 뛰어나오는 모습이 보였다.

보란은 침착하게 경찰차의 왼쪽 앞바퀴에 렌즈의 초점을 맞추었다. 그리고는 각각 한 방씩 탄환을 명중시키고 총구를 돌려 저택 안에 주차되어 있는 차의 바퀴에도 탄환을 날렸다.

보란이 다시 망원경을 통해 저택 안을 들여다보았을 때 움직이는 것이라고는 개미 새끼 한 마리도 보이지 않았다. 그는 싸늘한 미소를 띠며 스팅레이로 돌아가 사냥용 라이플을 트렁크에 밀어 넣고, 지도 위에 두 번째의 ×자를 그렸다. 조용히, 거의 무관심한 태도로 그는 자신의 출현으로 인해 비탄과 경악에 싸여 있을 저택을 등지고 달리기 시작했다. 그를 기다리는 새로운 표적을 향해서였다.

17
탈출 작전

장거리 전화의 수화기에서 폴 뷰카루의 다급한 목소리가 흘러 나왔다. 그는 겁많은 사람 특유의 히스테리를 간신히 억제하면서 로잔느 루루를 윽박질렀다.

「그를 못 찾겠다는 얘기는 더 이상 하지 마시오, 로잔느. 당신은 그를 찾아내야만 해. 그로 하여금 그 미치광이의 행동을 중지시키도록 해야 한단 말이야! 그 미친 놈이 공약한 대로 실행하고 있다는 걸 잘 알잖소! 내 말 알아듣겠소? 그놈은 공갈협박 내용을 그대로 실천하고 있단 말이오!」

비탄과 고민에 싸인 로잔느는 중얼거렸다.

「폴, 경찰이 곧 그를 체포할 거예요. 물론 나는 그 동안 열심히……」

「경찰이라구! 그 겁없는 미치광이가 사방 천지를 쏘다니며 멋대로 일을 저지르는 동안 지도 앞에 앉아서 전략이나 짜는 경찰 말인가? 경찰이라니, 난 그들을 신뢰할 수 없어! 기대할 수도 없는 일이오. 그들은 소파에 푹 파묻힌 채 손바닥이나 비비며 다음 희생자는 누굴까 하는 내기나 하고 있을 거요. 틀림없어! 지금 위협받고 있는 게 우리 조직이라는 걸 당신은 아는 거요 모르는 거요, 로잔느? 도대체 어디에 조직의 영향력이 있으며 보호막이 있다는 거요? 당신과 루돌피가 내게 강조했던 약속은 지금 어디에 있소?」

「제발, 폴……. 내가 할 수 있는 일은 뭐든 다 하고 있는 중입니다. 당신만 화난 게 아니라는 걸 알아 주세요. 손쓸 수 있는 데까지는 최선을 다하고 있어요. …… 나를 믿어 줘요. 애를 쓰고 있다구요, 폴. 그리고 제발 부탁이니까 그렇게 너무 노골적으로 표현하진 마세요. 혹시 누가 도청이라도 하는 날엔…….」

「아, 아, 로잔느……. 우리가 처한 이 무시무시한 상황을 당신은 알려고도 않는군! 내 말을 들어요. 그 미치광이가 계획을 공표한 지 채 세 시간도 지나지 않았는데 벌써 드 샹이 죽었고 코르뷔니가 나자빠졌고 바로 얼마 전에는 헤베르가 당했소. 아무도 안전하지가 못해요! 어느 곳이든 안전하지 못하다구! 그놈은 제멋대로 마구 날뛰고 있소. 헤베르가 어떤 식으로 당했는지 들었소?」

로잔느는 한숨을 내쉬었다.

「아니오, 폴. 아직…….」

「그럼 내가 얘기해 주지. 그럼 당신도 우리가 처한 상황이 얼마나 급박한지 조금은 이해가 될 테니까. 이 세상에 안전한 곳이란 한 군데도 없다는 걸 당신은 깨닫게 될 거요. 그놈은 감쪽같은 은신처까지 찾아내는 귀신 같은 놈이오. 사실 몬테카를로의 카지노만큼 안전한 곳이 세상 천지에 어디 있겠소? 헤베르는 그 곳에서 벌어진 파티에 참석중이었소. 수백 명이나 되는 관광객들이 붐비고 있었지. 헤베르는 그 미친 놈이 체포될 때까지 카지노에서 한 발자국도 떼놓지 않겠다고 선언했었소. 그런데 전화가 왔던 거요. 4명의 경호원이 그와 동행하고 있었소. 친구들에게 둘러싸인 그가 탁자 곁으로 다가갔을 때 그때 한 방의 총성이 울렸소. 천장에 있는 창이 박살나고 경호받고 있던 헤베르는 그들 한복판에서 쓰러졌소. 즉사했단 말이오. 아직도 모르겠소, 로잔느?」

폴 뷰카르는 흥분한 것 같았다. 로잔느의 목소리도 이미 평범한 것은 아니었다.

「다 알고 있는 사실이에요, 폴. 내가 최선을 다하고 있다는 걸 제발 믿어 주세요. 그리고 당신도 이해해야 해요. 이건 보통의 경우가 아니에요. 나도 개인적으로 지시 사항을 전달받은 게 있지만 루돌피는 이 사건과는 아무 관련이 없어요. 그는 이 일에 우리가 필요로 하는 인물이 못 되니까요. 우리는 외국인 몇을 샀지요. 조직은 모든 힘을 기울여서 당신들을 이 흉악한 억압 상태에서 해방시키려고 최대한의 노력을 하고 있는 중이에요. 아시겠죠? 조금만 기다리세요. 물론 당신들도 그 동안 스스로의 안전을 위해 최선을 다해야겠죠.」

뷰카루가 갑자기 발작적으로 소리쳤다.

「난 체포를 요청할 거요! 경찰한테 부탁해서 날 안전한 감옥에 넣어 달라고 하겠소!」

「경찰은 당신을 돕지 않을 거예요. 좀 진정하세요. 그들은 당신에게 끝없는 진술을 요구할 거예요, 폴!」

「그래도 그 편이 오히려 나아, 로잔느! 드 샹하고 코르뷰니, 헤베르 뒤를 따르니보다는 백 배 낫다구!」

「기다려요! 한 시간만 더 기회를 주세요. 조직이 당신을 도울 거예요, 폴!」

「로잔느, 한 시간 후면 당신은 이 폴 뷰카루의 사망 소식을 듣게 될 거요. 싫소. 30분만 기다려 보지. 그래, 내가 가장 필요로 할 때 막상 루돌피는 종적을 감춰 버렸다는 사실을 나는 절대로 잊지 않겠소. 절대 잊지 못할 것이며 용서할 수도 없단 말이오, 로잔느! 다른 친구들도 마찬가질 거요.」

그녀는 간신히 대꾸했다.

「마음을 굳게 가지세요, 폴.」

통화는 끝났다.

모든 상황은 엉망이 되어 가고 있었다. 모든 사태에 대한 책임이 그녀의 어깨 위로 쏟아져 내리고 있었다. 그렇군요, 루돌피. 우리가 이처럼 당신을 필요로 할 때 도대체 당신은 어디서 뭐하고 있는 건가요! 당신 때문에 친구들이 죽어 가고 있는 판인데 개인적인 복수라는 어처구니없는 망상에 사로잡혀 당신을 프랑스 남쪽으로 이끈 것은 도대체 뭐란 말인가요? 그래서 당신이 얻은 것은요? 당신과 당신의 그 치떨리는 에이스 카드라니!

갑자기 그녀의 눈이 빛났다.

「그래, 그래. 지지에게 도움을 청해 보자. 아아, 당장 지지에게 전화를 걸어야지.」

맥 보란은 포위망 속에 갇혀 있었다. 그러나 보란 쪽에서 보자면 일은 성공적으로 진행되고 있는 편이었다. 모나코 공국은 마치 뚜껑이 닫힌 병 같은 땅이었다. 보란은 그 병 속에 갇힌 꼴이었다. 모든 도로는 프랑스 경찰에 의해 통제되었으며 모나코를 벗어나는 모든 차량과 사람들은 모두 수색을 당했다. 모나코 시내의 사정도 별로 나을 게 없었다. 관광객은 공포에 떨고 있었다. 그들은 거리 구석구석을 장악하고 있는 수상쩍은 사내들을 최고 통치자의 경호원들로 착각, 혹 계엄령이 선포된 게 아닌가 하는 의구심을 품을 정도였다. 사내들은 눈에 띄는 여행자마다 불러 세워 여권 제시를 요구했다. 이렇듯 모나코 공국과 지중해 연안 지방, 그리고 프랑스 전체가 불안 속에서 들끓고 있었다.

30분 동안이나 스팅레이는 출구를 찾아 이리저리 헤매고 있었다. 막다른 곳——많은 도로들이 차단되었다——에 이르러 방향 바꾸기를 거듭하다가 그는 자신이 엄청난 실수를 저지르고 있다는 사실을 깨닫기 시작했다. 요트 선착이라도 이용할 수 있을까 조사하기 위해 그는 그 부근을 잠시 배회했다. 그러나 그리스의 백만 장자들의 기착지요, 국제적 명사들이 자기 소유의 배를 대는 그곳도 상황은 마찬가지였다. 해상을 통한 퇴각로도 이미 봉쇄된 뒤였다. 그는 공중 전화 부스 앞에 차를 세웠다. 잠시 기다린 뒤에야 그는 지지와 통화할 수 있었다.

벨이 두 번 울렸다. 곧 이어 발랄한 여자의 목소리가 튀어 나왔다.

「여보세요?」

「지지? 별일은 없소?」

그녀는 빠른 프랑스 어로 대꾸했다.

「내가 프랑스 어를 못 한다는 걸 당신은 잘 알 텐데. 웬일이오? 혹 누구와 같이 있는 게 아니오?」

그런데도 그녀는 계속 프랑스 어를 썼다.

「알겠소. 당신 계속 텔레비전을 보고 있었소?」

「그래요.」

「내가 기다리는 소식은?」

「없었어요.」

그는 길게 한숨을 몰아 쉬었다.

「헤베르를 처치하느라고 너무 큰 모험을 한 것 같소. 지옥이 나를 부르고 있소.」

「……몬테카를로?」

그녀가 무어라고 질문을 했으나 그가 알아들은 것은 한마디 뿐이었다.

「그렇소, 난 포위당한 천사지.」

거의 들릴듯 말듯한 목소리로 그녀는 조심스럽게 말했다.

「이곳은 싫어요, 미스터 천사.」

「램프가 켜진 모양이군?」

「아녜요, 램프를 켤 여유조차 없었어요. 경찰들이 어디에나 쫙 깔려 있어요. 고속도로도 그렇고, 해변도 그렇고……. 수사관들이 상의할 일이 있다며 방금…… 정원으로 나갔어요. 그래서 이런 말이나마 할 수 있는 거예요. 당신, 함부로 나다니면 안 돼요. 거기 어디예요? 요트 선착장으로 갈 수 있겠어요?」

「체포된 거요, 당신?」

「아니에요, 그렇지 않아요. 내가 설명을 했더니 날 믿는 눈치예요. 난 당신이 평범한 관광객인 줄 알고 차를 태워 주었다고 얘기했어요. 니스에 도착하자 당신은 곧 차에서 내렸다구요. 롤스로이스는 여기 있는데 당신이 없으니 내 얘길 조금씩 믿는 모양이에요. 여보세요? 당신 듣고 있어요? 요트 선착장까지 갈 수 있겠어요?」

「난 지금 그 근처에 와 있소. 왜 자꾸 묻지?」

「수사관들이 가고 나면 요트를 타고 내가 그리로 가겠어요.」

「그런 짓은 위험해, 지지. 그냥 얌전히 있어요.」

「그렇지반 당신은…….」

「난 지금부터 그들이 전혀 생각지 못한 곳으로 가서 잠시 기다리고 있을 작정이오.」

「무슨 얘기예요?」

「너무 걱정 말아요, 지지. 당신에게 감사하고 있소.」

한동안 그는 생각에 잠긴 채 전화통을 바라보고 있었다. 그러더니 다시 수화기를 들고 니스의 번호로 다이얼을 돌렸다.

여자는 미끈한 영어 발음으로 전화를 받았다.

「여보세요, 여긴…….」

그는 상대의 말을 중도에서 잘랐다.

「데이브 샤프와 통화하고 싶소.」

「실례지만 어디라고 전할까요?」

「라 만차에서 온 남자라고 전해 주시오.」

「죄송합니다만 라 만차에서 온 남자라고 하셨나요?」

「그렇소. 전에 풍차 세일즈맨이었던 남자라고 하시오.」

여자가 키들거리며 말했다.

「잠깐 기다려 보세요.」

기자의 떨리는 목소리가 즉시 들려 왔다.

「틀림없이 당신이리라고 짐작하고 있었습니다.」

「그래요? 하긴 난 이 세상에 생존해 있는 마지막 멍청이니까.

이제 이 목숨마저도 얼마 남지 않은 것 같소. 난 지금 사방으로 포위되어 있는 상태요. 오늘밤을 무사히 넘길 수 있을지도 의문이오. 그쪽 반응은 어떻소?」

「공포 그리고 경악. 당신 아주 거친 사람이더군, 친구.」

「그건 시작에 불과한 일인데. 잘 들어요. 우선 전략적으로 후퇴를 해야겠소. 또 하나의 전달 사항이 있는데 퍼뜨려 줄 수 있겠소?」

「그게 내 임무 아닙니까?」

샤프는 한숨을 내쉬며 반문했다.

「잠시 휴전을 제의했다고 하시오. 지금 시간이 5시를 조금 넘고 있으니 마피아들에게 8시까지만 시간 여유를 주겠다고 말이오. 납치한 여자들을 풀어 주는 데엔 충분한 시간이오. 그때까지도 아무 반응이 없을 때에는 나는 대대적인 처형 작업을 감행할 것이오.」

「그거 정말 흥미 진진한 얘기군요. 사실 당신은 벌써 이 유럽 대륙을 온통 들쑤셔 놓고 있는 상태입니다. 아, 당신 텔레비전을 보았겠지요?」

「글쎄……. 계속해서 볼 시간적 여유가 없어서. 친구에게 대신 봐 달라고 부탁해 뒀는데 방금 전에 그 친구와 통화를 끝냈소. 별다른 소식은 없다고 하더군.」

「아직 송출되지 않은 소식이 내게 있소. 조금 전 중계소 책임자한테서 전화를 받았소. 그것도 두 번이나. 한 번은 파리에서, 또 한 번은 마르세유에서. 당신에게 전할 말이 있다고 했소. 그것은, 당신의 요구 조건을 그대로 실행할 테니 시간적 여유를 좀 달라는 거였소. 그때까지는 행동을 중지해 달라는 얘기인 것 같은데 어떻게 하시겠소?」

보란은 차가운 목소리로 대답했다.

「싫소, 그런 제안은 받아들일 수 없소. 그대신 내 공개 발언을 좀 바꿉시다. 마피아의 요구대로 시간 여유를 주긴 주되 8시까지라고 말이오. 8시가 지나면 나는 조금도 지체없이 무시무시한 대학살을 감행할 것이오. 난 내가 한 말에 책임을 진다는 걸 명심해 줬으면 하오.」

「당신은 생각 외로 무서운 친구요. 정말 당신의 행동 하나하나에는 경탄이 절로 나오는군요. 그렇지만 내 이름을 입에 떠올리는 일은 삼가해 주시오.」

보란은 소리내어 웃었다.

「당신의 부도덕한 지원에 대해 감사하고 있소. 언젠가 당신을 다시 만날 일이 생기겠지.」

「당신의 재판 과정은 내가 취재하겠소.」

보란이 다시 웃음을 터뜨렸다.

「체포된다면 난 10분 이상은 살아 있지 않을 작정인데?」

「그 말을 그대로 기사에 인용해도 되겠습니까?」

「좋도록 하시오. 그러나 당신은 내 재판을 방청할 수 없을 거요. 당신도 그렇고 모든 마피아들도 그건 알아 둬야 할 것 같소. 나를 감금시킨다는 건 곧 내겐 사형 선고니까. 그러니까 고맙긴 하지만 그런 일은 사양하겠소. 내가 임의로 선택한 장소에서 내 생애의 마지막 순간들을 보낼 권리는 나에게 있는 거요.」

「당신은 마치 그 순간을 고대하고 있는 것 같군.」

「그런지도 모르겠소. 아마도 난 바위를 향해 계란을 던지는 천치일지도 모르오. 그러나 천치는 아니지. 죽음이란 언젠가는 닥칠 일 아니겠소? 좀 빠르거나 늦을 뿐이지.」

신문 기자는 기가 조금 꺾인 목소리로 물었다.

「어떻게 하다 보니 인터뷰같이 돼 버렸는데 어쨌든 고맙소. 꼭 좀 묻고 싶은 일이 하나 있는데, 당신은 모나코를 탈출할 수 있을 것이라고 생각하는 거요?」

「내가 모나코에 있다는 얘긴 한 적이 없는 것 같은데.」

「그럴 필요도 없었죠. 전세계가 다 아는 사실이니까. 적어도 프랑스 경찰은 그렇게 단정하고 있을 거요. 당신은 현재 모나코에 있고 결코 모나코를 탈출할 수 없을 것이라고 생각하고 있을 거요. 마지노 선이 무색할 정도의 포위망이 이미 구축된 걸로 난 알고 있소. 모나코 공국을 기점으로 해서 그 주변으로 말이오. 당신은 어떻게 생각하오? 탈출할 자신이 정말 있는 거요?」

보란은 화가 치미는 걸 참으며 물었다.

「내 말 못 알아들었소? 정각 8시에 대대적인 공격을 감행하겠다는 게 헛소리같이 생각되오?」

「네, 듣긴 했소만……。」

「난 분명히 전략상의 일시 후퇴라고 얘기했소. 그 말이 당신에게 어떤 상상을 불러 일으켰든 그건 당신 자유지만 적이 잘못된 판단을 하게 해서는 곤란하오. 여자들이 돌아오지 않는 한 나는 정각 8시에 그들을 공격하겠소. 그들은 이 말의 뜻을 제대로 이해해야 할 거요.」

「그렇다면 당신은 벌써 모나코를 벗어난 거요?」

「제기랄, 난 그런 문제에 대해선 언급도 하지 않았소. 경찰들이 알아 내도록 내버려 두는 게 좋을 것 같소.」

상대의 질문을 무시한 채 보란은 전화를 끊었다. 그는 즉시 차에 올라 그곳을 떠났다. 몇 가지 생각 때문에 그는 정신을 빼앗기고 있었다.

제일 큰 의문은 왜 경찰들이 이다지도 소란스러울까 하는 것이었다. 관광객들과 속된 호기심을 만족시키려는 사람들로 꽉꽉 들어찬 8평방 마일밖에 안 되는 이 공국에, 게다가 완전 무장한 마피아의 총잡이들이 맥 보란을 사살하기 위해서 벌떼처럼 몰려들 것이라는 사실을 경찰들은 모르고 있는 것일까?

또 하나의 의문은 가장 중대한 문제였다. 즉, 8시 정각이라고 큰소리쳤던 대대적인 살육 작전을 어떻게, 어떤 식으로 실행할 것이냐 하는 문제였다.

그러나 잔인한 보란도 내심으로는 그런 사태가 일어나지 않기를 바라고 있었다. 그러기 위해서는 여자들이 무사히 되돌아와야 했다. 보란의 극적이며 통쾌한 활약에 박수 갈채를 보내고 있는 수많은 사람들은 대체 지금쯤 어떤 상황을 기대하고 있는 것일까? 여자들이 되돌아오고 대규모의 살상극은 그대로 무마되는 것? 아니면 여자들이야 어찌됐든 자신들의 호기심을 위해 거리에서 총잡이들이 날뛰는 걸 용납함으로써 도시 전체가 피와 시체로 뒤덮이는 것? 그것도 아니면 보란이 경찰 또는 마피아의 총성에 사살되는 것을 오히려 더 바라는 건 아닐까?

보란은 과연 자신이 8시까지 살아 있을 수나 있는지 의심스러웠다.

그러나 이미 한 발은 지옥에 들여 놓고 살아온 보란이었다. 모나코 전체를 통틀어 그런 그가 숨어 지내기에 가장 적당한 장소는 어디일까? 아무도 눈여겨보지 않을 장소는 어디일까?

물론 왕궁 근처일 것이다. 그러나 바로 한 시간 전에 사람이

죽어 자빠진 몬테카를로의 전설적인 카지노보다 더 훌륭한 곳이
어디 있겠는가?

보란은 거울 앞에 서서 넥타이를 고쳐 매었다. 머리도 단정히
빗었다. 그가 자신의 지난 생애를 통틀어 가장 위험 천만한 도박
속으로 뛰어들기 위해 갖춘 준비 작업이란 이 정도였다. 그는 자
신의 모든 것을 몬테카를로의 도박판 위에 올려놓을 생각이었
다.

몬테카를로의 6시는 라스베이거스의 자정과도 흡사했다. 이른
저녁부터 거리마다 인파들이 붐벼대고 있었다. 피에르 가르댕이
나 크리스챤 디오르의 옷집에서 금방 나온 듯한 여자들과 예의
바른 정장 차림의 신사들이 분주히 오가고 있었다. 편한 차림의
관광객들은 그들 사이를 누비며 입을 딱 벌리고 얼이 빠져 있거
나 소리치며 서로에게 말을 걸고 있었다. 길가의 카페에도 빈 자
리가 없었다. 여기저기 요트 모자를 맵시 있게 눌러쓴 사내들과
기름이 줄줄 흐르는 옷차림의 멋쟁이들도 보였다. 뿐만이 아니
었다. 어제의 사건 탓인지 날카로운 눈들을 번득이며 거리거리
엔 정복 차림의 경찰들이 어슬렁거리고 있었다. 그들은 무조건
의심스러운 눈초리로 사람들을 쏘아보았고 특히 보란의 인상 착
의와 조금이라도 비슷한 사람이면 영락없이 불심 검문을 했다.
분명하게 신분이 증명된 사람이면 모를까 그 나머지는 모두 연
행되어 갔다.

카지노 입구에도 경찰차가 세워져 있었다. 보란은 카지노를
향해 달렸다. 그곳 100미터 근방에서 차를 세울 때까지 다행히
그는 한 번도 불심 검문에 걸리지 않았다. 보란은 인파 속에 묻

혀 무사히 입구 근처까지 접근했다. 문 바로 바깥쪽에 정복 차림의 경찰관들이 서 있었다. 보란은 당당하게 그들을 스쳐 지나갔다. 안으로 들어서자 카지노의 내부로 들어가는 문이 보였다. 그는 정장을 한 예의 바른 두 사내들에 의해 최초의 검문을 당했다. 다만, 카지노의 입장을 허락하기 전에 하는 관례적인 질문 정도였다.

보란은 자신의 계획대로 진행되는 데에 대해 미소를 떠올렸다. 그는 코트의 앞섶을 펼쳐 보였다. 어깨에 멘 권총 벨트와 권총이 카지노의 호화로운 불빛 아래 번쩍 빛났다. 보란은 지갑을 꺼내 그늘 눈앞에 슬쩍 디밀었다가 재빨리 넣으며 말했다.

「경찰이오.」

두 사람은 권총에 얼이 빠져 그 지갑은 제대로 눈여겨보지도 못한 것이 분명했다. 그는 무사 통과되었다. 5프랑의 입장료도 무시되었다.

거대한 도박장은 평상시처럼 사람들로 붐비고 있었다. 그는 바로 한 시간 전에 그의 표적이 쓰러졌던 지점을 찾아간 것이다. 박살난 유리창은 벌써 새롭게 끼워져 있었고 전화가 놓였던 탁자 주위에 있던 피의 흔적들도 깨끗이 청소되어 있었다. 혜베르가 서 있었을 만한 지점에는 작은 천조각이 깔려 있었는데 아마 핏자국을 감추기 위해서였으리라. 편안한 기분으로 도박장 안을 살펴본 보란은 그 사격이 참으로 성공하기 힘든 가능성 가운데서 실현되었다는 것을 깨달을 수가 있었다. 전화가 있는 책상이 6인치 정도만 옆으로 치워져 있었다면 그는 실패했을 것이다. 무엇인가 신비스런 힘이 자신을 돕고 있는 것 같아 보란은 스스로 두려운 생각이 들었다.

그는 룰렛 게임이나 카드 게임에 몇 프랑씩 걸면서 계속 움직여 갔다. 그는 본능적으로 사복 경관들을 알아보았고 그들로부터 얼마쯤의 거리를 유지하도록 신경을 썼다. 7시가 조금 넘어서 그는 로비를 통과하여 슬롯 머신이 설치된 방으로 들어섰다. 그곳은 사람들의 발길이 좀 뜸한 편이었다. 사람들의 옷차림도 편안했다. 보란은 여러 사람의 시끄러운 대화 속을 비집고 들어가서 빈 기계 앞에 섰다. 천천히 그는 기계에 동전을 밀어 넣었다.

30분이 지났다. 그는 카운터에서 동전을 더 바꿨다. 그가 기계로 되돌아 가려는데 덩치가 큰 흑인 사내 하나가 그를 가로막고는 미소를 보냈다. 보란은 어디에서 봤던가 하고 잠깐 생각했으나 곧 상대를 알아보았다. 그러나 그의 눈빛은 조금도 흔들리지 않았다. 그는 사내에게 미소로 응답하고 다시 슬롯 머신으로 돌아왔다.

옆눈으로 슬쩍 보니 그 흑인 사내도 슬롯 머신에 동전을 넣고 있었다. 친숙한 베이스의 음성이 보란에게 날아 왔다.

「그냥 그대로 있게, 중사. 자네는 포위되어 있어.」

고개도 돌리지 않고 보란이 대꾸했다.

「당신, 고향이 그리워서 이쪽으로 온 건가, 소위? 누가 날 포위했다는 거야?」

흑인 사내는 다시 동전 몇 개를 넣고는 손잡이를 잡아당겼다.

「어떤 녀석들이. 자네는 아주 고약한 지경에 빠졌지?」

「그렇다네. 내게 위로라도 하려고 온 건가?」

「글쎄. 자네의 운명을 가져왔네, 중사. 자네 목소리는 여전하군. 그게 바로 자네지. 그런데 얼굴은 좀 달라진 것 같군.」

「날 어떻게 찾아냈지, 소위?」

「누굴 놀리는 건가? 바깥에서는 벌써 자네 기념 사진을 파는 녀석들이 있다구.」

보란은 키들거리며 슬롯 머신에서 쏟아져 내리는 동전을 내려다보았다.

「자네는 고국에서 멀리도 떠나왔군 그래. 축구 시즌도 아닐 테고…….」

흑인 사내는 보란의 어깨를 툭 치고는 껄껄거리며 웃었다. 거대한 손바닥이 동전들을 거둬들이고 있었다.

「내가 축구 선수였던 시절은 아주 까마득한 옛날이었다네, 중사. 우리가 송 레이에서 헤어진 두 달쯤 뒤에 클레모어에 당했거든. 1년 가까운 세월을 가짜 다리를 끌며 다녔었지.」

「빌어먹을, 그런 불운한 일이 있었군 그래!」

「동정 같은 건 바라지 않아. 그런 면에서는 이미 포기한 지 오래니까.」

「남자라면 그래야지.」

「이거 봐, 한때는 내가 누군지도 잊고 살았었는데…… 그보다 더 많은 세월을 난 검둥이 자식으로, 나 아닌 다른 놈팽이로 지냈던 것 같아 서글프다네.」

「당신이 검둥이 자식이라니 그런 얘기는 말게, 소위.」

윌슨 브라운은 손바닥 안의 동전들을 짤랑거리며 고개를 들어 천장을 바라보다 다시 고개를 내리며 한숨을 내쉬었다.

「자네의 엄청난 활약을 내내 지켜보고 있었다네, 중사. 그러면서 점차 자네가 좋아지더군. 자네 속에 있는, 내가 좋아하는 특징들 때문이었어. 옛날 일도 새록새록 떠오르고.」

「우린 항상 멋지게 일을 같이 했었지, 소위.」

「그랬지. 난 마피아와 함께 여기 왔어. 우리 같이 이곳을 빠져 나가세.」

보란은 다시 슬롯 머신 속에 동전을 넣었다. 갑자기 쉰 듯한 목소리로 그는 물었다.

「뭐라구?」

「그래. 내 임무란 게 말일세…… 자네를 재빨리, 그리고 소리 없이 저 밖으로 유인해 내는 거라네.」

「그보다는 차라리 난데없는 총탄이나 맞는 게 낫겠어.」

「이것 봐, 중사. 이건 장난이 아니야. 자넬 죽여서는 안 된다는군. 보란을 산 채로 잡아 들이는 게 이 게임의 규칙이라네. 미국에 있는 높으신 양반은 자넬 산 채로 잡아 바베큐 요리라도 만들 모양인가 보던데?」

보란이 능청스럽게 말했다.

「자네 목적은 뭔가?」

「10만 달러라면 어때? 자네도 구미가 당길 테지, 중사?」

「그렇다면 왜 자넨 내게 그런 말을 하는 거지?」

「이미 얘기했잖나? 자네에게 있는, 내가 좋아하는 점들이 생각났다구. 자넨 내 영혼의 형제라는 걸 깨달았어, 친구. 언젠가는 나도 지폐의 힘보다는 영혼의 힘에 이끌려지리라고 믿고 있었거든.」

보란은 서서히 긴장이 풀리는 걸 느꼈다. 그의 몸속으로 따뜻한 피들이 돌기 시작했다. 그는 기계적인 동작으로 슬롯 머신에 동전을 쑤셔 넣으며 물었다.

「그래서 지금은?」

「자네도 이미 알겠지만 그들도 경찰 때문에 골치라네.」

보란은 낄낄거렸다.

「그래, 경찰이 공국을 꽉 채우고 있는 형편이니까.」

「우리 일당의 보스는 쌕쌕이 토니야. 그치를 알지?」

「말은 들었어. 어떻게 생겼나?」

「작달막한 친구야. 통통한 편이고 아주 야비해. 특히 그 눈빛이 그래. 지금 저기 로비에 있네. 시간이 이렇게 흐르도록 내가 나타나지 않아 신경을 곤두세우고 있을 거야. 아니, 이제 곧 그 친구는 내가 어디서 무얼 하나 알아보려고 찾아나설걸.」

「어떻게 하겠다는 얘기야?」

「그들은 이곳 경찰들 때문에 골치를 썩고 있어. 게다가 이 지방 악당들은 마피아들에게 커다란 불만을 품고 있거든. 그러니 신경이 곤두설 수밖에. 토니는 지금 50명의 졸개를 데리고 있다네, 중사.」

보란은 지나칠 정도로 제스처를 쓰며 말했다.

「야아! 그거 대단한데!」

「그래, 대단히 날렵한 놈들뿐이라네. 보트 선착장은 그들의 손아귀에 들어 있어.」

「요트들도 말인가?」

「그렇지. 그걸 이용해 토니는 자네를 끌고 경찰의 방해 없이 이곳을 빠져 나가려고 생각하고 있다네.」

보란은 이내 깊은 생각에 잠겼다. 잠깐 동안 허공을 응시하고 있던 그는 브라운에게 물었다.

「그러면 난 끝장 아닌가? 자넨 어떻게 처리할 생각인가?」

「저 아래 보트가 있다고 말했었지? 자네와 난 이곳을 빠져 나가 곧장 그곳까지 달려야 하네.」

본능적으로 보란에게 집히는 무엇이 있었다.

「소위, 자네 말을 어느 정도까지 믿어야 할지 모르겠군. 이미 난 자네의 미끼에 걸려든 건 아닌가?」

브라운은 크게 너털웃음을 터뜨리며 보란을 지그시 바라보았다.

「자네 심정 이해할 수 있네. 스스로 판단해서 행동하게. 나를 의심한다 해서 자넬 비난하지는 않겠네. 그렇지만 분명한 것은 내가 자네와 함께 행동한다는 사실이야.」

보란은 이제 어느 쪽으로든 결정을 내려야 했다. 그는 잠시 망설였다. 그러나 선택할 수 있는 길은 단 하나뿐이었다.

「보트에는 몇 명이나 있나?」

「적어도 다섯 정도일 거야. 게다가 남자 한 명과 그의 아내도 있다네. 보트 주인이지. 계약은 쌕쌕이 토니가 했는데 그들은 그와 관련이 있는 인물이라더군. 계약 내용은 극비에 붙여져 있어. 보트에는 문제가 없어. 문제는 보트 앞에 있는 50피트 높이의 부교(浮橋)야. 거기만 무사히 건널 수 있다면 만사 오케이라니까. 그만큼 힘든 난관이라네. 또 놈들과도 한번 붙어 볼 만한 일이지. 그렇게 해서 자네를 보트에 쑤셔 넣고 니스를 향해 신나게 내뺀다는 계획이라네. 10마일쯤 달리다가 비행장으로 가서는, 그때는 파리여 안녕! 둘레즈 공항으로 직행이지.」

보란은 눈살을 찌푸리며 다시 슬롯 머신에 동전을 넣고 핸들을 잡아당겼다. 동전들이 쏟아져 내리는 소리를 들으며 그는 중얼거렸다.

「이 돈들이 내게 영향을 미치지는 않을까? 이를테면 징조 같은 것 말이야.」

브라운은 삭막하게 웃었다.

「그걸 세지는 말게. 내 생각으론 그게 만일 30개가 넘는다면 자넨 성공할 것이고, 29개라든가 뭐, 28개라면 자넨……」

보란은 동전들을 그대로 내버려 둔 채 물었다.

「50피트짜리 부교를 내가 잡히지도, 총에 맞지도 않고 통과할 가능성은 어느 정도지?」

키 큰 흑인은 어깨를 으쓱해 보였다.

「거의 희박해. 그런데다 명령은 자넬 산 채로 잡아 들이라는 것이었지만 막상 자네가 응사하기 시작하면 상황이 어떻게 변할지 장담할 수 있는 사람은 없으니까.」

보란은 음산한 표정을 지으며 고개를 끄덕였다.

「음, 그렇겠군. 그런데……. 이제 우린 어떻게 처신해야 하나?」

브라운은 무겁고 깊게 한숨을 내쉬었다.

「우린 오래도록 서로 소식을 몰랐던 다정한 친구처럼 어깨동무를 하며 이곳을 빠져 나가는 걸세. 그리고는 곧장 선착장으로 향하는 거야. 경찰들은 토니의 부하들이 맡아줄 거야. 토니는 아까부터 줄곧 이쪽을 지켜보고 있다네. 그러니까 내가 좀 술수를 써야겠어. 자, 우리 반갑게 다시 만나 볼까?」

보란은 낮은 베이스의 음성을 들은 이래 처음으로 덩치 큰 흑인의 얼굴을 똑바로 응시하였다. 긴장된 미소가 그의 얼굴을 스쳐갔다. 그는 기쁨에 넘친 목소리로 떠들어 대기 시작했다. 얼굴 전체를 일그러뜨리며 그는 웃고 있었다.

「야, 이게 누구야! 브라운 소위 아냐! 그렇지? 이런 멋진 옷을 입고 있으니까 전혀 딴 사람 같은데!」

보란이 그에게 가까이 다가섰다. 그리고는 무어라고 속삭이는 것 같았다. 검은 사내의 찌푸려져 있던 표정은 순식간에 유쾌한 표정으로 뒤바뀌었다. 그들은 서로의 손을 굳게 잡았다.

잠시 뒤에 그들이 어깨를 나란히 하고 그곳을 벗어났을 때에도 보란의 슬롯 머신에서 쏟아져 나온 은화늘은 그대로 그곳에 놓여 있었다.

그냥 얼른 보기에 그 은화들은 30개가 훨씬 넘을 것 같기도 했다. 그러나 눈대중으로는 모를 일이었다.

18
전권 대사의 최후

두 사람은 인파를 헤치고 카지노를 빠져 나왔다. 그들을 주시하는 사람은 아무도 없었다. 보란은 차의 문을 열었다. 그는 머리 위로 손을 뻗쳐 나일론 끈 같은 것을 차의 천장에 끼우더니 코트 속으로 또 무엇인가를 감췄다. 재빠른 동작이었다. 차 안이나 도로가 어두웠기 때문에 그가 무엇을 했는지는 몇 발자국 떨어진 가까운 곳에서도 알아볼 수 없었을 것이다. 그 동안 브라운은 차에 기댄 채 서 있었다.

얼마 후 두 사람은 선착장을 향해 걸음을 옮겼다. 윌슨 브라운이 그의 옛 전우에게 물었다.

「자네가 방금 감춘 게 기관총인가?」

「그래. 30연발짜리가 하나 끼워져 있고, 그런 탄창은 2개가 더 있네. 내가 하! 하고 소리치면 지체 말고 물 속으로 뛰어들게, 소위.」

브라운은 약간 불만스런 음성으로 반문했다.

「무차별 사격인가?」

「그래. 난 혼자가 아닌가? 저 뒤에서 어정거리고 있는 놈이 쌕쌕이 토니인가?」

「그놈이야. 또 세미 슈브와 그 졸개들도 보이는군. 그러니까 ……. 가만 있자, 5명이 보트 안에 있고 12명이 우리들을 따르고 있는 셈이지. 자넨 지금 자네가 걸어 들어가고 있는 곳이 어딘지 알겠나, 친구?」

「내가 어디로부터 빠져 나왔는지는 잘 알고 있다네.」

「어디를 향해 들어가고 있는지도 알아 두는 게 좋아. 부교 끝은 40개의 총구가 조준하고 있을 거네. 보트에도 몇 쯤 있을 거고, 또 내 추측이지만 숨겨진 보트를 타고 총을 겨누고 있는 놈들도 있을 거야. 자네 다른 총은 없나?」

「자네가 필요한 모양이군.」

「사실 그렇다네. 쌕쌕이 토니는 내게 총도 주지 않는다네. 날 바보로 만들 생각인 모양이야.」

브라운은 킬킬거리며 떠들어 댔다. 보란은 사내의 등을 탁 치며 그의 손에 32구경 권총 한 정을 쥐어 주었다.

「약실에 탄환이 하나. 모두 합해도 6발뿐이야, 소위.」

「그래? 옛날 일이 떠오르는데. 우린 이보다도 더 적은 탄환으로 일한 적이 있었지.」

보란의 음성이 다시 냉정해졌다.

「자네도 알겠지만 자네는 지는 쪽에 합세한 거야. 그들은 자네의 이 배신 행위를 결코 잊지 않을 거야. 또 용서하지도 않을 거라구.」

「난 패배를 즐긴다네, 친구. 내 걱정은 말게. 그들은 내가 어느 쪽에 합세했는지조차 모를 테니까.」

「지금 내 기분 알겠지? 자네에 대한 내 심정 말이야.」

「알아. 뭐, 신경 쓸 것 없어. 도대체 10만 달러라는 게 영혼에게 무슨 소용이란 말인가? 그게 어떻게 자네와 비교될 수 있겠나? 그렇다고 내 다리를 새로 살 수가 있나, 만들어 붙일 수가 있나?」

「자넨 아주 잘 걷잖나?」

보란이 킬킬거리고 있는 브라운에게 유쾌하게 물었다.

「그럼, 뛸 수도 있다네. 그런데 축구는 할 수가 없어. 악마 같은 태클은 도저히 막아낼 수가 없다구. 세상 모든 돈을 몽땅 긁어 모아도 그 다린 다시 내게로 돌아오지 않으니까. 전성기 때의 내 다리, 내가 원하는 건 그것뿐이야. 결코 돈으로는 살 수 없는 그것뿐이라구.」

브라운은 한숨을 내쉬었다.

「자넨 그런 대로 잘 살아가고 있잖아? 사내가 그까짓 것 가지고 뭘 그래?」

부교가 시야에 잡히기 시작했다. 보란은 마음속으로 전투 태세를 가다듬었다.

「아냐. 현재는 도둑질로 살아 간다네. 난 내가 그런 방면에는 타고났다는 걸 깨달았지. 그래서 쌕쌕이의 장부 계원 일까지도 겸하게 되었다네. 책상에 앉아 코를 박고 하는 일이지. 난 쌕쌕이 토니를 위해서 장부를 허위로 기재한다네. 완전한 숫자 놀음이지.」

그들은 이제 부교 위에 있었다. 두 사람 다 걸음을 빨리 했다.

그들 뒤를 따르던 12명의 마피아들은 이제 막 입구에 다다르는 중이었다. 두세 명의 낯선 사내들이 그들 뒤를 추적하기 시작했다.

「캘리포니아 시절에 내가 한 일이라곤 축구밖에 없다는 걸 자네도 알지? 내게 주어진 모든 시간을 축구를 위해 바쳤었다네. 축구를 전공한 셈이지. 나중에는 전쟁 그리고는 불구, 이제는 범죄를 전공하고 있지만. 그래, 사실이야. 윌슨 브라운은 제로 지점에서 태어나서 꾸준히 그 제로를 지켜 나가고 있는 사내라네.」

「그런 소리 말아!」

「아니야, 바로 그게 진실이라니까. 내가 자넬 좋아하는 가장 큰 이유가 뭔지 아나? 바로 그 든든한 배짱이야, 중사. 자넨 엄청난 배짱과 따뜻한 애정을 지닌 드문 인물이지. 놀랍게도 자넨 그 둘을 아주 잘 조화시키고 있어. 그게 바로 평범한 사람과 자네와의 차이점이긴 하지만.」

「그건 자네 얘기 같은데?」

보란이 진지한 얼굴로 말했다. 검은 사내는 껄껄거리고 웃었다. 32구경 권총은 그의 커다란 손 안에 감춰져 보이지 않았다.

「글쎄, 자넨 언제나 나를 돌아보게 해주는군. 언젠가 베트남에서도 그랬었지. 기억 나나? 그건 그렇고 이제 슬슬 준비를 해두게. 자네 왼쪽 옆이야. 범선 말일세. 선실 안에 서 있는 저 녀석을 보라구. 그 앞에 있는 거대한 보트가 바로 우리의 첫째 목적지야. 저 보트를 어떻게 요리하느냐에 따라서 우리의 운명도 결정된다는 사실을 명심하게, 중사.」

그들은 걸음을 멈추었다. 한동안 묵묵히 걷기만 하던 보란이 입을 열었다.

「우리가 어디쯤 도착할 때 그들의 행동이 개시될까?」

「앞으로 스무 걸음쯤 남았어. 이제 곧 우리의 앞에 10명의 사내들이 나타날 걸세. 동시에 뒤에서도 10명이 나타날 거고. 자네는 그들 가운데 박히는 꼴이 되겠지.」

얘기를 하는 사이에 그들은 거의 20보 앞까지 전진하고 있었다.

「소위, 고맙네!」

보란은 빠른 동작으로 난간으로 브라운을 밀어붙여 물 속에 빠뜨렸다. 그 다음 순간 그는 몸을 날려 첫번째 목적지였던 범선에 뛰어올랐다. 범선의 선미에 몰려 있던 한 무리의 사내들이 부교 위로 올라설 준비를 하고 있다가 깜짝 놀란 표정으로 보란을 바라보았다. 예기치 못했던 보란의 행동에 그들은 어떻게 해야 할지 갈피를 잡지 못하고 있었다.

보란의 자동 소총이 경쾌한 소리를 내며 불을 뿜자 사내들은 낙엽처럼 물 속으로 떨어졌다. 그가 부교 위로 기어올랐을 때에야 그들의 반격이 시작됐다. 곧 서치라이트가 밝혀지고 부교 위와 물 위를 훑기 시작했다. 보란은 다시 방아쇠에 손가락을 걸었고 서치라이트는 빛을 잃었다.

어디에선가 격앙된 목소리가 외치고 있었다.

「부상을 입혀! 죽이면 안 된다! 다리를 겨냥해라!」

빗발처럼 날아드는 탄환 때문에 보란은 고개조차도 들 수가 없었다. 순간 보란은 왼팔에 심한 통증을 느꼈다. 탄환이 팔꿈치 위를 뚫고 지나간 것이다. 상처를 확인할 틈도 없이 또 하나의 탄환이 허벅지를 스치고 지나갔다. 그곳에 엎드려 있으나 몸을 움직여 이동을 하나 위험은 마찬가지인 것만 같았다. 보란은 이를 악물며 자신의 몸을 보호해 줄 만한 장소를 향해 이동하기 시작했다. 정박용 기둥 뒤에 다다른 그는 기관총에 새 탄창을 끼워 넣고, 자신을 산 채로 잡아야 한다고 소리치는 목소리를 향해 방아쇠를 당겼다.

그의 사격은 적중했다. 명령을 계속하던 목소리가 짤막한 비명으로 변하며 이내 잠잠해졌다. 그러자 다른 목소리가 외쳤다.

「토니가 맞았다! 모두들 사격을 중지해! 범선에 타고 있는 사람만 계속 사격하고 나머지는 다음 명령을 기다려!」

새로운 전략을 위해 사격을 중지한 그 시간이 보란에게는 절호의 기회였다. 보란은 한 손으로 허벅지를 움켜쥔 채 범선의 그림자 속에서 부교를 따라 포복을 개시했다. 그러면서 그는 전투 태세를 재정비하는 마피아들의 부산함을 피부로 느꼈다.

또 하나의 서치라이트가 밝혀지며 지금까지 보란이 엎드려 있던 곳을 핥으며 지나갔다.

부교의 끝에서는 또 다른 움직임이 시작되고 있었다. 총소리를 들은 경찰들이 몰려 오고 있었던 것이다.

보란은 부교와 주 갑판이 같은 높이로 맞닿는 곳까지 도달했다. 부상당한 다리를 시험해 보기 위해 그는 몸을 조금 세워 보았다. 피는 계속 흘러 바짓가랑이가 축축할 정도였지만 활동하는 데 큰 지장이 있을 것 같지는 않았다. 몸을 웅크린 그는 범선의 갑판으로 날쌔게 몸을 날려 마스트의 그림자 속으로 스며들었다. 갑판에서는 마피아들의 그림자가 분주하게 움직이고 있었지만 보란의 잠입을 눈치 채지 못하고 있었다.

5명의 총잡이가 범선에 배치되어 있다던 브라운의 말이 떠올랐다. 만일 보란이 그들을 한꺼번에 해치울 수 있다면 탈출의 성공률은 훨씬 높아질 것이다.

범선의 보조 엔진은 작동된 채였다. 잠시 동안 탈출 계획을 재검토하던 보란은 뱃전 쪽으로 조용히 움직이기 시작했다. 잠시 후 그는 선실의 열린 창문을 통해서 안을 들여다볼 수가 있었다. 선실 안에는 멋진 차림의 남녀가 불안한 모습으로 마주 앉아 있었다.

보란은 기관총의 총신을 창문에 올려놓고 그들을 겨냥한 채 조용히 명령했다.

「입을 열지 말아요!」

총구에 시선을 고정시킨 남자가 떨리는 음성으로 말했다.

「무슈, 나는 총을 갖고 있지 않습니다.」

여자의 두 눈은 공포로 인하여 기관총의 총구보다도 더 커졌다. 그 모습을 본 보란은 갑자기 지긋지긋한 전쟁에 회의를 느꼈다. 사내의 얼굴을 찬찬히 훑어보던 보란은 그를 죽여야 할 이유가 없다는 걸 깨달았다. 그가 소지하고 있는 몽타주에는 그와 비슷한 얼굴조차도 없었던 것이다.

보란은 부드러운 목소리로 물었다.

「얌전히만 있는다면 당신들의 목숨은 보장하겠소. 이 배에는 모두 몇 명이나 있소?」

「예, 모두 4명입니다. 그들은 모두 갑판에 올라가 있죠.」

고개를 끄덕이던 보란이 작은 소리로 명령했다.

「여자에게 안심하라고 이르시오. 그리고 곧 이 배를 출발시켜요.」

「어렵습니다. 지금 이 배는 정박 기둥에 묶여 있어서…….」

「그건 걱정 마시오. 최대 속력으로 기어를 넣어 봐요!」

사내는 할 수 없다는 듯이 기어에 손을 댔다. 그의 손이 몇 차례에 걸쳐 빠르게 움직이자 범선이 심하게 흔들리기 시작했다. 정박 기둥에 매어 있던 로프가 팽팽히 당겨지자 웅성대는 소리가 갑판으로부터 들려 왔다. 보란이 몸을 돌려 문으로 향하고 있을 때 4명의 총잡이들이 가교의 난간으로 몰려들었다. 무슨 일 때문에 선체가 흔들리는지도 모르고 우왕 좌왕하던 그들과 보란의 시선이 마주친 것은 거의 동시였다. 그러나 대비를 하고 있었던 쪽은 보란이었다. 이미 방아쇠에 손가락이 걸려 있던 보란으로서는 공격 자세를 취할 필요조차도 없었다. 간단한 손가락 운동만으로도 사내들은 볏단처럼 일시에 쓰러졌다.

사내들이 쓰러진 걸 확인한 보란은 범선을 붙잡고 있던 로프를 향해 총격을 가했다. 로프가 끊기고 배가 움직이기 시작하자 부교 위에서 한 사내가 외치기 시작했다. 보란은 그의 외침을 무시한 채 선미를 향해 재빨리 몸을 움직였다.

사방에서 범선을 향해 무차별 사격을 가했지만 그것은 하나의 발악일 뿐이었다. 그러나 그 정도로 탈출에 성공했다고 단정할 수는 없었다. 부교 쪽에서는 서치라이트를 밝힌 두 척의 경찰 순양함이 범선을 향해 추격을 감행하고 있었던 것이다.

짧은 시간 내에 그 순양함이 범선을 앞지를 것은 뻔한 사실이었다.

바로 그때 전혀 예기치 못했던 일이 일어났다. 그는 꿈결에서처럼 자신을 부르는 아리따운 여자의 음성을 들은 것이다.

「보란! 미스터 대역!」

보란이 뒤를 향해 고개를 돌렸을 때 좌현 바로 밑에는 장난감처럼 작고 예쁜 요트를 탄 지지가 그를 향해 손짓을 하고 있었다.

「아, 지지!」

보란은 뭐라고 말을 하려 했으나 그럴 여유가 없었다. 그는 몇 년 동안 계속해서 그런 연습을 한 사람처럼 범선의 난간을 기어 올라 재빨리 지지의 요트로 옮겨 탔다. 허벅지와 팔에 부상을 당한 사람이 움직이는 그런 행동이 아니었다.

요트에 옮겨 탄 보란이 몸을 웅크리자 그녀는 부교를 향해 서서히 접근하기 시작했다. 그러는 동안 범선은 해협을 향해 계속 나아가고 경찰의 순양함도 그 뒤를 바짝 쫓고 있었다. 보란은 의미 있는 미소를 떠올리다가 요트의 바로 옆 물 위에서 흔들리고 있는 하나의 물체를 보았다. 그 물체에 시선을 고정시킨 보란은 비로소 검둥이 브라운을 생각했다. 그는 그때까지도 물 속에서 나가지 않고 주위가 조용해지기만을 기다리고 있었던 것이다. 브라운의 치아가 달빛을 받아 반짝 빛났다.

그는 지지에게 속도를 멈추라고 말한 다음 브라운을 향해 외쳤다.

「소위! 이리 다가와!」

그러나 브라운은 움직일 기미조차도 없이 조용히 답변했다.

「어서 가, 이 친구야. 이제는 날 곤경에 빠뜨리지 말게.」

보란은 미소를 지으며 그의 따뜻한 마음에 손을 흔들어 보답했다. 지지는 다시 속도를 높였고 요트는 경쾌한 속도로 달리기 시작했다.

니스와 칸 사이의 은폐된 만에 그들이 도착했을 때는 이미 9시가 지나고 있었다. 보란의 상처는 지지에 의해 치료되었다. 팔에 관통상을 입었지만 행동하는 데에는 별 어려움이 없었다.

치료를 끝내자 보란은 이제 하나밖에 남지 않은 탄창을 기관총에 끼웠다. 그것을 들고 침대에 걸터앉은 그는 무릎 위에 총을 놓고 담요를 덮었다. 그리고는 남녀의 정사 현장이 방영되고 있는 텔레비전의 화면으로 시선을 옮겼다. 그러는 동안 지지는 그의 옆에 잠자코 앉아 깊은 생각에 잠겨 있었다. 그가 지지 쪽으로 고개를 돌리려 할 때 갑자기 텔레비전의 정규 방송이 중단되고 딱딱한 아나운서의 목소리가 들리기 시작했다.

보란은 〈저격수〉라는 말과 〈보란〉이라는 두 마디를 알아들을 수 있을 뿐이었다. 그는 벌떡 일어나 앉아서 물었다.

「무슨 얘기요?」

목쉰 듯한 소리로 지지는 짤막하게 대꾸했다.

「뉴스예요.」

잠깐 뒤에 다시 사진이 방영되기 시작했다. 조명 상태가 좋지 못했고, 잘 계획하여 찍은 필름도 아니었으나 보란이 이제껏 보아 온 어떤 필름보다도 더 멋진 장면이었다. 경찰서로 보이는 어떤 건물의 내부를 텔레비전은 보여 주고 있었다. 한 떼의 여자들이 복도에서 커다란 방으로 들어서고 있었다. 주디 존스가 거기에 있었다. 마담 셀레스테도 보였다. 다른 8명의 여자들도 모두 알아볼 수 있었다. 그들은 한결같이 울고 있었는데 모두 젊고 아름다운 여자들이었다. 마치 지옥에서부터 돌아온 사람들처럼 보인다고 보란은 생각했다. 그들은 정말 생지옥으로부터의 귀환일 것이리라.

보란은 눈이 축축하게 젖어 오는 것을 느꼈다. 그는 떨리는 목소리로 물었다.

「아아, 이건 대단하군 그래. 저기가 어디요, 지지?」

「마르세유예요. 항구 근처에 있는 경찰 청사라는군요. 아나운서가 그러는데요, 이름을 밝히지 않은 사람이 경찰서로 전화를 해서 항구 근처에 있는 빈 창고로 가보라고 했대요. 그 여자들은 모두 다 건강하고 자유롭게 된 것을 고맙게 생각하고 있대요. 여자들 모두 당분간 병원에 입원해서 건강을 체크받을 예정이구요.」

지지는 조용히 보란을 향해 돌아섰다.

그녀의 볼이 눈물로 젖어들고 있었고, 그녀의 목소리에는 흐느낌이 묻어났다.

「정말 감동적이에요. 이걸 당신이 해냈어요, 보란! 그것 때문에 얼마나 많은 악당들을 당신이 죽여야 했는지는 상관없어요. 당신 정말 멋져요!」

이제 그날 하루의 격렬한 일과로 인한 피로가 한꺼번에 보란의 얼굴에 나타나 있었다. 피로와 생명력의 고갈도 성공과 함께 뒤따라왔다. 그가 아무리 불굴의 결단력과 활발한 행동력을 가졌다 해도 피로는 불가피했다.

지지는 텔레비전을 끄고 몹시 걱정스러운 얼굴로 그를 돌아보았다.

「당신 이제 침대로 가세요. 이제 일도 끝났으니까요.」

그러나 사실은 그의 일이 완전히 끝난 것은 아니었다. 지지가 보란을 향해 방을 가로질러 가고 있을 때에, 현관문이 열리면서 살벌한 모습의 사내가 들어섰다. 그의 손에는 커다란 총이 들려 있었고, 그의 이마에는 거대한 혹이 달려 있었다. 그는 승리감에 도취되어 커다랗게 외쳤다.

「드디어 내가 사자를 사로잡았다!」

보란은 깜짝 놀라 그 사내를 바라보았다. 그는 희미하게 지지가 외치는 소리를 들었다.

「루돌피! 안 돼요!」

보란은 말했다.

「여기에서 나가요, 지지. 주스나 한 잔 가져다 줘요.」

루돌피는 눈을 번들거리며 외쳤다.

「그렇지. 최후로 한 잔 마시는 것도 괜찮은 일이겠지. 지지, 또 한 잔 만들어다 줘. 그렇지만 너무 많이 만들 필요는 없을 거야. 이 녀석은 그걸 다 마실 시간도 없을 테니까. 안 그런가, 사자 나으리?」

그는 만족감에 빠져 안하 무인 격으로 소리쳤다. 보란은 침착하게 그를 지켜보았다. 보란의 얼굴에서 이미 피로감은 찾아볼 수 없었다.

「자, 이제는 슬그머니 협상할 생각이 들지 않나? 난 몇 시간 동안이나 저 어둠 속에 앉아서 너를 기다렸다. 우리가 협상할 수 있는 여러 가지 방법들을 생각하면서. 바다로부터 슬며시 나타나시다니! 난 그런 일을 생각도 못했었어. 아무튼 오래 기다리다 보니까 이 마지막 잔치가 더욱 흥겨워지는군 그래. 얘기해 봐, 보란. 자네 목숨과 교환할 만한 건 없나?」

그러나 전혀 동요의 기색도 없이 보란은 말했다.

「여긴 괜찮소, 지지. 이 사람은 그저 얘기를 하고 싶은 모양이니까 가서 주스나 만들어요, 지지.」

망설이며 그녀는 부엌 문을 향해 걸어가서 거기에 멈춰 섰다. 그녀는 잠시 동안 루돌피를 살펴보고 있다가 부엌으로 들어갔다.

보란이 말했다.

「난 그 여자들을 귀환시켰어.」

이 지고의 순간에는 루돌피로부터 그 승리감을 빼앗을 수 있는 것이란 아무 것도 없었다. 그는 의기 양양했고 들떠 있었다. 너무 흥분하여 다른 문제는 전혀 신경 쓸 여유가 없는 것 같았다. 그 순간에는 보란에게도 자신의 승리와 그 승리를 얻기까지의 고투를 자랑하고 싶은 것처럼 보였다. 그는 다만 모든 일들이 유쾌하고 흥겨울 뿐인 것 같았다.

「그래서 어쨌다는 거야? 잘됐군 그래. 그게 우리가 원만한 거래를 할 품목이라고 생각하나, 보란? 나한테 10명의 창녀들을 되돌려 주겠나, 자네 목숨을 대신해서?」

고양이가 한 마리 쥐를 놀리고 있는 꼴이었다. 그의 마음 한편에서는 산산 조각난 쥐의 시체를 감상하는 가슴 뛰는 상상을 하고 있을 것이 틀림없었다.

「아니야. 그 여자들을 귀환시키기 위해 난 너무 많은 피와 땀을 흘렸어. 다른 품목을 생각해 보는 게 빠르겠는데.」

「그게 아니지, 그게 아니야! 이번엔 네가 생각을 해야 할 차례야. 내가 아니야. 5초의 여유를 주겠다. 그 동안 잘 생각해 봐, 알았나?」

보란은 담요 속에서 걱정스레 몸을 비틀었다.

「내가 마지막 잔을 비울 때까지는 시간을 줄 것으로 생각했는데, 안 되겠나?」

「물론 줘야지. 지지! 보란에게 마지막으로 숨 돌릴 걸 하나 갖다 줘! 미국에서 온 그 깡패들은 네 행동을 중단시키지 못했어.

내가 그럴 줄 짐작했지. 그놈들은 거리의 건달들밖에 안 돼. 총과 배짱이면 다 되는 줄 아는 무식한 놈들이라구. 생각도 없고 영혼도 없는 고깃덩이들이지. 그놈들이 무슨 일을 할 수 있겠나?」

루돌피는 너털웃음을 터뜨렸다. 그의 위대한 순간순간을 그는 소중한 재산인 양 감상하고 있었다.

「아하, 당신은 그럼 상당한 영혼을 가진 모양이군. 그 젊은 여자들을 아프리카까지 보내는 데에는 총과 배짱보다도 더한 것이 있어야 하겠지. 그래, 당신은 정말 사나이다운 친구로군, 루돌피.」

미치광이와 같은 루돌피의 눈동자가 잠깐 동안 분노로 이글이글 타올랐다. 그러나 곧 다시 희생자를 옭아낸 기쁨으로 되돌아와서 그는 행복한 미소를 지으며 말했다.

「열심히 생각해 봐, 이 친구야.」

지지가 야채 주스를 들고 나타나는 바람에 날뛰는 광인의 얘기는 중단되었다. 보란이 그녀에게 부탁했다.

「그 주스는 이제 마시고 싶지가 않소. 그걸 내려놓고 이 담요를 좀 치워 주시오. 그리고 나가 있도록 해요, 지지. 루돌피가 내 부상을 볼 수 있도록 해주고 싶어. 그걸 보면 한층 즐겁겠지, 루돌피?」

프랑스 주재의 지하 세계 대사는 기쁘게 미소 지었다.

「부상당한 사람이라 해서 내가 총을 안 쏠 줄 아는 모양인데, 그게 바로 자네의 거래 수단인가? 이런 형상에서 루돌피가 얻는 게 대체 뭐라는 거야, 응?」

지지는 담요를 치우고 있었다. 그녀의 눈이 보란이 움켜쥐고 있는 기관총 위에 떨어졌다. 그 순간 그녀는 모든 것을 이해했다. 그녀는 담요를 바닥에 떨어뜨리고 문을 향해 빠르게 달려갔다.

루돌피는 그 기관총을 마치 혀를 날름거리는 코브라를 보듯 넋을 잃고 바라보았다. 보란이 지긋지긋하다는 투로 얘기하고 있었다.

「이 예쁘장한 놈은 사람을 죽이는 방아쇠를 갖고 있어, 루돌피. 내 손가락이 조금만 까딱하면 이 예쁘장한 게 소리를 치기 시작할 거야. 1분에 450발이 튀어나가는 거지. 무슨 뜻인지 설명해 줄까, 루돌피? 당신 배꼽으로 30발 이상의 탄환이 즐겁게 날아가 박힌다는 얘기야. 내가 너무 오래 이놈을 만지고 있으면 당신 몸은 넝마 조각이 될 수도 있고 발가락에서부터 목까지 산산조각이 나버린단 말이야. 그게 내가 당신한테 제안할 수 있는 유일한 거래야, 루돌피. 당신이 준비되면 나도 준비돼 있는 거야. 나가! 없어져, 루돌피!」

승리감도, 의기양양함도, 생기에 차 있던 모든 삶의 의욕도 다시 한 번 죽음에 직면한 순간 모두 사라져 버렸다.

보란은 알고 있었다. 그리고 보란이 알고 있음을 루돌피도 알 수 있었다. 패배함으로 순식간에 10년은 늙어 버린 듯 보이는, 아예 죽은 사람처럼 보이는 루돌피의 창백한 얼굴과 멍청한 눈동자가 기관총의 총구를 처음 보는 것인 양 멍청히 보고 있었다. 배짱도 없고 생각도 없고 따뜻한 가슴도 없으며, 영혼마저도 없는 한 사내가, 살 권리도 없으며 죽을 만한 이유란 더욱 없는 한 사내가 보란의 앞에 겁을 집어먹고 서 있었다.

「나가라니까, 루돌피!」

그가 들고 있는 총이 아래로 늘어졌다. 루돌피는 겁먹은 얼굴로 문을 향해 뒷걸음질 쳤다.

그가 문에 닿기 전에 보란은 그에게 마지막 충고를 했다.

「다음 번에 내가 널 만나면 루돌피, 널 죽이겠어. 또다시 그 젊은 여자들이 아프리카로 납치되어 갔다는 얘기를 들으면 나는 당장 지옥으로부터 되돌아와서 이 나라를 산산 조각으로 부숴 버리겠어. 네가 결코 상상해 본 적이 없을 만큼 혹독하게.」

한마디도 남기지 않고 루돌피는 뒷걸음질치며 문 밖으로 나가서 조심스럽게 문을 닫았다. 보란은 의자에서 일어나 불을 끄고 다리를 절룩이며 창으로 갔다.

지지가 달려와 그의 곁에 바짝 붙어 섰다. 보란은 지지에게 말했다.

「다시는 돌아오지 않을 거요. 마지막 한줌의 용기마저도 이제 잃었으니까.」

「당신이 그를 죽일 거라고 생각했어요.」

지지는 숨을 몰아 쉬며 속삭였다.

피곤하다는 말투로 보란은 말했다.

「죽였소. 가장 고약한 방법으로.」

그는 기관총을 팔 밑에 끼고 침실을 향해 발을 옮겼다.

「게다가 당신이 거기 서서 바라보고 있는데 그를 산산 조각낼 수는 없었소. 말하자면 당신한테 내가 빚을 지고 있다고 생각되었으니까. 그 사내를 위해서 당신은 일을 해왔소, 지지?」

마치 그가 그녀의 얼굴을 주먹으로 갈기기라도 한 듯이 그녀는 충격을 받았다.

「아니에요.」

그녀는 다만 입 속으로만 중얼거렸다. 그녀는 그를 이끌어 침대로 가는 것을 도와주었다. 침대에 누운 그를 그녀는 내려다보았다.

「좋소, 그에 대해 나한테 얘기할 기분이 되면…….」

「벌써 얘기할 기분이 되었는걸요.」

그녀는 스커트와 블라우스를 순식간에 벗어 던지고 알몸이 되어 그의 곁으로 파고들었다.

「당신 몸을 따뜻하게 녹여줄게요. 당신이 자는 동안 당신을 부드럽게 껴안고 있겠어요. 그래서 당신이 기운을 회복하면 그때는 당신이 그냥 앉아서 날 바라보는 것 말고 무슨 짓을 하는지 알아볼래요.」

그는 지지의 알몸을 힘껏 끌어안았다.

그녀의 보드라운 몸이 그의 널찍한 가슴에 파묻혔다. 그녀는 계속해서 얘기하고 있었다.

「그렇지만 루돌피에 대해서라면요……. 오늘 아침의 역겨운 사태가 발생하기까지 나는 그를 모르고 있었어요. 그렇지만 그런 사람이 있다는 건 알고 있었죠. 로잔느가 나한테 전화를 했었어요. 굉장히 영리한 여자예요. 언니 말예요. 언니는 다른 무엇보다도 대체 길 마틴이라는 사람이 정말 누구인지를 알고 싶었던 거예요. 언니는 맥 보란보다는 오히려 루돌피를 두려워해요. 그래서 이 위험스러운 남자를 파리로부터 쫓아내고 싶었던 거예요. 아시겠어요? 그렇지만 언니는 이 흉악 무도한 남자의 정체에 대해서는 사실 그대로 나에게 말해 주지는 않았어요. 그래서 오늘에 와서야 나도 이 잔인한 사내의 정체를 처음으로 알게 되었어요. 루돌피라는…….」

「그만둬요. 지지, 이제 에덴 동산에 온 것을 환영하오.」

보란은 그렇게 말하며 그녀의 입술에 키스했다.

「그게 무슨 뜻이죠?」

그녀는 머리를 들고 그의 눈을 내려다보았다.

그는 그녀를 끌어당겨 안았다. 자신이 그다지 크게 피로하지는 않은지도 모르겠다고 그는 생각했다. 그는 말을 하지 않고도 그런 그의 생각을 전할 수 있었다. 그의 키스가 더욱 뜨겁고 격렬해졌던 것이다.

그렇다. 모든 남자에게는 각기 에덴 동산이 있는 것이다. 맥 보란이라 하여 예외일 수는 없었다.

그것이 영원히 계속될 수 없음은 분명했다. 그러나 한순간 한순간 죽음을 직면하며 살아 가는 법을 터득하고 있는 사나이에게는 에덴 동산에 잠깐 머물렀던 시간이 영원일 수도 있었다. 잠시 동안 그는 삶의 의욕과 사랑하고 싶은 강렬한 욕망을 느꼈다. 그리고 그것은 지지 카르소도 마찬가지인 것 같았다.

그러나 보란은 그것을 좀더 일찍 알아보았어야 했다. 창을 통하여 지옥의 한 조각이 침입해 들어오고 있었던 것이다.

갑자기 총성이 귀를 울렸고 화약 냄새가 방 안을 가득 채웠다. 9밀리미터의 탄환이 그의 배를 태울 듯 가깝게 스쳐갔다. 총성과 불꽃은 계속되었다. 매트리스가 산산 조각이 났고 베개에서 흩어져 나온 깃털이 허공을 날았다. 무엇인지 따뜻하고 축축한 것이 보란의 상체를 적시며 흘러내렸다. 지지의 신음 소리가 들려 왔고 그녀의 호흡이 정지된 것 같았다.

보란은 사태를 정확히 판단하기도 전에 침대 아래로 굴러 내려 기관총을 거머쥐고 있었다. 다음 순간 그는 침실의 창문을 향하여 열 십 자를 그리며 기관총을 난사했다. 창 너머에서 어떤 물체가 비명을 지르는 소리를 그는 들었다. 창 밖에서 무엇인가가 땅 위로 쓰러지는 소리가 뒤를 이었고 곧 총격은 그쳤다.

이제 보란의 마음은 지지로 꽉 채워져 있었다. 지지는 한 팔을 짚고 반쯤 몸을 일으키고 있었고, 배에서는 붉은 핏덩이가 밀려나오고 있었다. 무슨 일인지 이해할 수 없다는 듯한 표정으로 그를 응시하고 있는 지지의 눈빛에서는 이미 죽음이 엿보이는 듯했다.

에덴 동산의 바깥쪽 어디에선가 루돌피의 죽어 가는 목소리가 구원을 호소하고 있었다. 그러나 보란에게는 그 소리에 귀를 기울일 만한 시간도 마음의 여유도 없었다. 그는 침대 시트를 뜯어내려 지지의 상처를 단단히 처매고 그녀의 손을 끌어내려 그것을 꼭 누르고 있게 한 다음, 피비린내가 물씬 풍기는 침실을 허겁지겁 빠져 나왔다. 병원과 통화가 되자 긴급히 앰뷸런스를 보내줄 것을 요청했다. 그는 지지가 벗겨 주었던 옷들을 재빨리 입었다. 그 동안 유럽에서 가장 아름답고 매혹적이며 용감한 지지는 보란이 마음놓고 있었던 것에 대한 대가를 고통 속에서 지불하고 있었다. 지지는 그가 옷을 입는 것을 지켜보며 빨리 이곳을 떠나라고 재촉하였다.

「또 만날 수 있을 거예요, 보란.」

그녀는 힘들여 얘기하며 문을 가리켰다.

그는 침대 곁에 무릎을 꿇고 그녀를 가슴에 안고 있었다. 사이렌 소리가 별장의 진입로에 들어서자 그는 그녀에게 이별의 키스를 했다.

곧 그는 집 뒤로 빠져 나왔다. 루돌피는 거기 정원에 누워 있

었다. 오른쪽 어깨로부터 왼쪽 엉덩이까지 갈갈이 찢겨진 모습
이었다.

보란은 그를 지나쳐 보트 선착장으로 갔다. 요트를 출발시켜
그는 지중해의 검은 물결을 헤치며 나아갔다.

그의 뒤에는 삶이 아니라 죽음만이 남겨져 있었다. 참다운 의
미의 승리가 아니라 끝없는 전쟁의 일시적인 연기만이 남아 있
었다. 그의 앞에는 새로운 전쟁터가 가로놓여 있었고 루돌피와
쌕쌕이 토니의 후예들이 우글거리고 있었다.

그러나 한 가지 음울한 진실이, 확고 부동한 진실이 그의 마음
을 조금은 부드럽게 해주었다. 세상에는 길 마틴과 같은 사람이,
그리고 윌슨 브라운과 같은 영혼의 형제가, 낸시 워커와 같은 여
자가 얼마든지 있을 것이라는 사실이었다. 그렇다. 아마도 지지
카르소 같은 여자도 있을 것이다. 그러나 또다시 그런 여자의 용
기와 희생을 이용하고 싶지는 않았다. 그는 요트를 전속력으로
몰아 내일의 전선을 향하여 눈을 부릅뜨고 나아갔다.

아니었다. 지지 카르소와 같은 여자는 둘도 있을 수 없었다.
다시 한 번 그는 자신의 운명을 받아 들였다. 그의 완강한 마음
을 이처럼 따스하게 녹일 수 있으며 그의 사랑에 대한 욕구를 이
처럼 강렬히 자극할 수 있었던 여자, 그리고 최초로 그로 하여금
에덴 동산을 동경하게 한 여자, 그런 여자는 다시 있을 수 없을
것이었다.

안심해도 좋은 적이란 죽어 나자빠진 적뿐이었다. 보란의 마
음속에서는 앞으로의 행동에 대한 또 하나의 계획이 꿈틀거리고
있었다.

그것은 안심해도 좋은 적들을 만들어 내는 일이었다.

한숨을 내쉬고 그는 담배에 불을 붙였다. 담배 연기를 지중해의 신선한 대기 속에 뿜어 대며 그는 이제 시야에서 희미해지고 있는 해변을 돌아보았다. 그에게 귀중한 진실을 가르쳐 준 지옥과 낙원 사이에는 건널목조차도 없었다.

안녕, 에덴 동산이여.

또 만났구나, 지옥이여.

마이파들이여, 보라.

맥 보란이 가고 있노라.

(계속)